btb

Aus Freude am Lesen

btb

Buch

Eigentlich geht der holländische Kriminalinspektor Piet Hieronymus nach Amerika, um einen spurlos verschwundenen Immobilienhändler ausfindig zu machen. Doch die Suche von San Francisco aus entlang der Pazifikküste bis zur kanadischen Grenze wird schon bald zu einer Jagd nach einem geheimnisvollen Mörder, dessen Totemzeichen, der Killerwal, die Fährte markiert, auf der ihm Hieronymus bis in das Indianerreservat der Quileute folgt. Dabei gerät er immer stärker in den Bann des Mörders – eines mit magischen Kräften begabten Menschen, der sich Gutty Floy nennt. Guttys Intelligenz und Brutalität, sein gleichzeitig anziehendes und abstoßendes Wesen, sein Engagement für das Leben der Wale und die Erforschung ihrer Sprache, vor allem aber sein indianisches Selbstbewußtsein verstören Hieronymus zutiefst. Langsam verschieben sich die Perspektiven, bis er sich selbst in der Rolle des Gejagten wiederfindet...

Autor

Henning Boëtius, geboren 1939, promovierte über Hans Henny Jahnn und leitete anschließend die Herausgabe der historisch-kritischen Brentano-Edition. Seit 1984 arbeitet er als Musiker, Goldschmied, Maler und freier Schriftsteller. Neben seinen Romanen mit dem holländischen Kriminalinspektor Piet Hieronymus begründeten vor allem seine Romanbiographien über literarische Außenseiter wie Johann Christian Günther, J. M. R. Lenz, Petrarca und der sehr erfolgreiche Lichtenberg-Roman »Der Gnom« seinen Ruf. Nach seinem historischen Kriminalroman »Undines Tod«, der im Berlin des 19. Jahrhunderts spielt, erschien soeben im btb-Hardcover sein neuer, in Schottland angesiedelter Roman »Das Rubinhalsband«.

Henning Boëtius bei btb

Ich bin ein anderer. Das Leben des Arthur Rimbaud (72189)
Undines Tod. Roman (btb-Hardcover 75002)

Henning Boëtius

Der Walmann

Roman

btb

Umwelthinweis:
Alle bedruckten Materialien dieses Taschenbuches sind chlorfrei und umweltschonend.

btb Taschenbücher erscheinen im Goldmann Verlag, einem Unternehmen der Verlagsgruppe Bertelsmann.

1. Auflage
Genehmigte Taschenbuchausgabe August 1998

Umschlaggestaltung: Design Team München
Umschlagmotiv: G&J/Photonica
Satz: IBV Satz- und Datentechnik GmbH, Berlin
MD · Herstellung: Augustin Wiesbeck
Made in Germany
ISBN 3-442-72332-9

MEINEM VATER
DEM EHEMALIGEN WALFÄNGER
EDUARD BOETIUS.

Wir lieben die Stille
wir lassen Mäuse spielen
und wenn der Wind in den Wäldern rauscht
fürchten wir uns nicht.

Indianerhäuptling an den Gouverneur von Pennsylvania 1796
(aus: T. C. McLuhan, ... wie der Hauch des Büffels, Hamburg 1979)

1

Vor mir lag eine unscheinbare Mappe. Ein Name stand auf dem Einband. Während ich ihn flüsternd aussprach, ging mein Blick zum Fenster. In diesem Moment sank draußen eine Feder herab, eine ungewöhnlich große, weiße Vogelfeder mit braunen Streifen. Sie kreiselte im Wind, ehe sie aus meinem Blickfeld verschwand.

Ich erhob mich, öffnete die Fensterflügel und sah zum Himmel hinauf. Er war schmutzigweiß und wäßrig, der Bauch eines gewaltigen Schwimmvogels, der auf dem Tümpel des Lebens trieb. Pool of life, der Tümpel des Lebens. Der deutsche Psychoanalytiker C. G. Jung hatte einst von Liverpool als Tümpel des Lebens geträumt. »Suijkerbuijk«, flüsterte ich erneut. »Bist du im Tümpel des Lebens einfach untergegangen, vielleicht weil du vergessen hast, dein Federkleid zu fetten?«

Ich schlug das Deckblatt zur Seite und blickte in das Gesicht eines Mannes, von dem ich nicht viel mehr wußte als den Namen, das Alter und ein paar Lebensumstände, die alle sehr normal klangen. Suijkerbuijk war das, was man einen gutaussehenden Mann nennt. Die Haare dicht, der Stirnansatz niedrig, die Augen weit genug von der Nasenwurzel entfernt, um ein denkendes Hirn dahinter zu vermuten. Der Mund voll und doch männlich. ›Möwenmund‹ würde meine Mutter zu solchen leicht geschwungenen Lippen sagen. Suijkerbuijk erinnerte ein wenig an jene Schaufensterpuppen, die dem Ideal des virilen amerikanischen Mannes italienischer Herkunft nachempfunden sind. Auch die Detektive in amerikanischen Filmen sehen oft so aus.

Minjheer Franz Suijkerbuijk war spurlos verschwunden. Zuletzt war er auf dem Balkon eines amerikanischen Luxushotels gesehen worden. Von dort schien er sich tatsächlich wie ein Vogel entfernt zu haben, von der Brüstung aus, ohne Spuren zu hinterlassen.

Das Telefon schrillte. Ohne abzuheben wußte ich, wer es war. Eine mir allzu vertraute Stimme steckte in dieser Leitung und verlangte gebieterisch danach, aus der Muschel in mein Ohr zu dringen. Der heilige Geist meiner Mutter. Um diese Zeit, so kurz vor Dienstschluß, konnte es nur sie sein.

»Kommst du noch einmal vorbei, ehe du abreist?« fragte sie. »Wer weiß, ob wir uns noch einmal wiedersehen, mein Sohn. Es geht mir nicht gut in letzter Zeit. Das Haus wächst mir über den Kopf. Du kannst bei der Gelegenheit mal nach dem Wasserhahn über der Spüle sehen. Er tropft.«

»Welche Reise?« fragte ich verwirrt. »Ich weiß von keiner Reise, Mutter. Aber ich komm' natürlich trotzdem. Also bis nachher.«

Sie hatte aufgelegt, und ich hatte zuletzt mit dem Besetztzeichen geredet, ohne dies als ungewöhnlich zu empfinden. Gespräche mit meiner Mutter waren nie etwas Normales.

Wieder klingelte es. Diesmal war es mein Chef. »Du bist ja noch da«, sagte er und hustete ins Telefon. Ich glaubte förmlich, den Qualm seiner Zigarette zu riechen. »Es sind noch zehn Minuten bis Dienstschluß«, erwiderte ich. »Wenn man nicht aufpaßt, kann das eine kleine Ewigkeit sein.«

»Dann komm eben noch mal auf einen Sprung rüber. Und bring die Akte ›Suijkerbuijk‹ mit.« Er legte auf. Eine feine Schliere Zigarettenrauch schien aus dem Hörer zu quellen.

Ehe ich ging, ließ ich noch einmal die wenigen bekannten Fakten dieses Falles Revue passieren. Suijkerbuijk lebte in Leeuwarden. Achtunddreißig Jahre jung. Frührentner wegen einer dubiosen Krankheit. Gleichgewichtsstörungen. Früher Angestellter bei Philips. Spezialität: Entwicklung von Lautsprechern. Heirat mit einer Amerikanerin in Las Vegas. Flitterwochen in Kalifornien. Vor zwei Wochen spurlos verschwunden in Mendocino. Nachts auf den Balkon gegangen, um Sterne zu beobachten, wie seine Frau zu Protokoll gegeben hatte. Nicht wieder ins Zimmer zurückgekehrt. Keine Spuren. Tatsächlich wie ein Vogel auf Nimmerwiedersehen davongeflogen.

Die Zusammenarbeit mit Interpol war wie üblich schwerfällig. Unverbindliche Formulierungen verbargen nur unvollkommen, daß die Polizei drüben nicht weiterkam. Zehn Zimmer des Hotels gingen auf den Balkon hinaus. Alle waren belegt gewesen. Niemand hatte etwas bemerkt. Die ganze Gegend war inspiziert worden, natürlich auch das Ufer. Taucher hatten die kleinen Buchten und Höhlen ohne Ergebnis abgesucht.

Ich ging zu meinem Chef. Wie immer saß er unter einer Glocke von Zigarettenqualm und starrte in eine Akte, von der böse Zungen behaupteten, es sei immer die gleiche, ebenso wie das Gerücht ging, daß er des öfteren in dieser Haltung an seinem Schreibtisch übernachtete.

»Na, wieder auf den Beinen?« sagte er und streckte mir eine offene Packung Zigaretten entgegen, aus der einige weiße Orgelpfeifen hervorragten. Es gehörte zu seinen Scherzen, seine Untergebenen mit diesen Worten zu begrüßen, auch wenn sie sich bester Gesundheit erfreuten.

Ich warf ihm ein Blatt auf den Tisch, auf dem ich die wichtigsten Punkte des Falles Suijkerbuijk zusammengestellt hatte. Er überflog es.

»Interessanter Fall. Ich wußte, daß du anbeißt. Hier ist noch mehr.« Er reichte mir das Schriftstück, das vor ihm lag. Es war tatsächlich ein neues Dossier zum Fall Suijkerbuijk.

»Hier.« Er tippte auf ein Blatt aus dem Stapel. »Das könnte ein Anhaltspunkt sein.«

Er reichte mir den Bogen. Er war mehrfach gefaltet. Ich schlug ihn auf. Im ersten Moment dachte ich, es sei ein Stadtplan. Ein Netz von Linien, Symbolen, Kreisen, Dreiecken bedeckte das Papier.

»Was ist das?«

»Ein Schaltplan. Unsere Experten für solche Sachen sind sich nicht schlüssig, wozu das Ding nütze sein soll. Unser Minjheer Suijkerbuijk hatte ein Labor im Keller seiner Wohnung. Es sieht aus wie bei einem Hobbybastler. Wir haben uns anfangs nichts dabei gedacht, deshalb steht auch nichts davon in den Akten. Außerdem gibt es da ein Aquarium. Es war in Betrieb, als wir die Wohnung vorige Woche durchsuchten. Die Lampen brannten, die Pumpe arbeitete, das Wasser war in Ordnung, auch die automatische Fütteranlage. Aber sämtliche Fische waren tot. Sie trieben mit den Bäuchen nach oben an der Oberfläche. Wir haben einige Fische im Labor untersuchen lassen. Kein Gift. Aber bei allen waren die Schwimmblasen geplatzt. Ich möchte, daß du hinfährst und dir die Sache einmal ansiehst.«

»Ich verstehe nicht viel von Technik. Mein einziges Hobby ist die Selbstanalyse.«

Er bleckte seine nikotingelben Zähne und röchelte ein Raucherlachen. »Piet, du bist ein Komiker«, sagte er. »Leute von deiner Naivität sind fabelhafte Seismographen für kleine Unterwasserbeben. Fahr hin und sieh dich um. Denk nicht nach, grübel nicht, sieh dich einfach um. Weißt du, wie man die größten Pilze findet? Indem man geistig weggetreten ist, indem man wie ein Halbblinder durch den Wald stolpert.«

Ich verstaute die Akte und das Dossier in meiner Fahrradtasche und fuhr zu meiner Mutter. Die Gartenpforte war verschlossen, und ich mußte über den Zaun klettern. Das war ungewöhnlich. Ebenso daß die Haustür halb offen stand. »Mutter«, rief ich im Flur. »Ist alles in Ordnung?« Stille. Nur das Geräusch von Tropfen aus der Küche, mit dieser folternden Regelmäßigkeit, die Zeit zu einem Ding macht. Ich ging ins Wohnzimmer.

Sie saß im Ohrenstuhl und hatte die Augen geschlossen. Das Bild einer Toten mit wächserner Haut. »Mutter«, flüsterte ich, »ist dir nicht gut?«

Keine Reaktion. Ihre Hände lagen schlaff auf der Lehne. Ich trat näher, streichelte über ihre Stirn, den grauen Haaransatz. Ihre Haut war kalt und feucht. Plötzlich verzog sich ihr Mund. Sie lächelte und schlug die Augen auf. »Ach, tut das gut, Piet, wenn mich mein eigener Sohn berührt. Hab ich dich erschreckt, mein Junge? Du solltest dich an den Anblick deiner toten Mutter gewöhnen. Dann ist es dir nachher nicht mehr so schwer, wenn Ernst aus dem Spiel geworden ist.«

»Mutter, ich finde dein Verhalten geschmacklos.« Meine Stimme hörte sich unnatürlich hoch an. Ich war wirklich empört, gemessen daran, daß ich ein notorisch friedfertiger Mensch bin.

»Schwatz nicht. Hol uns lieber was zu trinken. Ich habe dir etwas Wichtiges zu sagen.«

Wir tranken ihren Lieblingssherry, und Mutter rauchte. Das war ebenfalls ungewöhnlich, denn sie haßte den Geruch von Zigarettenqualm. Sie hielt die Zigarette weit weg von sich und blies den Rauch durch einen Spalt des angekippten Fensters.

»Ich werde es aufgeben. Wenn du von deiner Reise zurück bist, werde ich nicht mehr hier sein.«

»Du meinst das Haus? Dein Haus? Deinen Garten, den du so liebst? Wenn es dir zuviel wird, nimm doch eine Hilfe.«

Sie lachte. »Kannst du dir jemanden vorstellen, der *hier* Ordnung schafft?« Sie zeigte auf die Zimmereinrichtung, in der alle Dinge, seitdem ich zurückdenken kann, einen festen Platz hatten. Unverrückbar, wie in einem Hologramm.

»Ich gehe ins Altersheim. Es soll ein sehr gutes in unserem Land geben. Die ganze Zeit dudeln sie da Musik. So was wie eine Therapie. Man wird ganz friedlich dabei, so daß man ohne zu mucken ins Gras beißen kann.« Sie lachte wieder und drückte die Zigarette in einem Kaktustopf aus. »Nein, mein Sohn. Mein Entschluß ist unwiderruflich. Ich mache dir Platz. Wenn du von deiner Reise zurück bist, kannst du hier einziehen. Du wohnst sowieso zu eng. Dann brauchst du auch dein Fahrrad nicht mehr ins Zimmer zu nehmen. Du kannst sogar heiraten, soviel Platz hast du dann.«

»Welche Reise meinst du eigentlich, Mutter? Es stimmt, ich fahre nach Leeuwarden, aber das ist doch keine richtige Reise. Ich bin höchstens einen Tag weg.«

»Leeuwarden? In dieses Kuhdorf? Nein, ich meine eine richtige Reise, lieber Sohn. Du weißt, daß man bei jeder Reise einen inneren Fluß überquert? Es ist immer, als ob man ein wenig stirbt, wenn man reist.

Vielleicht bin ich deshalb so lange in diesem Haus geblieben. Das war wohl sehr feige von mir. Aber jetzt ist Schluß damit. Reparierst du den Wasserhahn? Es ist schließlich bald deiner.«

Sie lehnte sich zurück und schloß die Augen. Alle Farbe schien wieder aus ihrem Gesicht zu weichen. Ich wußte, es hatte keinen Zweck zu widersprechen.

Ich begab mich in die Küche und beseitigte mit wenigen Handgriffen das ekelhafte Tropfgeräusch. Dann ging ich mit dem seltsamen Gefühl, daß meine Mutter eine mir immer noch völlig fremde Frau war.

2

Ich fuhr mit dem Zug nach Leeuwarden. Dabei kam ich durch Gegenden, die knapp unterhalb der Meereshöhe liegen. ›Depression‹ nennt man diese geologische Situation im Englischen. Ich fand es immer tröstlich, in solchen Depressionen zu sein. Virtuelles Ertrunkensein tut gut, wenn man sich immer noch als Landstreckenschwimmer begreift, der Ziele erreichen möchte, die seine Kräfte übersteigen. Eine Frau zum Beispiel, mit der man tatsächlich bis ans Ende zu leben vermag. Eine Geliebte für immer. In der letzten Zeit vermied ich es, in die einschlägigen Lokale zu gehen, wo wenigstens die Chance bestand, mit dem weiblichen Geschlecht in Kontakt zu bleiben. Ich war offenbar auf dem besten Weg, ein waschechter Bachelor zu werden.

Als ich in Leeuwarden ankam, regnete es heftig. Die Spiegelungen der Häuser in den Grachten waren übersät mit Einschußlöchern aus Regenschrot.

Ich hatte einen Durchsuchungsbefehl und die Erlaubnis, das Siegel der Wohnung von Suijkerbuijk aufzubrechen.

Auf den ersten Blick war das einzig Auffällige die wirklich hervorragende Musikanlage. Unser Klient war anspruchsvoll auf diesem Gebiet. Röhrenmonoblöcke von Leak. Ein alter Garrad 301 als Plattenspieler. Ein vermutlich getuntes CD-Spitzenlaufwerk von Sony. Englische Monitorboxen.

Eine gewaltige Sammlung erstklassiger Schallplatten und CDs, ganze Türme davon, ein akustisches Manhattan sozusagen. Sein Musikgeschmack war genauso exquisit. Klassik und Psychedelisches. Der komplette Glen Gould, Jan Gabarek. Außerdem jede Menge Geräuschplatten. Meeresrauschen, Vogelstimmen, Walgesang. Ich kenne diese Gourmets der Klangwelten, und ich teile ihre Obsession. Es sind Jäger, die abends bei einem Glas guten Rotweins auf der Lauer nach dem großartigen, einmaligen, sinnstiftenden Klangerlebnis sind.

Alles andere wirkte recht steril. Die Einrichtung eines Yuppies mit ethnologischen Interessen, die Bilder, schöne Landschaften zumeist, wobei das häufigste Motiv Flußmündungen waren, ein paar attraktive Masken, die indianischer Herkunft zu sein schienen.

Ich versuchte es mit dem Pilzblick. Suggerierte mir, so gut es ging, es sei meine Wohnung, setzte mich in verschiedene Sessel, ging ins Bad, wusch mir die Hände, brachte mit einiger Mühe die Stereoanlage zum Laufen, legte eine CD ein: »Le Chant des Baleines. Songs from the Deep«. Die Wirkung war schauerlich. Winseln, Klagen, Zwitschern überall, in jedem Raum, aus verborgenen Lautsprechern dringend. Es ging einem durch und durch. Ich schloß die Augen und sank immer tiefer in diese Unterwasserwelt, ein Ertrunkener auf der Reise zum Meeresboden.

Selbst auf der Toilette war diese quälende Sphärenmusik zu hören. Der kleine Raum war blau gestrichen, meeresblau. Die Illusion zu tauchen war perfekt.

Minjheer Suijkerbuijk hatte auch eine Vorliebe für Wandsprüche. Auf der Toilettentür stand:

Gutty Floy is my name
and terra is my nation,
empty space is my dwelling place
and death my destination.

Das Wortspiel der letzten Zeile gefiel mir, und allmählich wuchs meine Überzeugung, daß der Bewohner dieser Räume bei aller Normalität seines Äußeren ein Exzentriker war.

Ich sah mir die kleine Bibliothek an. Sind Bücher nicht oft ein aufschlußreicher Spiegel für ihren Besitzer? Dieser Spiegel hier jedoch schien blind zu sein. Da gab es viel Unverbindliches, Bestseller zumeist, wie »Die Bucht« von James A. Michener. Das einzige Buch, das mir auffiel, war ein deutscher Roman. »Der Erwählte« von Thomas Mann. Er paßte nicht hierher. Ich zog ihn heraus und blätterte darin. Es war ein Blindband. Die unbedruckten Seiten waren eng beschrieben. Vielleicht ein Tagebuch? Auf dem Deckblatt standen zwei Buchstaben. G. F. War das vielleicht dein Tagebuch, Gutty Floy? Ich legte es auf den Couchtisch und ging in den Keller. Auch hier blaugrüne Wände, Unterwasserlicht aus in die Wand eingelassenen Bullaugen. Und dann eine Vielzahl von rätselhaften Armaturen. Kapitän Nemos Brücke.

Aus überdimensionierten Boxen dröhnten immer noch Walgesänge, deprimierende Geräusche, die an Rülpser und das Knarren von Türen erinnerten. Und mitten im Raum stand das Aquarium, von dem mein Chef erzählt hatte. Es war leer. An den Glaswänden Dinge, die wie Bierdeckel aussahen, flache Quadrate, die mit irgendwelchen elektronischen Geräten verkabelt waren. An der Tischzarge etliche Schalter. Ich betätigte mehrere von ihnen. Plötzlich schrie ein Kind hinter mir. Ich fuhr herum und erblickte in einem Regal eine kleine Plastikfigur, eine Puppe. Sie war rot, und aus dem geöffneten, zahnlosen Mund kamen schrille Laute. Sie schienen nicht gänzlich unartikuliert zu sein. Ich mühte mich zu verstehen. »Killatoc« so ähnlich klang es immer wieder. »Killatoc.«

Ich wußte nicht, was ich suchte. Mir kam es vor, als triebe ich durch Tangwälder. Dann wieder streiften mich Nesselfäden riesiger Quallen. Ein wenig entsprach das meinem Lebensgefühl in letzter Zeit. Auf eine schmerzliche Art von den Verhältnissen überspült.

Dann aber entdeckte ich etwas, das meine Lebensgeister sofort belebte. In einem Nebenraum Regale voller Weinflaschen. Auch wenn ich kein großer Kenner bin – diese Etiketten, auf denen sich die Worte »Grand Cru Classé« wiederholten, redeten eine deutliche Sprache. Hier waren Geld und erlesener Geschmack eine höchst trinkbare Fusion eingegangen. Ich nahm eine der Flaschen an mich und tauchte auf ins Parterre, öffnete die Fenster und ließ diesen verregneten Leeuwardener Tag alle Unterwassergeister vertreiben. Dann ging ich in die Küche, versorgte mich mit einem Glas und einem Korkenzieher.

Ich las in Gutty Floys Tagebuch und trank Saint Emilion Grand Cru Classé in kleinen Schlucken, die ich zerkaute, bis das Tannin, dieses dunkelrote Adstringens, meine aufgeregten Magennerven beruhigte und mir allmählich zu dämmern begann, daß ich eine Spur aufgenommen hatte, die bei aller Undeutlichkeit doch in eine bestimmte Richtung wies, in die Neue Welt, wie wir Europäer heute noch sagen.

Als ich gegen Abend die Wohnung verließ, hatte ich eine zweite Flasche fast ausgetrunken, eine Menge Walgesänge gehört und außerdem den Kopf voll von Geschichten aus Gutty Floys Tagebuch. Es war englisch geschrieben und eigentlich kein richtiges Tagebuch. Lauter Märchen oder Traumprotokolle. Ich nahm es mit. Dieser Name »Gutty Floy« hatte von mir Besitz ergriffen. Ständig wiederholte ich den Spruch »Gutty Floy is my name/ and terra is my nation...«

Als ich am nächsten Tag meinem Chef Bericht erstattete und dabei die Dürftigkeit des Ergebnisses meiner Recherche beklagte, winkte er ab. »Killatoc«, murmelte er. »Das klingt gar nicht so schlecht. Piet. Du fährst auf jeden Fall hin. Du kannst jetzt deine Pilze auf der anderen Seite der Welt weitersuchen. Die sollen dort tolle Wälder haben. Aber bring mir gefälligst echte Luckies mit.«

Ich mußte ihn ziemlich dümmlich angesehen haben, denn er lachte lauthals und schlug mir auf die Schulter. »Was? Du warst noch nie in Amerika? Dann wird es aber Zeit, mein Lieber. Ein Expsychologe wie du muß einfach mal dagewesen sein. Du wirst begeistert sein. So viele prächtig funktionierende Psychopathen gibt es nirgendwo sonst. Es ist die größte Klapsmühle des Erdballs, und das Wunderbare daran ist die Tatsache, daß sie immer noch hervorragend arbeitet. Überhaupt nicht veraltet. Ob Elvis, Kevin Costner oder Michael Jackson. Dort gibt es sogar echte Indianer, die im Film glaubhaft Indianer spielen.«

Während er weiterredete, schob er mir ein Kuvert über den Tisch. Darin steckten ein Flugticket, mehrere Adressen und eine Liste, die sich als englisches Glossar so wichtiger Fachausdrücke wie ›Holster‹ für Pistolenhalfter erwies.

3

Genau vierundzwanzig Stunden vor dem Abflug begann ich, Bourbon zu trinken. Wasser der Dunkelheit, wie es die Indianer nennen. Nicht, weil ich damit meine wachsende Unruhe bekämpfen wollte – schließlich würde ich mehr als vierzehn Stunden in über 10000 Meter Höhe verbringen –, auch nicht, weil mich die vagen Dimensionen dieses Falles beunruhigten. Beides hätte ich lieber mit einem anderen Getränk beschwichtigt. Ich trank vielmehr dieses seifig-süßliche Getränk, weil es charakteristisch für das Land sein sollte, in das ich fahren würde.

Bourbon schmeckt mir nicht. Er hat die Eigenschaft, in jeden Winkel des Körpers zu dringen, von den Haarspitzen bis zu den Fußsohlen. Er macht nicht allein betrunken durch seinen Alkoholgehalt, sondern auch durch seine geschmackliche Penetranz. Er kann durchaus Ekelgefühle erzeugen, und zugleich schleicht er sich durch seine Duftstoffe in alles ein, was den Moment des Trinkens umgibt. Das macht süchtig. Man kann nicht aufhören.

Ich trank und trank. Der Himmel wurde rötlichbraun, die Wände meines kahlen Zimmers verloren ihre Reinheit, meine Gedanken verloren ihre Konturen. Ich wußte, spätestens nach dem fünften Glas wurde man vom Teufel geritten, und der Teufel war ein Cowboy. Ähnlich stellte ich mir Amerika vor, seine Wirkung auf das Gemüt: War man erst einmal da, durchdrang dieses Land alles mit seiner Weite, machte heimat- und orientierungslos, blind wie eine Motte auf dem Lampenschirm, nachdem das Licht ausgegangen ist.

Amerika, genauer gesagt, die USA: ein Land von geradezu perverser Größe für einen Holländer, eine fremde Welt, deren kulturelle, politische und ethnische Botschaften ich bislang nur aus Filmen, Büchern, Schnellimbissen und Soldatensendern kannte.

Es gab eine Zeit, in der es schick war, Amerikaner und ihr Land abzulehnen. Diese Zeit war vorbei. Vielleicht waren wir in Europa inzwischen alle so amerikanisiert, daß uns sogar unsere Vorurteile abhanden gekommen waren. Amerika war allgegenwärtig wie Jack Daniels nach dem zweiten Schluck. Und es war zugleich so weit weg, daß man sich wie Kolumbus fühlen konnte, wenn man hinfuhr. War es nicht immer noch eine geographische Täuschung? Ein falsches Indien? Der grandiose Irrtum eines naiven Entdeckers? Disneyland war seine Hauptprovinz und das Weiße Haus eine Sahnetorte, mit der ein überdimensionaler Komiker die Welt bewarf.

Die letzten Stunden vor meinem Abflug verbrachte ich in meinem Büro. Ein schmales Zimmer, das nicht mehr als einen Schreibtisch, einen Stuhl und ein spartanisches Klappbett beherbergt. Ich habe an meinem Arbeitsplatz absichtlich unsere nationale Sucht nach Grünpflanzen und Fensterbrettnippes unterdrückt. Einziger Zierat ist ein anatomisches Poster, ein Skelett, auf dem sämtliche Knochen des Menschen festgehalten und durchnumeriert sind. Ich sehe es oft an, um mir Ruhe zu verschaffen, wenn mich Gedanken oder Probleme bedrängen. Aber jetzt hatten diese Knochen die Farbe von Whisky, und außerdem tanzten sie Boogie-Woogie.

Meine Aufgabe bei der Groninger Kripo ist es, Fälle von in

Not geratenen Landsleuten zu bearbeiten. Zumeist ist es Papierkram. Hin und wieder sind glücklicherweise auch weite Reisen nötig, um an Ort und Stelle einzugreifen. Aber eine Dienstreise nach Amerika, damit hätte ich in meinen kühnsten Alpträumen nicht gerechnet.

Ich lag also auf meiner Pritsche, die Augen halb geschlossen, die Ohren halb dem Summen der Stadt zugewandt, halb jenem ewigen inneren Monolog, der Fragen und Antworten nach dem Leben und der Liebe durcheinanderschüttelt wie Glassplitter in einem dunklen Kaleidoskop. Ich habe es mir angewöhnt, mein eigener Psychiater zu sein, hier hin und wieder zu liegen und mir einzubilden, zugleich außerhalb meines Blickwinkels hinter mir zu sitzen, um mir anzuhören, was mir so an wahllosen Gedanken in den Kopf kommt. Beide sind wir mittelmäßig, Patient und Arzt, beide könnten wir ohne weiteres die Plätze tauschen, ohne daß sich etwas ändern würde. Das ist ein gutes Gefühl, denn es verschafft einem die für dieses Leben so nötige sanfte Resignation. Diesmal aber hörte ich nichts außer einer schrillen Kinderstimme: »Killatoc, Killatoc ...«

Ich rief meine Mutter an. »Tropft es noch?« fragte ich. Sie verneinte. Ich hörte sie leise atmen, als erwarte sie mehr von mir. »Ich fliege morgen nach Amerika.«

»Siehst du«, sagte sie, »ich habe es geahnt. Du fliegst also nach Amerika. Das wird dich jünger machen, mein Sohn. Nach Westen fliegst du mit der Zeit. Wenn du nach Rußland fliegst, wirst du älter. Das erklärt vollkommen ausreichend den Unterschied zwischen beiden Völkern, findest du nicht?«

»Du hast recht, Mutter, wie immer. Überleg dir das noch mal mit dem Haus.« Besetztzeichen. Sie hatte wieder einmal zu früh aufgelegt.

4

Anderntags saß ich im Flugzeug. Meine Mutter hatte mir einen kleinen Reisebeutel gepackt. »Aber erst in Amerika aufmachen«, hatte sie gesagt.

Fliegen ist eine Qual für mich. Ich habe Höhenangst. Unter dieser dünnwandigen Blechdose 10000 Meter Leere zu wissen, wölbt meinen Adrenalinspiegel so sehr, daß sich alles darin verzerrt.

Dummerweise hatte ich in einem Anfall von Kühnheit, von indianischem Mut sozusagen, einen Fensterplatz gebucht, und der lag auch noch über der Tragfläche, deren Wippen mir den permanenten Vorgeschmack von Ikarus' Ende vermittelte.

Es gab nur zwei Fixpunkte, die mich einigermaßen von meiner Todesnot abzulenken vermochten: die Knie meiner Nachbarin und die Lektüre in Gutty Floys Traumbuch. Ich hoffte, daß sie irgendeine Spur enthielten. Das war die Witterung, die ich aufgenommen hatte.

Wir flogen die meiste Zeit über einer geschlossenen Wolkendecke. Sie sah weiß Gott wenig seriös aus, eher wie eine gewaltige, in sich zusammensackende Bierblume. Da meine Nachbarin eben gesagt hatte, ich solle nicht immer auf ihre Beine starren und überhaupt ihr nicht so auf den Pelz rücken – die flugzeugunfreundliche Länge meiner Beine schien für sie kein Argument zu sein –, blieb mir nichts anderes übrig, als weiter in Gutty Floys Träumen zu lesen. Mich der Flut dieser Bilder zu überlassen. Ich versuchte sie zu deuten, zu lesen, wie man einen verschlüsselten Text liest, immer auf der Lauer nach Hinweisen, die das Geheimnis des Codes verraten. Natürlich wußte ich, daß dies kaum der richtige Weg war. Träume sind keine Rätsel, die dem Verstand aufgegeben werden. Der von mir als Schriftsteller so hoch geschätzte Dr. Freud war mit seinen Traum*deutungen* einem grundsätzlichen Irrtum aufgesessen. Träume sind kein codiertes Leben. Es ist genau umgekehrt. Sie sind der Klartext. Das Leben ist die verschlüsselte Botschaft. Das Beste, was ich je über Träume gelesen habe, stammt übrigens von einem amerikanischen Schriftsteller: »Der Stoff, aus dem die Träume gemacht sind, wurde von den Sinnen gesammelt und im Gedächtnis gespeichert wie Eichhörnchen Nüsse horten.« Träume sind also nichts anderes als präzise Erinnerungen ohne Konzept. Wirklichkeit, wie sie im Wachzustand niemals erfahren wird, weil dann bereits die Verfälschung durch das Leben eingesetzt hat.

Eine von den Geschichten gefiel mir so gut, daß ich sie mir halblaut vorlas:

»Mir träumte, die Erde war dünn, und der Baum auf ihr hatte keinen Platz für seine Wurzeln. Ein Sperling setzte sich auf seinen höchsten Ast, und der Baum stürzte um. Seine Wurzeln rissen ein Loch in die Erde, und von dort strömte ein sanfter Wind, der Wind des Lebens, der den Duft von Sommerwiesen heraufbrachte. Mir träumte, daß Tiefer Mond sich über den Rand der Öffnung beugte und den Halt verlor. Sie stürzte in den Himmel hinab, immer tiefer, dem warmen Südwind entgegen. Alles war blau um sie, so weit das Auge reichte, und sie hatte Angst, am Grunde des Himmels zu zerschmettern. Da erblickte sie einen weißen Vogel. Auch der Vogel erblickte sie. Er flog eine Weile neben ihr und fragte: ›Fürchtest du dich, so zu fallen?‹ ›Ja‹, sagte Tiefer Mond, ›ich fürchte mich.‹

Der Vogel verwandelte sich in einen Mann mit schwarzen Haaren und starken Armen, der sie umfing. ›Ich werde dich retten‹, sagte der Mann, ›hab keine Angst.‹ Da er keine Flügel mehr hatte, fiel er jedoch selbst. Und je tiefer er fiel, um so mehr fürchtete er sich. Da ließ er Tiefer Mond los und bewegte seine Arme, bis sie Federn bekamen. Dann flog er davon. Tiefer Mond aber stürzte weiter in die blaue Schlucht des Himmels.«

Ich klappte das Buch zu und starrte auf die Leinwand an der Stirnseite der Kabine, auf der ein amerikanischer Videofilm lief. Ohne Ton, denn ich hatte keinen Kopfhörer. Die Bilder waren unscharf, darin glichen sie fatal der Wirklichkeit.

Irgendwann versuchte ich zu schlafen. Wider Erwarten mußte es mir gelungen sein, denn ich war plötzlich in Gutty Floys Traum. Ich fiel und fiel durch blaue Tiefe. Neben mir tauchte ein Vogel mit weißen Schwingen auf. Er kam immer näher, sein scharfer Schnabel öffnete sich, er begann, nach mir zu hacken.

Ich wachte davon auf, daß meine Nachbarin ihren Ellbogen in meine Rippen boxte. »Ich bin kein Kissen«, zischte sie. »Schlafen Sie gefälligst nach der anderen Seite, und schnarchen Sie nicht so.«

Zehn Stunden waren wir schon geflogen. Ich starrte auf die Tragfläche, die kupferfarben glänzte im Licht der tiefstehenden Sonne. Das Reisepäckchen meiner Mutter fiel mir ein. Es ließ sich nur schwer öffnen. Als ich die Plastikfolie mit meinem Taschenmesser aufschnitt, stank es bestialisch. Alter Münster, mein Lieblingskäse. Ich mußte die Stewardess bitten, diese Geruchsbombe zu entsorgen.

Dann kam die Nacht. Die Dunkelheit wirkte stofflich, und ich fühlte mich sicherer, so eingekapselt von Finsternis. Wie naiv man doch reagiert. Wir waren inzwischen über dem anderen Kontinent. Er war dünn besiedelt. Man sah es an den seltenen, kleinen Sternbildern dort unten, Ansammlungen von Lichtpunkten, meistens in Kreuzform. Nester, die wahrscheinlich aus nur einer Haupt- und einer Querstraße bestanden. Durch die eine lief der Held, die Hand nur wenige Zentimeter vom Revolvergriff entfernt, die andere kam der Bösewicht herauf. Seine Finger bogen sich schon um die Waffe. An der Kreuzung würden sie aufeinandertreffen.

Meine Nachbarin war eingeschlafen. Ihr Kopf ruhte an meiner Schulter. Ich wagte nicht, mich zu bewegen, zog nur das kleine Rollo vor dem Fenster zu, als verleihe dies der Situation mehr Intimität.

Wir landeten eine Stunde vor Mitternacht auf dem San Francisco International Airport. Auf meiner Armbanduhr war bereits der nächste Morgen angebrochen. Ich hatte sie nicht verstellt, vielleicht, um einen letzten Kontakt zur Alten Welt zu halten. Jetzt kroch von dort die Müdigkeit in mich.

Ich hasse Flughäfen. Sie kommen mir vor wie Schlachthöfe, in denen Menschen wie Vieh behandelt werden. Man bewegt sich auf Rollbändern, mit einem unsichtbaren Fleischerhaken im Nacken, wird kontrolliert wie bei einer Trichinenbeschau, muß endlos in Schlangen warten, bis man an der Reihe ist, das Bolzenschußgerät aufgesetzt zu bekommen. Man muß anscheinend das Privileg, unerhörte Distanzen in kürzester Zeit zurücklegen zu dürfen, durch solche hinterhältigen Prozeduren büßen. Am schlimmsten ist es vor dem Gepäckförderband, auf dem die Koffer und Taschen vorbeiziehen wie arme Seelen, die ihre Menschenschatten werfen. Ich muß mich jedesmal überwinden, mein eigenes Gepäck zu ergreifen. Lieber lasse ich es zweimal die Runde machen. Immer befürchte ich, der Koffer sei so schwer, daß er mich aufs Band ziehen und ich in dieser Schleuse zur Unterwelt für immer verschwinden könnte.

Doch schließlich stand ich da mit meinem Koffer. Verloren und schüchtern. Es war dieses Auswanderergefühl, wie ich heute glaube. Vor dem Informationsschalter fiel mir kein Wort der Landessprache ein. Es war peinlich. Die Dame hinter dem Fenster mit der offenen Luke sprach mich auf deutsch an. Sie riet mir, mit einem Shuttlebus zum nächsten Motel zu fahren. Es sei schon zu spät für den Weg in die zehn Meilen entfernte Stadt, vor allem, da ich unverzeihlicherweise kein Hotel gebucht hätte.

Eine halbe Stunde später fand ich mich auf dem durchgesessenen Sofa eines schäbig möblierten, großen Zimmers vor einem alten Fernseher wieder. Ich hatte plötzlich eine ganze Wohnung mit Bad, Schlaf-, Wohnzimmer und Küche für mich. Die breite Glasfront ging auf eine Reihe von Müllcontainern. Alles war heruntergekommen und dennoch komfortabel. Übertrieben groß und in eigenartigen Winkeln gestellt. Ein Environment von Claes Oldenburg. Godot hätte sich hier wohl gefühlt, vor diesem blutroten Blumenmeer auf der Tapete, in diesen gewaltigen, nachtschwarzen Skailedersesseln, auf denen weiße Kunstfelldecken lagen, in diesem riesigen, wie ein schlaffes Trampolin nachgebenden Bett mit den Kunstfaserbezügen und den gelben Rüschen am Rand.

Ich duschte. Die schweren Armaturen hätten in das Raumschiff Enterprise gepaßt. War dieser Raum typisch für das Land? Mangel und Verschwendung so nah beieinander? Unglaublich solide Wasserhähne, ein Herd, der einer Großküche gut gestanden hätte, Steckdosen und wie provisorisch verlegte Leitungen, die einen europäischen Installateur die Stellung gekostet hätten, Topfblumen, die aus Cellulose oder aus Wachs zu sein schienen, obwohl sie echt waren, unerbittlich grün und orange, und von Staub bedeckt, der klinisch steril wirkte.

Es roch nach Desinfektionsmitteln. Über die Scheibe des Fernsehers kroch eine Fliege, genau über die Nase des Moderators, der von einem Krieg erzählte, als handele es sich um ein Haarwuchsmittel, während in der eingeblendeten Werbung ein Glatzkopf im Stile eines Kriegsberichterstatters von einem Haarwuchsmittel redete. Ja, ich war zweifellos in einer anderen Welt. Sie war häßlich und großzügig zugleich.

Ich trank zollfreien Bourbon vom Flugzeug. Hier schmeckte er völlig anders, fast richtig gut. Dann griff ich wieder zu Gutty Floys Traumbuch. Leise las ich mir vor, während aus dem angrenzenden Apartment die rauhen Stimmen und die Revolverschüsse irgendeines Westerns zu hören waren.

»Ich habe geträumt, im Bauch von Tiefer Mond zu sein. Mein Bruder war bei mir. Wir unterhielten uns. ›Laß uns auf dem üblichen Weg hinausgehen‹, sagte er, ›damit wir unserer Mutter nicht weh tun.‹ Ich aber war ungeduldig und wollte auf dem schnellsten Wege hinaus. Ich sah ein Licht unter ihrem linken Arm. ›Dort geht es hinaus‹, sagte ich. ›Komm mir nach!‹ Aber mein Bruder wollte nicht folgen, um unsere Mutter nicht zu verletzen. ›Wir wollen warten,‹ sagte er, ›bis sie uns auf dem natürlichen Wege hinausläßt.‹ Aber ich hörte nicht auf ihn. Ich stieß mich mit den Beinen ab und kletterte nach oben. Tiefer Mond schrie auf vor Schmerzen. Aber es kümmerte mich nicht. Ich kroch an ihrem Herzen vorbei, das laut und schnell in ihrer Brust schlug. Dann hatte ich die Öffnung in ihrer Achselhöhle erreicht, aber sie war zu eng. Ich mußte sie weiter machen. Also nahm ich mein Messer.«

Ich konnte nicht mehr. Die Augen fielen mir zu. Ich schob meinen Koffer vor die dünne Sperrholztür, deren Beschläge ebenso billig waren wie die Armaturen im Badezimmer teuer, und zog mich aus. Als ich ins Bett sank, hatte ich wieder das Gefühl, ins Bodenlose zu fallen, aber diesmal kam kein Vogel, der mich nicht schlafen ließ.

5

Meine biologische Uhr und die Ortszeit klafften neun Stunden auseinander. Die Folge waren Idiosynkrasien, Überempfindlichkeit der Netzhaut. Das Tageslicht zum Beispiel. Es war dem Nachthimmel übermalt in opaken Farben, ein quälendes Blau, glasiert und eingebrannt von der Sonne. In mir war Abend, draußen vor den Busfenstern gleißender Morgen. Die Temperatur bereits 70° Fahrenheit. Die Umrechnungsformel hatte ich mir eingeprägt. Minus 32 mal 5 geteilt durch 9. Also 38 mal 5, macht 190, geteilt durch 9, ergab ungefähr 21° Celsius. 85° sollten es heute werden. Wieder rechnete ich. Es war fast ein physischer Schmerz, in meiner Verfassung mit solchen Zahlen im Kopf zu balancieren, aber er hielt mich wenigstens wach. Fast 30° Celsius sollten es also noch werden, Hochsommer im Oktober.

Wir spülten in einer Strömung von Blech in Richtung Stadt. San Francisco, eine Legende für meine Generation, die noch von der ausklingenden Hippiebewegung berührt worden war. Dem Hörensagen nach eine der schönsten Metropolen der Welt. Für mich, der ich in den frühen Siebzigern an der Kiesgrube Gitarre gespielt hatte, zwischen den Joints und den Heineken-Dosen, und weil ich die Harmonien von »It never rains in southern California« mühsam auswendig gelernt hatte, war diese Stadt immer noch ein Ort uneingestandener innerer Sehnsucht. Das Mekka der Illusionen von einer friedlichen Menschheit.

Wir fuhren an pastellfarbenen Häuserreihen vorbei, Zukkerwerk in der Sonne, gewelltes Spielbrett einer überbelichteten Stadt, die Autos wie No-Steine darin verstreut, immer wieder mit dem Lineal gezogene Schneisen, die Streets und Avenues, die meisten ohne Namen, nur mit Nummer versehen, rechtwinklig zueinander, die Häuser zu Blocks geordnet, kein Labyrinth, sondern ein übersichtliches Arrangement, nach »downtown« hin steil in die Höhe wachsend die Stalagmiten der Hochhäuser. Ich hatte den Stadtplan aufgefaltet auf den Knien.

Bei der Cityhall stieg ich aus. Hier mußte das Zentrum sein. Als ich mich umsah, war ich enttäuscht. Es gab kaum Menschen. Die Umgebung wirkte wie eine Fiktion, eine Fatamorgana im Flimmern der heißen Studioluft. Die breite van Ness Avenue schnurgerade wie der Andreasgraben, die Cityhall ein klassizistischer Bau mit Kuppel und Säulen, Petersdom in Disneyland, die Bürgersteige leergefegt, nicht einmal Dreck, nur weißer Sonnenstaub, eine Stadt ohne Stadt, Niemandsstadt, menschenleer, die Autos zogen wie Jahrmarkts-Skooter vorüber, ohne Insassen, nur von geheimnisvollen elektrischen Impulsen unter dem Asphalt dirigiert.

Ich war inzwischen wieder des Englischen mächtig und fragte nach dem House of Justice. Jemand nahm mir den Stadtplan aus der Hand und malte eine Linie und ein Kreuz hinein. Amerikaner schienen enorm praktische Leute zu sein.

Obwohl mein Koffer ziemlich schwer war, entschloß ich mich zu laufen. Die Gegend wurde immer finsterer, ebenso wie die Gesichter der Passanten, die nun zahlreicher wurden. Spießrutenlaufen an dubiosen Existenzen vorbei.

Ich sah meinen Schlagschatten neben mir wie einen verwachsenen Leibwächter, hielt immer wieder an, wischte mir den Schweiß von der Stirn, holte die Karte hervor, um meinen Standort zu bestimmen. Jeden Augenblick erwartete ich das Erdbeben. Die staubige Straße würde aufreißen, genau unter mir.

Endlich war ich am Ziel. Das House of Justice war ein abstoßendes Gebäude in einem besonders heruntergekommenen Teil von San Francisco. Ein Bau aus den fünfziger Jahren, nicht bonbonfarben gestrichen, kein mexikanischer Einfluß, vielmehr grau und vom Charme einer Kaserne.

Auf der breiten Treppe lungerten Bettler herum, Stadtstreicher, Trinker. Polizisten bahnten sich ihren Weg hinaus und hinein, genau diese breitschultrigen, gutaussehenden Typen, wie man sie aus den amerikanischen Serien kennt. Blonde Polizistinnen, die wie Models aussahen, stiernackige Lieutenants mit geölten Holstern und stahlblauem Killerblick.

Zwei Strömungen stauten sich vor dem Eingangsportal. Die eine von drinnen, die andere von draußen kommend. Die eine mit Hoffnung, die andere mit Resignation im Blick. Ich ließ mich in die Empfangshalle spülen. Jeder, der weiter wollte, mußte durch eine Schleuse mit den gleichen Metalldetektoren wie auf Flughäfen. Als ich passierte, piepte es, und ein rotes Licht flammte auf. Ursache war vermutlich mein Schlüsselbund. Ich hatte vergessen, ihn auf das kleine Förderband zu legen. Aber niemand kümmerte sich um den Alarm. Ich schwappte weiter mit der Menschenflut, die sich in zahllose Gänge verteilte, ein sumpfiges Delta der Schicksale unter dem trüben Licht einiger Milchglassonnen.

Einer großen Übersichtstafel entnahm ich, daß es hier nicht nur alle möglichen Polizeibüros gab, sondern auch Richter, Anwälte und sogar ein ganzes Gefängnis einschließlich der Besucherräume für die Verwandten von Kriminellen.

Neben den Fahrstühlen war ein Laden, eine Nische, in der man alles mögliche kaufen konnte. Popcorn, Fruchtsäfte, Zeitungen, Süßigkeiten, Zigaretten. Wahrscheinlich bekam man unter dem Tisch auch Waffen, Schnaps, Ausbruchswerkzeug und Zeugen. Das ganze House of Justice schien eine komplette Welt im kleinen zu sein, eine Arche der mächtigen und ohnmächtigen Existenzen auf der guten und der bösen Seite des Lebens.

Ich hatte eine Adresse, einen bestimmten, für Auslandsfälle zuständigen Sergeant, Officer oder Lieutenant. Die Titelhierarchie in Amerika war mir immer noch ein Rätsel. Wir hatten bereits telefoniert und uns dabei wie entfernte Verwandte mit den Vornamen angeredet. Er hatte mir seine Zimmernummer gesagt. Eine Vierhunderter-Nummer, also wahrscheinlich im vierten Stock.

Ich fuhr im Fahrstuhl nach oben, zusammen mit einem ganzen Viehtransport von abgerissenen Gestalten. Dann irrte ich durch die breiten, schlecht beleuchteten Flure. Zahllose übermannshohe Türen, die Türgriffe so hoch wie Garderobenhaken. Kafkas Schloß, Citizen Kane.

Die Zahlen auf den Türen sprangen zuweilen unvorhergesehen, oder sie hörten hinter einer Flurecke ganz auf. Ich lief hin und her, verstört wie eine Maus in einem Versuchslabor für Verhaltenspsychologie. Wenn man hier arbeitete, würde man irgendwann reif für jedes Verbrechen sein. Demoralisiert, paranoid, zu sadistischen Phantasien neigend.

Eine Frau mit Eimer und Feudel kam vorbei. Ich stürzte auf sie zu, bereit, alles zu gestehen. Ich sagte die Nummer des Zimmers. Sie beschleunigte ihre Schritte und verschwand in einer Toilette. Ich hörte, wie sie hinter sich abschloß.

Kurz darauf fand ich die richtige Tür. Ich klopfte zaghaft und nahm mir vor, mit erhobenen Händen einzutreten oder sie überkreuz vor mich zu halten, um die Handschellen zuschnappen zu lassen. Aber auf mein Klopfen tat sich nichts. Also nahm ich all meinen restlichen Mut zusammen und trat einfach ein.

Es war, als käme ich in das berühmte Büro von Spade and Archer aus dem ›Malteser Falken‹. Die Kulisse stimmte perfekt. Der massige Schreibtisch, die schwarzen Skailedersessel, die Bürolampe, die fleckige Schreibunterlage, das Gestell mit Tintenfaß und Löschsand, der Aktenschrank aus Stahlblech, das schwarze Telefon mit Drehscheibe.

Aber Spade selbst entsprach nicht meiner Erinnerung an den Film. Kein smarter Looser, kein melancholischer Trinker mit der natürlichen Autorität des Desillusionierten, so wie sie Humphrey Bogart vermittelt. Vielmehr ein freundlicher Glatzkopf mit Doppelkinn, intelligentem Blick hinter starken Brillengläsern.

Er musterte meine Papiere, meinen Polizeiausweis. Er lächelte, als lese er eine Christmascard. Dann deutete er auf einen Stuhl, und ich nahm Platz.

Aus dieser Perspektive war die Filmkulisse des Raumes besonders eindrucksvoll, die Dimensionen leicht verzerrt, Weitwinkeleffekt, das Fenster im Hintergrund mit der auf Pappe gemalten Stadtkulisse indirekt beleuchtet von unsichtbaren Scheinwerfern im Hof. So saß ich da und wartete auf den Auftritt von Lauren Bacall.

Nichts geschah. Außer dem scharfen Geräusch, mit dem eine Tüte Erdnüsse aufgerissen wurde. Wortlos warf mir mein Gastgeber einige Nüsse zu. Meine Reflexe waren erstaunlicherweise gut genug, keinen einzigen Fehlfang zu produzieren. Offenbar hatte ich einen wichtigen Test bestanden, denn nun kam mein Freund zur Sache.

»Es ist nichts Ungewöhnliches, wenn ein Mann kurz nach der Hochzeit verschwindet«, sagte er grinsend. »Jedenfalls in unserem Land nicht. Es ist oft die letzte Möglichkeit, ein Desaster zu vermeiden.« Er begann, seine riesigen, gelben Zähne mit Zahnseide zu traktieren.

»Mister Suijkerbuijk war erst eine Woche verheiratet.«

»Das reicht, um von einer Frau einen Eindruck zu gewinnen«, sagte er ungerührt. »Ich sage, er ist mit irgendeiner anderen nach Mexiko abgehauen. Über die grüne Grenze. Er wollte natürlich keine Spuren hinterlassen.«

Er war Officer und hieß Hardy. Ein sehr passender Name. Ich nahm an, daß ich zur Zeit das gleiche stupide Grinsen im Gesicht hatte wie Stan Laurel. Eine Maske freundlicher Torheit.

»Es ist kein Verbrechen zu verschwinden«, sagte Officer Hardy. »Wir sind ein freies Land. Es gibt keine Meldepflicht. Jeder kann hingehen, wohin er will. Das einzige Verbrechen Suijkerbuijks ist es, die Zeche geprellt zu haben. Aber seine Frau hat später bezahlt. Wir haben alles getan, um eine Leiche zu finden. Außer ein paar ölverschmierten Möwen und einem Walfischkadaver haben wir nichts Totes gefunden.«

Er warf mir eine Nuß zu, und diesmal verfehlte ich sie.

»Siehst du, so einfach ist das«, sagte er und lächelte. Dann setzte er hinzu: »Mit dem Tod. Er ist ein Fehlgriff. Das Leben geht daneben und landet irgendwo auf dem Teppich und dann im Mülleimer. Ihr Europäer habt immer viel zu viel Gewese um den Tod gemacht. Diese ganzen Darstellungen in der bildenden Kunst, die zahllosen Hymnen. Was ist das schon: aufhören. Ein Gang um die Ecke, etwas kommt außer Sicht.«

Wieder warf er eine Erdnuß, diesmal aber gleich in den Papierkorb, der ziemlich weit weg in einer Zimmerecke stand.

»Ist hier jemand mit Namen Gutty Floy bekannt?« Ich hatte diese Frage förmlich aus der Hüfte geschossen, und ich war mir sofort sicher, einen Volltreffer gelandet zu haben.

»Gutty Floy? Gutty Floy?« Hardy war sichtlich irritiert. »Ich glaube, einer unserer Stadtindianer heißt so ähnlich.«

»Kann man ihn auftreiben?«

»Ich werde niemanden nach ihm ausschicken. Aber ich verrate dir sein Revier. Market Street. Da stehen die meisten. Den Rest mußt du schon selber machen, Sheriff.«

Er nahm seine Brille ab und begann sie zu putzen. Jetzt sah man erst, wie himmelblau seine Augen waren. Vielleicht verdankten sie ihre Farbe dem Umstand, daß Officer Hardy bei seiner Berufsausübung des öfteren in den Himmel seiner Heimatstadt starrte.

»Und noch etwas, Sheriff, unsere Hobos sind von anderem Kaliber als eure. Weil sie mehr Platz haben für ihre Träume, verstehst du? Sie sind gefährlich. Vor allem, wenn sie längere Zeit an Ort und Stelle sind. Dann sind sie nichts anderes als menschliche Tretminen. Ein Hobo unterwegs ist der netteste Mensch der Welt, aber wehe, er ist länger als ein paar Wochen festgenagelt.«

»Kennt ihr denn sämtliche Stadtstreicher von San Francisco?«

Hardy lachte. »Es gibt einige tausend, vielleicht zehntausend. Die Übergänge sind fließend. Mancher Arbeitslose wird zum Hobo, wenn er nur Zigaretten holen geht. Natürlich kennen wir nur wenige. Meistens sind es die Anführer, die Häuptlinge. Viele Hobos sind nämlich wie Stämme organisiert, ›tribes‹, mit einem eigenen Totem. Gutty Floy ist so jemand.«

»Und sein Totem, sein Zeichen?«

»Wenn ich mich recht entsinne, ein Orca.«

Ich holte Gutty Floys Traumbuch hervor und legte es Hardy vor die Nase. Er blätterte darin, offenbar gelangweilt, denn er schob einen Kaugummi ein und kaute ihn so langsam, wie seine blauen Augen den Zeilen folgten. »Sieh an, wo hast du das her?«

»Es war in Suijkerbuijks Wohnung.«

»Und du meinst, es ist von Gutty Floy? Nur, weil G. F. draufsteht? Ein bißchen dünn, deine Indizien.«

»Da gab es noch einen Spruch auf der Toilettentür von Suijkerbuijk.«

Ich sagte ihn auf wie ein Geburtstagsgedicht. Hardy schien wenig beeindruckt. Ich setzte nach: »Und was ist ein Killatoc?«

»Ein was? Mein Junge, du solltest dich mal mit einem von der Universität unterhalten. Mir ist das alles zu unkonkret.« Hardy begann wieder, Erdnüsse zu werfen.

»Was hast du vor, in Sachen Suijkerbuijk zu unternehmen?« Er sprach den Namen aus wie eine Fahrradmarke: Sikerbike.

»Ich werde seinen Mörder suchen«, sagte ich reichlich naiv. »Vielleicht hängt dieser Gutty Floy mit drin. Ich...«

Hardy unterbrach mich. »Du tust ihm keinen Gefallen damit. Wir schicken ihn nämlich in die Gaskammer. Das heißt, neuerdings kann er in unserem Staat zwischen Gas und Spritze wählen. Liberalisierung des Strafvollzugs nennt man das. Das ganze ist Videoaufnahmen zu verdanken von einem Kerl, der fünf Minuten gebraucht hat, bis ihn das Gas endlich geschafft hatte. Er hat ziemliche Verrenkungen gemacht bis zum Schluß. Das hat die Diskussion von wegen humanem Strafvollzug in Gang gebracht. Ich sage, der Todeskampf von dem Kerl hat nicht länger gedauert, als er gebraucht hat, die Hamburger zu verspeisen, die er aus den von ihm massakrierten Boys gemacht hat. Da kann ich beim besten Willen kein Mitleid empfinden. Aber jetzt haben wir ja die Spritze, todsicher und schnell wirkend. Es ist natürlich nicht auszuschließen, daß sich der Delinquent Aids dabei holt.«

Er hatte aus seiner Sicht einen gelungenen Witz gelandet, der anhaltendes Gelächter verdiente. Ich starrte betreten auf sein Telefon. Warum klingelte es nicht? Filmdramaturgisch wäre es der richtige Moment gewesen.

»Gibt es irgendwelche Spuren? Oder ein Motiv, das wir nicht kennen?«

»Wir haben alles geprüft. Sogar die Reifenspuren vor dem Hotel. Professionell, lieber Kollege. Suijkerbuijk war im Urlaub. Und noch dazu in den Flitterwochen. Er hatte Geld und eine ungewöhnlich hübsche Frau. Aber er hatte auch einen Grund zu verschwinden, und den kennen wir leider nicht. Das ist alles. Manche Leute verschwinden sogar ohne Grund, einfach so. Weil sie einen verdammten Spaß daran haben. Wir sollten es dabei belassen, solange keine Leiche auftaucht.«

»Was ist mit seiner Frau? Ich würde gerne mit ihr reden.«

»Ich glaube nicht, daß du mehr aus ihr herausholst als wir. Sie ist Indianerin. Mrs. Jones aus Washington. Rothäute sind übrigens Meister im Schweigen. Sie können ihre Zunge im Mund einfrieren wie einen rosa Lolly.«

»Eine Indianerin?«

Ich muß zugeben, daß mich diese Information in kindliche Begeisterung versetzte.

»Ja, eine Cheyenne. Das heißt Hundefresser. Ich weiß allerdings nicht, ob Mrs. Jones Hunde frißt. Ich glaube, ihr eigentlicher Name ist Clear Sky.«

»Wie sieht sie aus?«

»Wie ein Covergirl. Blond, hochbeinig. Das einzige, was ins ethnologische Bild paßt, sind ihre breiten Backenknochen.«

»Wo ist sie jetzt? Kann ich mit ihr reden?«

»Wir wissen nicht, wo sie sich derzeit aufhält. Sie wollte in den Norden. In ihre Heimat. Nach Montana, in die Great Plains. Sie sagte, sie müsse ihr zweites Gesicht suchen nach dem Tod ihres Mannes. Wir hatten nichts dagegen, wir sind ein freies Land, Mister Piet Hieronymus.«

Ehe er seinen Vortrag fortsetzen konnte, erhob ich mich.

Ich bedankte mich und sagte, ehe ich die Tür schloß, daß ich bald nach Mendocino reisen würde.

»Tu, was du nicht lassen kannst. Es ist schön dort. Du solltest dir eine Squaw suchen und deine Flitterwochen dort verbringen. Aber nimm lieber das mit.«

Er zog eine Schublade auf und holte eine Pistole hervor. »Das ist eine Parabellum mit kurzer Lauflänge«, sagte er. »Ich finde, sie paßt zu einem so großen Kerl, wie du es bist. Und das hier ist Munition. Und das hier ein zweites Magazin.« Er legte zwei Schachteln auf den Tisch. »Wir werden die Patronen zählen, wenn wir deine Leiche finden. Dann wissen wir, wie schnell du warst.« Er hakte die Finger in seine Hosenträger und lachte aus vollem Hals.

Bis heute frage ich mich, warum ich Hardys Leihgaben kommentarlos angenommen habe.

6

Ich versuchte, mich nach dem Faltplan zu orientieren. Denn in dieser zwielichtigen Gegend nach dem Weg zu fragen, schien mir nicht angebracht. Als ein Bus an mir vorbeifuhr, wackelte tatsächlich ein Laternenpfahl und mit ihm alle Hochhäuser von ›downtown‹.

Plötzlich stand ich in der Market Street. Diese Straße ist eine städtebauliche Wohltat. Sie verläuft nämlich wunderbarerweise schräg zu den anderen, bildet eine Diagonale, und ihre Bürgersteige strotzen vor Fußgängern.

Da waren sie also endlich, meine Freunde, die Blumenkinder, aber in welchem Zustand! Verwelkt und kraftlos, die langen Haare fettig und zerzaust, die Gesichter verwüstet. In Trauben standen sie da, tranken und schwiegen, während der Strom der Geschäftstüchtigen, der legalen und illegalen Geschäftemacher, um sie herumspülte, ohne Strudel zu bilden.

Gutty Floys Revier. Ich nahm allen Mut zusammen und stellte mich zu einem solchen Menschenknäuel. Sie schienen zuerst keine Notiz von mir zu nehmen, doch dann begann jemand neben mir zu pfeifen. Ein anderer befühlte meinen nagelneuen Staubmantel. Ich sah die Abdrücke seiner fettigen Finger. »Ist dir nicht heiß, Mister?« schluchzte er. Er hatte eine Stimme wie ein weinendes Kind. Seine obere Zahnreihe fehlte völlig. Ein anderer beteuerte: »Natürlich ist ihm heiß, schrecklich heiß. Der arme Kerl hat ja auch schwer zu schleppen.«

»Am besten gehst du einen kippen, Freund!« sagte ein Dritter. »Wir passen so lange auf deinen Koffer auf.«

Alle lachten wie über einen großartigen Witz. Der, der mich zuerst angeredet hatte, gab mir einen leichten Klaps auf die Backe. Er schluchzte fürchterlich, als er sagte: »Du kannst uns ruhig vertrauen. Wir sind ehrliche Leute. Geh ruhig einen trinken, damit dir besser ist.«

Ich ging. Als ich mich umdrehte, sah ich, wie sie dabei waren, meinen Koffer zu öffnen. Es machte mir nichts aus. Ich hatte wirklich Durst.

Irgend etwas an diesen Leuten hatte mich überzeugt. Wahrscheinlich war es die Kiesgrube von damals.

In einer Bar trank ich ein eiskaltes Bier. Mein Konterfei im großen Spiegel hinter der Theke sah nicht besonders vertrauenerweckend aus. Mein Versuch, cool zu wirken, wurde von meinem Spiegelbild regelrecht verspottet. Die roten Augen, die Schweißtropfen auf der Stirn, die zu langen, unordentlichen Haare, die an den Schläfen schon grau wurden, das erinnerte eher an einen Trinker, der sich fein gemacht hat, um seine Sozialhilfe abzuholen.

Ich riß eine Tüte Erdnüsse auf, verschlang sie und spülte mit einem zweiten Bier nach. Dann zahlte ich und ging hinaus. Die Straße war in gleißendes Licht getaucht, perfekt nachgebaut im Studio von MGM und ausgeleuchtet für eine brutale Actionszene. Meinen fleckigen Mantel überm Arm, näherte ich mich meinen Freunden, die immer noch neben dem Zeitungskiosk standen. Sie hoben die Arme, winkten mir schon von weitem entgegen.

Mein Koffer stand zwischen ihnen, wohlverschlossen. Aber

die Literflasche Bourbon hatten sie herausgeholt. Sie ging von Mann zu Mann und war bereits halb leer.

»Hey, Beanstalk«, sagte der Schluchzer. »Geht's dir besser? Gebt ihm mal die Flasche, er hat schließlich einen ausgegeben für uns.«

»Soaker hat recht«, sagte ein Dicker mit einem Feuermal quer übers halbe Gesicht und einem dreckigen Stirnband. »Beanstalk verdanken wir die Party. Er steht unter meinem persönlichen Schutz.«

Es ging offenbar schnell hier mit der Taufe. Ich war Beanstalk und Soaker war Soaker.

Ich nahm die Flasche und trank, ohne ihre Öffnung abzuwischen, unter den kritischen Augen meiner Freunde, der Hobos. Nicht zu wenig, das wäre ein Zeichen von Feigheit, nicht zu viel, das wäre ein Akt des Egoismus. Ich weiß Gott sei Dank aus meiner Arbeit in Holland, wie empfindlich der Ehrenkodex der Gescheiterten ist. Ein Seminar von Theologen ist damit verglichen ein Hort dickfelliger Brutalität.

Nach der Kofferprobe hatte ich offenbar auch das Trinkritual bestanden. Soaker gab mir einen nassen Kuß auf meinen Handrücken und reichte die Flasche weiter wie ein aufmerksamer Kellner. Wohlbehagen breitete sich in mir aus. Warum sollte ich nicht einfach hierbleiben, bei meinen Freunden? Für immer einer der ihren sein? Ein Stammesmitglied mit dem Ehrennamen ›Bohnenstange‹?

»Wie heißt du?« fragte ich den Dicken mit dem Stirnband und dem Feuermal. Er sah mir fest in die Augen und schwieg. Sein Schweigen war jedoch nicht abweisend. Im Gegenteil, es war höchst beredt. Beinahe als ob er eine kleine Rede hielt, von der er wußte, daß ich zu dumm war, sie zu verstehen. Soaker übersetzte. »Das ist Sinking Sun«, erklärte er, »Häuptling der Shoshonen, im Ernst, Beanstalk, er ist ein echter Häuptling, nur sein Stamm ist ihm leider weggelaufen.«

Alle begannen, in wieherndes Gelächter auszubrechen. Sinking Sun kreuzte die Arme vor der Brust und verzog keine Miene.

»Er hat nur uns Bleichgesichter«, fuhr Soaker fort. »Wir nennen ihn Drinking Sun, aber eigentlich heißt er mit richtigem Namen Stinking Sun.«

Er begann, heftig zu schluchzen, was wohl so etwas wie ein Lachanfall war. Sinking Sun erwachte plötzlich aus seiner Lethargie, packte Soaker am Kragen und schüttelte ihn. »Hundesohn«, zischte er, »du bist ein Haufen Scheiße, ich bring dich um.« Er stieß ihn von sich. Soaker flog in die Menge und wurde aufgefangen von einem Netz nachgebender Körper. Sie standen so eng, daß niemand fallen konnte.

Einen Augenblick lang schien die Stimmung umzuschlagen. Und es war zu befürchten, daß die aufkeimenden Aggressionen in mir das ideale Opfer finden würden. Da hatte ich eine Eingebung. »Gutty Floy is my name«, sagte ich mit Vortragsstimme, »and terra is my nation. Empty space is my dwelling place, and death my destination.«

Sie starrten mich an wie einen Geist. Sinking Sun zog seinen dreckigen Pullover hoch. Ich sah ein langes Messer im Gürtel stecken. Er zog es pantomimisch und fuhr damit über einen imaginären Hals. »Woher hast du das?« keifte ein kleiner Mann mit einem Blindenstock, den er drohend gegen mich hob. »Du bist von der Polente«, sagte Soaker weinerlich. »Nein«, rief ich, »das ist ein Spruch, den ich in Holland gelesen habe. Kennt ihr Gutty Floy? Ich bin hier, um ihn zu suchen.«

Sinking Sun steckte das Messer wieder ein. Er rollte mit den Augen. Dazu murmelte er unverständliches Zeug.

»Wir sagen nichts«, erklärte Soaker mit erstaunlich normaler Stimme. »Du mußt schon was springen lassen, wenn du was wissen willst.«

Ich holte ein Päckchen Greenbacks aus meiner Tasche, Zehndollarnoten. Dann verteilte ich sie. Jeder nahm seine und prüfte ihre Echtheit.

Ich spürte, ich hatte ihr Vertrauen verloren. Ich war aus dem Stamm ausgestoßen, tabu, ein Fremder, der ein Geschäft mit ihnen machen wollte.

Einen Moment lang waren alle still. »Gut«, sagte Sinking Sun plötzlich. »Du sollst deine Information bekommen. Aber dann verschwinde, und laß dich hier nicht mehr blicken. Sag es ihm, Soaker.«

Soaker begann zu schluchzen, und ich verstand etwa dies: »Gutty Floy ist verrückt geworden. Aber er hat eine schöne Stimme. Gutty Floy ist überall und nirgends. Die ganze Stadt ist voll von ihm, das Land, die Küste. Er ist der Mann, der immer an der Küste lebt. Wenn er einen zuviel getrunken hat, ist er gefährlich. Dann solltest du dich besser vor ihm in acht nehmen. Denn Gutty Floy ist sehr, sehr traurig.«

Er warf Sinking Sun einen Blick zu. Sinking Sun nickte. Dann legte der Häuptling die Hand an die Stirn und sah Richtung ›downtown‹, nach Westen also. Es war, als würde er durch die Hochhäuser hindurch aufs Meer hinaus schauen. Dann streckte er den Arm aus und deutete auf einen imaginären Punkt. »Schau«, sagte er. »Dort ist er. Er jagt den Wal des Lebens.«

»Wann habt ihr ihn zuletzt gesehen?«

Soaker sah Sinking Sun an. Der nickte wieder, als würde er das Gespräch damit freigeben.

»Vor ein paar Wochen.«

»Er hatte damals einen festen Wohnsitz.« Der Indianer spuckte aus, verächtlich, als sei dies ein ungeheurer Vorwurf. »Vielleicht ist er noch dort.«

»Wo?«

Soaker blieb stumm. Alle blieben stumm. Ich zog noch mal

einige Scheine und gab sie Soaker. Er nahm sie mit der Gelassenheit eines Hotelangestellten, der die Rechnung kassiert.

»Zwei Blocks weiter in der Linden Street. In einem alten Lagerhaus. Die Nummer weiß ich nicht. Wenn du ihn suchst, mußt du auf sein Zeichen achten. Die Stadt ist voll davon.«

Soaker zeigte auf einen Hydranten. Ich nahm meinen Koffer und ging. Die Gruppe schloß sich hinter mir. Niemand rief mir nach oder winkte. Beanstalk existierte nicht mehr.

Am Hydranten blieb ich stehen. Auf eine Seite war ein schwarzer Fleck gemalt, handtellergroß, oval, mit linsenförmigen, weißen Stellen. Das Zeichen stellte einen stilisierten Orca dar.

7

Ich faltete den Stadtplan auseinander, obwohl ich mich damit jedem Gauner als Tourist zu erkennen gab. Genau das sollte man in dieser Gegend unbedingt vermeiden. Aber ich fühlte mich stark, wie jemand, der der richtigen Fährte folgt. Es war nicht weit bis zur Linden Street.

Linden Street war wenig einladend. Die Häuser baufällig, viele Fassaden nur Rückseiten von Lagerhallen. Alles voller Schmutz, Papier, überquellender Mülltonnen. Kaum Leute, einige Schwarze, die wie die Negative weißer Halunken wirkten. Die ganze Straße sah aus wie das Cover einer meiner alten Bluesplatten.

Ich trottete mit meinem Koffer zwischen den Häuserwänden und den eng geparkten Autos hindurch. Auffälliger hätte man sich kaum benehmen können. Eine Gruppe jugendlicher Farbiger folgte mir. Auf einem großen Wellblechtor entdeckte ich ihn dann, Orca, den Killerwal. Er war genauso groß wie der auf dem Hydranten. Vielleicht benutzte der Künstler eine Schablone.

Ich hatte jedoch keine Zeit, mir darüber Gedanken zu machen. Sie gingen auf beiden Seiten der Straße. Die Hände in den Taschen seideglänzender Bomberjacken. Weiter oben sah ich eine andere Gruppe von Schwarzen, die uns beobachtete. Sie versperrte mir den Fluchtweg die Straße hoch.

Es gab keine Tür, keine Klingel.

Meine Beschatter kamen näher. Ich hieb mit der Faust gegen die Blechwand. Es dröhnte wie Kirchenglocken. Nichts. Ich drehte mich um. Einer der Schwarzen hatte etwas in der Hand, eine Art glänzender Rüssel, einen Totschläger vielleicht.

Wieder hieb ich mit der Faust gegen das Rollo. Dann hörte ich eine Stimme kreischen: »Wait, wait a moment, you crazy idiot.«

Langsam und in seinen Scharnieren kreischend, hob sich der Blechvorhang. Als der Spalt breit genug war, warf ich mich auf den Boden und zwängte mich hindurch. Meinen Koffer zog ich nach, gerade noch rechtzeitig, ehe der Vorhang wieder unten war.

Ich rappelte mich auf, aber ich sah nichts. Meine Augen waren immer noch geblendet vom kalifornischen Sonnenlicht. Ganz allmählich erst zeichneten sich Flecken, Konturen ab. Irgendwo brannte ein schwaches Licht. Der Raum war sehr groß. Und er war voller Menschen.

Sie standen schweigend da, dicht an dicht, ohne sich zu rühren, und sie waren nackt. Alles Frauen. Stumme, nackte Frauen, in allen möglichen Tanzposen erstarrt, einige mit erhobenen Armen, andere hatten sie ausgestreckt. Nur eine von ihnen bewegte sich. Sie lachte mich an, und dann sah ich, wie sie sich bückte und ein Kleid aufhob. Sie warf es sich über und ging in den Hintergrund des Raumes. Eine Neonlampe sprang zuckend und mit leisem Summton an.

Es waren alles Schaufensterpuppen. Nur sie nicht, auch wenn sie viel Ähnlichkeit mit einer Puppe hatte. Ihr Kleid war grün, geschuppt mit goldenen Pailletten, ihre Haare rot gefärbt, ihre Wimpern künstlich, ihr Teint leichenblaß. Die Lippen waren lila geschminkt, die Augendeckel glänzten silbern. Sie war attraktiv. Ihre Stimme war rauchig und endete fast bei jedem Satz in einem Kiekser. Sie hatte etwas von einem zerzausten Nachtfalter, den das Licht irritiert.

»Hallo, Süßer«, sagte sie. »Ich bin Sue. Und wer bist du?«

Ich stellte mich vor, unbeholfen wie in der Tanzstunde. Sie lachte. »Dein Englisch klingt süß«, sagte sie. »Normalerweise mach ich nicht auf. Meine Freunde wissen, wie sie zu klopfen haben. Aber wer so gegen die Tür hämmert, konnte nicht von hier sein. Willst du einen Kaffee?«

Ich nickte.

Sie ging hinüber in eine Ecke des Raumes, der als Küche diente. Ungespültes Geschirr stapelte sich. Während sie zusah, wie der Kaffee aus der Maschine lief, rauchte sie. Ihre Haltung mit der abgewinkelten Zigarettenspitze hatte sie vermutlich einem Filmstar abgesehen, Jean Harlow wahrscheinlich.

»Du kannst ruhig was von dir erzählen«, sagte sie und kiekste. »Männer, die nicht reden, machen mich immer nervös. Sie tun geheimnisvoll, und es ist nichts dahinter. Also versuche ruhig, dir was Nettes auszudenken, warum du hier bist. Vielleicht hast du mich tanzen gesehen? Im Inkipinki vielleicht? Ich zieh da die Nummer mit dem Sofakissen ab, ganz schön säuisch, aber alles gespielt, mein Lieber.«

»Ich bin Piet, aus Holland.«

Sie kam näher, so nah, daß sie mich fast berührte. Ihre Hand glitt an mir hoch und betastete mein Gesicht, meinen Mund, meine Haare.

»Herzlich willkommen in unserer Factory, Piet. Wenn du willst, kannst du eine Weile hierbleiben. So etwas Großes wie dich hatten wir hier noch nicht.«

Sie kicherte. »Du kannst da oben wohnen. Im Käfig eines anderen komischen Vogels.«

Sie zeigte nach oben. »Er ist nämlich zur Zeit ausgeflogen.«

»Gutty Floy?«

Sie nickte. »Fein, du kennst ihn also. Das hab ich mir gleich gedacht. Sonst wärst du wohl nicht so behämmert gewesen, hier vorbeizuschneien.«

Gutty Floys Käfig war ein Holzkasten. Direkt unter der Decke in einer Ecke der Halle. Er hatte eine Schiebetür an der Seite, von der eine Strickleiter herabhing.

Sue musterte mich immer noch neugierig. Ich hatte das Gefühl, daß sie ihr Lachen nur mit Mühe unterdrückte.

»Du siehst ganz klapprig aus, mein Kleiner.« Ihre Stimme klang plötzlich erstaunlich mütterlich. »Das ist bestimmt der Jetlag. Am besten, du legst dich in Guttys Kiste schlafen. Ich übe noch ein bißchen. Nachher mach ich uns was zu essen.«

Sie hatte völlig recht. Ich hielt mich kaum noch auf den Beinen. Also kletterte ich die Leiter hoch, wie ein Lotse, der an Bord eines Schiffes geht.

In der Kiste war es erstaunlicherweise hell. Sonnenlicht fiel durch einen Schacht von draußen herein. Er ließ sich mit einem Laden verschließen. Auf dem Bretterboden lag eine dünne Strohmatte. An den Wänden hingen Masken. Angstgesichter mit hervorquellenden Augen, heraushängenden Zungen. Daneben Hüte, jede Menge Damenhüte. Es stank muffig nach alter Wäsche. Ein Haufen leerer Whiskyflaschen, ein Paar halbzerissene Mokassins, eine Kerze, ein fleckiger Spiegel, das war alles, was Gutty Floy hinterlassen hatte.

Es war heiß wie in einem Backofen. Dennoch schloß ich die Fensterluke. Dann zog ich mich aus und legte mich hin. Von unten tönte leise Musik. Sie klang arabisch, jedenfalls orientalisch. Ich schob mich zur Tür und sah hinunter. Sue bewegte sich wie eine Tempeltänzerin zwischen den Kleiderpuppen. Sie war dabei, sich auszuziehen, erst das Kleid, eine Schlangenhaut, die langsam von ihren Schultern rutschte, dann den BH, dann die langen, schwarzen Strümpfe und zuletzt den

Slip. Es sah nicht obszön aus. Eher wie ein Happening, künstlich und voller Melancholie. Der Duft von Räucherkerzen drang zu mir hoch und kämpfte mit dem Gestank nach alten Klamotten. Mir fielen die Augen zu. Ich streckte mich aus und fiel in einen tiefen Schlaf.

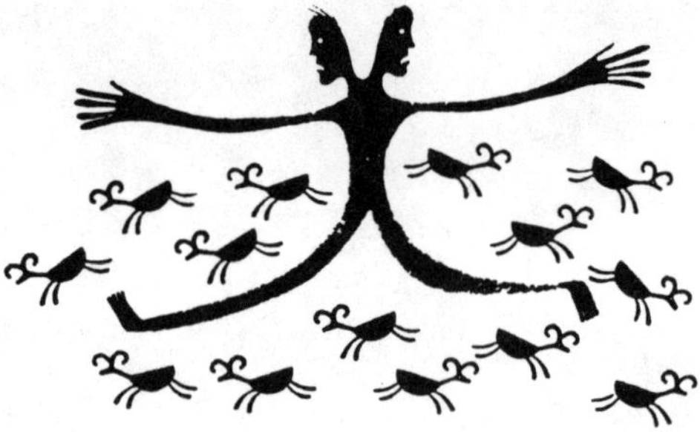

8

Ich wurde sehr sanft geweckt. Sue küßte mich auf die Stirn. Sie kniete an meinem Lager und hielt mir einen großen dampfenden Becher hin. Die Lichtklappe war offen. Draußen schien Dunkelheit zu herrschen.

Sue trug ein schwarzes Trikot. Ihre roten Haare leuchteten im Gegenlicht einer Kerze. »Wenn du Hunger hast, kannst du gleich runterkommen. Vielleicht willst du duschen. Ich zeig dir, wo die Dusche ist.«

Sie schlüpfte unter die Decke und schmiegte sich an mich. »Du fühlst dich besser an als Gutty«, flüsterte sie. »Ich hatte immer ein bißchen Angst vor ihm. Vor dir habe ich keine Angst.« Ich spürte, wie sie zitterte. Dann war sie fort.

Die Masken starrten mich an. Im flackernden Kerzenlicht schienen sie sich zu bewegen, die Mienen zu verziehen. Einige gaben sich empört, andere verängstigt, weinerlich, wieder andere schienen sich zu amüsieren. Die ganze Skala mimischer Ausdrucksmöglichkeiten. Ähnliche Masken hingen in Suijkerbuijks Wohnung, aber hier wirkten sie lebendiger.

Ich zog mich an, hockte mich auf die Matratze, trank Kaffee und blätterte in Gutty Floys Traumbuch. Eine Vogelfeder steckte zwischen den Seiten, ein Lesezeichen offensichtlich. Hatte Sue sie hineingelegt, als ich schlief? Die Feder markierte eine Geschichte. Sie hieß ›Die Wale jagenden Brüder‹.

Ich begann zu lesen. Es ging um ein Brüderpaar. Sie waren große Waljäger und versorgten das ganze Dorf. Aber ihr Schwager war neidisch. Er brachte seine Schwester und ihre Kinder dazu, so zu tun, als hungerten sie. Sie sollten sich die Münder mit Asche verschmieren, nachdem sie satt waren, und klagen und sich den Leib halten.

Die Mutter der Brüder sprach einen Fluch über ihre Söhne. Als sie mit ihrem leichten Kanu auf See waren, kam ein großer Wal. Der jüngere Bruder harpunierte ihn. Der Wal begann, wie rasend davonzuschwimmen. Als der jüngere Bruder Leine lassen wollte, bekam er seine Hand nicht auf. Er konnte die Leine nicht loslassen. Der Wal zog sie immer weiter. Nebel kam auf. Sie wußten nicht mehr, wo sie waren. Plötzlich tauchte eine Insel aus dem Nebel. Der Wal ging an Land. Er war aus Holz. Er war eine riesige Zeder, in der die Harpune steckte. Die Brüder gingen an Land. Sie hatten grausamen Hunger. Da sahen sie ein Kind mit einem Boot. Es tauchte und brachte Fisch vom Grund des Meeres. Die Brüder stahlen zwei Fische, als das Kind unter Wasser war. Das Kind aber war in Wirklichkeit uralt. Es war ein Zwerg. Der Zwerg nahm die Brüder, als er sah, daß sie ihn bestohlen hatten, und warf sie statt der Fische in sein Boot. Überall wimmelte es von Zwergen. Da kamen zwei Gänse. Die Zwerge fingen einige und wollten sie braten. Die beiden Brüder aber ließen sie heimlich frei. Nun kamen Scharen von Gänsen. Sie schossen Federn aus ihren Leibern, und die Kiele töteten alle Zwerge. Die Gänse wollten den Brüdern helfen. Sie riefen einen Wal. Der war uralt und schwamm jedes Jahr nach Süden. Sie baten den Wal, die Brüder in ihre Heimat zu bringen. Der Wal verschluckte sie mitsamt ihrem Boot und der Harpune. Er sagte ihnen, er würde ab und zu auftauchen, damit sie Luft in seinem Bauch bekämen. Der Wal sagte auch, daß die Menschen ihn beobachteten, wenn er an der Küste entlangzöge. Dabei bestünde die Gefahr, daß ihn ein Mädchen sähe, während sie menstruierte. Dann würde er Krämpfe bekommen.

Er schwamm mit den beiden Brüdern im Bauch nach Süden. Als sie ihre Heimat erreicht hatten, stand ein Mädchen am Ufer und hielt nach dem Wal Ausschau. Es menstruierte. Der Wal bekam schreckliche Zuckungen und spie die Brüder aus. Ihr ganzes Muschelgeld, das sie gesammelt hatten, versank auf den Meeresgrund. Die Brüder aber fuhren mit ihrem Kanu an Land. Da sie lange verschollen gewesen waren, glaubte ihnen niemand, als sie erzählten, wer sie seien. Allen im Dorf drohte der Hungertod, da die beiden Walfangjäger fort waren. Die Mutter verleugnete sie, denn sie hatte Angst, daß ihre Schandtat herauskäme. Der Vater aber glaubte ihnen. Sie begannen, heilige Lieder zu singen. Es waren gute heilige Lieder. Die Brüder gingen im Haus der Eltern auf und ab und sangen sie. Da kamen viele Tiere, auch Kojote und Bär, aus dem Wald. Aus dem Meer aber stiegen Fische an Land und starben am Ufer. Das Ufer war weiß wie Schnee und silbern von toten Fischen. Da hatten alle Nahrung, und auch Bär und Kojote wurden satt.

Die Geschichte war lang. Als ich sie gelesen hatte, merkte ich, daß ich die Kaffeetasse die ganze Zeit über in der Hand gehalten hatte. Ich wollte sie abstellen, aber meine Hand war so verkrampft, daß ich die Finger nicht aufbekam.

Ich kletterte mit der Tasse hinab. Der Raum war verändert, die Puppen weggeräumt. An dem großen Tisch in der Küchenecke hantierten einige junge Leute. Sue stellte mich vor. »Das ist er, Leute. Der holländische Riese.«

»Dies hier ist Sally, die Näherin. Das ist Martin, der Deutsche, er ist Kunstschnitzer und Sallys Freund. Das ist Jim, der Geschäftsführer. Und das sind Ben und Charly, unsere beiden Superskater. Sie entwerfen Skaterkleidung. Wir sind ein Team, weißt du, unser Unternehmen heißt ›Just ice‹. Ein Wortspiel mit Justice. Gutty ist leider fort. Er war unser magischer Inspirator. Er hat Masken entworfen für Halloween, auch indianische Kleidung, die wir im Laden vorne verkaufen. Ich verdiene mein Geld mit Tanzen.«

Sue redete wie ein Museumsführer. Die anderen waren dabei, Salat und Gemüse zu putzen, Kartoffeln zu schälen. Die Unordnung war unbeschreiblich. Überall Zigarettenkippen, Asche. Ungewaschenes Geschirr, offene Konservendosen.

»Du willst bestimmt duschen«, sagte Sue. »Ich zeige dir das Bad.«

»Ich habe einen Krampf in der Hand«, sagte ich. »Ich werde die Tasse nicht los.«

Sie bogen mit vereinten Kräften an meinen Fingern. Es ging nicht. Martin holte einen Hammer. Er schlug auf den Steingutbecher, und er zersplitterte. Alle klatschten.

»Wir müssen durchs Büro«, sagte Sue.

Auch hier unbeschreibliches Chaos. Überall Papier, offene Schubladen. Die Dusche war ein altes Telefonhäuschen mit verschimmelten Scheiben. Die Kloschüssel in dem Verschlag daneben war in die Sitzfläche eines zerschlissenen Lederclubsessels eingelassen. Alles dreckig, aber ungeheuer originell. »Fühl dich wie zu Hause. Du kannst mein Handtuch nehmen«, hauchte Sue und verschwand.

Ich duschte zusammen mit zahllosen Kakerlaken und schlüpfte in die alten Kleider. Dann gesellte ich mich zu den anderen. Jim reichte mir eine offene Bierdose. »Hey«, sagte er. Es klang wie ein Essay über Gruppendynamik. Die Skater rollten mit ohrenbetäubendem Lärm irgendwo durch den Raum. Sie hatten blonde Igelfrisuren und sahen wie eineiige Zwillinge aus. Aus einem tragbaren Radio dröhnte Rap. Sally war dünn, und ihre braunen, strähnigen Haare waren mit Wollfäden zu Zöpfchen geflochten. Sie schien das Sagen zu haben, auch wenn Sue meistens redete. Martin gehörte offenbar zu den großen Schweigern. Ein muskulöser junger Mann mit unruhigen Augen. Sein Englisch war unbeholfen. Dafür versuchte er ständig, hilfsbereit zu sein. Jim war dick, langhaarig, bärtig, eine späte Hippiekopie. »Hey«, sagte er, »nett, dich kennenzulernen. Schade, daß Gutty weg ist. Kannst du zeichnen?«

»Martin, du machst die Salatsoße«, sagte Sally. Martin stürzte zu einem Regal, wo er zwischen Stapeln von Dosen, Rattenfallen, zerfledderten Kochbüchern tatsächlich eine Flasche mit Salatdressing fand.

»Wir sind nämlich alle Vegetarier, seit Gutty weg ist«, erklärte Sue. »Gutty war eine Art Eskimo. Er lebte nur von Steaks«, sagte Sally und verzog den Mund. »Hoffentlich verkraftest du unsere Diät. Du siehst eigentlich wie einer von uns aus. Kein Gramm zuviel an dir.«

Ich blickte Jim an, und alle lachten. »Jim ißt heimlich Hamburger«, sagte Sue. »Und er trinkt dazu Mayonnaise.«

Dann saßen wir alle um den Tisch und mümmelten das Grünzeug. »Bist du hier, um Gutty zu suchen?« fragte Jim. »Weiß einer von euch, warum er abgehauen ist?« sagte ich.

Alle zuckten die Schultern. »Gutty ist ein komischer Kerl. Er ist unberechenbar. Wenn er trank, und er trank oft, ist er ausgeflippt. Wir haben dann die Kiste dort oben zugesperrt, bis er sich ausgetobt hatte. Ein Wunder, daß er Sallys Hutsammlung nichts getan hat. Gutty hatte Respekt vor Sally. Sie waren zusammen, bis Martin kam. Aber Gutty war auch viel zu alt für Sally. Er war unsere Vaterfigur. Ein ziemlich chaotischer Vater.« Sue redete wie ein Wasserfall.

»Krieg ich deine Puppen für den Auftritt heute abend?« fragte Sue. Sally nickte. »Mach aber nichts kaputt. Martin kann sie dir rüberschaffen.«

Das Thema Gutty war plötzlich vergessen. Die Skater rollten wie aus einem Hangar durch das Blechtor hinaus in die Stadt, Jim verschwand, mit dem Handy telefonierend, im Büro, Sally im Verkaufsraum, Martin ging in den Keller, wo er seine Werkstatt hatte, Sue wollte sich einen Augenblick hinlegen. Ihr Zimmer war auch im Keller. »Du kannst mich ins Bett bringen«, sagte sie.

Ich folgte ihr eine Treppe hinab. Auf die Tür zu ihrem Reich war ein Hochspannungsblitz gemalt. Drinnen war ein arabisches Märchenland dekoriert. Zwischen künstlichen Pflanzen, unter einem gemalten Nachthimmel, ein großes Bett mit Baldachin. Sue zog sich aus. Zum drittenmal sah ich sie nackt, und wieder wirkte es wie der Bestandteil einer Zeremonie.

Sie trat vor einen Spiegel und löste ihre Haare. Während sie sie mit einer Bürste kämmte, sah sie mich an. »Du bist süß«, sagte sie. »Dich hätte ich gerne als meinen Paps gehabt.« Dann schlüpfte sie unter die Bettdecke. Ihre weißen Arme rankten hervor. Ich mußte mich über sie beugen und ihr einen Kuß auf die Stirn geben. Dann schickte sie mich fort. Es war deutlich, daß sie nicht mehr von mir wollte, und ich wußte nicht genau, ob ich nicht froh darüber war.

Es war sechs Uhr Ortszeit. Für mich aber drei Uhr nachts. Ich ging hoch und kletterte in Gutty Floys Kiste. Dann zog ich die Strickleiter ein. Es war ein Gefühl wie in einem Ballon, der aufstieg, um sich willenlos den Luftbewegungen zu unterwerfen. Es war mir egal, wohin es mich trieb.

Ich legte mich hin und griff nach dem Buch. Ich schlug es irgendwo auf und las mir die folgende Geschichte vor. Laut und mit großem Vergnügen:

Skunks wichtige Neuigkeit.

Es war die Jahreszeit des heiligen Tanzes. Jeder wartete darauf im Langhaus. Alle warteten darauf. Die Leute redeten miteinander.

Jemand kam herein. Die Leute drehten sich herum und sahen, daß es Skunk war. Leise setzte er sich. Die Leute redeten ihn an. Sie fragten ihn, warum er so still sei. »Was ist los mit dir, Skunk? Warum erzählst du uns nicht deine Neuigkeiten?« Skunk antwortete: »Ich habe wichtige Neuigkeiten. Aber es kann möglich sein, daß mich jemand von draußen belauscht. Ich kann deshalb nicht reden, bis ihr alle Ritzen in diesem Gebäude verschlossen habt, so daß uns niemand draußen hören kann.«

Jemand erhob sich und wies die Leute an. Er sagte, sie sollten hinausgehen und Moos sammeln für alle Ritzen im Haus. Bald hatten sie alle Ritzen mit Moos abgedichtet.

Erwartungsvoll wandten sich nun alle Leute Skunk zu. Was konnte Skunks wichtige Information sein? Sie drehten sich um, um Skunk anzusehen und seiner Geschichte zuzuhören. Während sie dastanden und warteten, wendete sich Skunk von ihnen ab, hob seinen Schwanz und furzte. Skunk tötete sie alle damit.

Das ist das Ende der Geschichte.

Ich schlief ein mit dem Gefühl, etwas vom speziellen Humor der Indianer verstanden zu haben. Ein sehr drastischer Humor, wie es schien. Spott und Mitgefühl lagen nahe beieinander, auch Grobheit und Zartgefühl.

9

Wider Erwarten verbrachte ich eine traumlose Nacht in Guttys Verschlag. Weder die Masken noch die Hüte noch der Geist meines Vorgängers vermochten es, meinen Erschöpfungsschlaf zu stören. Vierzehn Stunden existierte ich einfach nicht. Ein wahrer Totenschlaf in dieser hölzernen Kiste.

Als ich das Fallreep hinunterkletterte, kam ich mir vor wie ein Seemann, der nun endlich das Häusermeer einer unbekannten Stadt befahren würde. Ich freute mich darauf. Vielleicht würde ich noch mehr von seinen Totemzeichen finden. Gutty Floys Schwarm kleiner Wale.

Nur der Deutsche war auf. Martin saß am Tisch und frühstückte. Er bot mir sofort Müsli und Kaffee an. Ich fragte ihn, ob er Gutty Floy noch erlebt habe. Er nickte. »Was hältst du von ihm?« fragte ich. »Ich weiß nicht«, sagte Martin. »Er war irgendwie ein feiner Kerl.«

Mehr war nicht aus ihm herauszuholen. Mir fiel auf, daß von diesem Menschen ein ungeheuerer Druck ausging, besser gesagt, ein Unterdruck. Ein Sog nach innen. Seine beständige Hilfsbereitschaft wirkte wie ein linkischer Versuch der Wiedergutmachung für das, was sein Wesen der Umwelt antat. Er glich einem schwarzen Loch. Alles verschwand in ihm, ohne je wieder aufzutauchen, Fragen, Zuwendungen, Nahrung. Vielleicht ist dies typisch für die Deutschen. Sie sind ein Problem der Gefühlswirtschaft. Sie importieren mehr Gefühle als sie exportieren.

»Wie kann ich mich am besten in der Stadt bewegen?«

Martin sah mich verwundert an. »Ich fahre am liebsten mit dem Fahrrad.«

Ich hatte ihn nicht gefragt, was *er* am liebsten tat. »Habt ihr vielleicht eins für mich?«

Er zeigte mir ein altes Damenrad. »Es gehört Sally«, sagte er, »du kannst es wahrscheinlich haben.« Es fehlte nur, daß er gesagt hätte »irgendwie haben«. Ich nahm es und drehte eine Runde in der Halle. Es trat durch, und der Lenker verdrehte sich, wenn man bremste. Aber es tat seinen Dienst.

Ich begann mit meiner Arbeit, das heißt, ich fuhr den ganzen Tag ziellos herum. Steile Hügel schob ich. Es war heiß. Mittags aß ich in Chinatown. Ausschließlich Chinesen waren im Lokal, und auch die Speisekarte war chinesisch. Ich bestellte nach Gutdünken. Der Kellner, ein uralter Mandarin der Höflichkeit, schüttelte den Kopf. Als ich insistierte, murmelte er etwas und verschwand. Später bekam ich Hahnenfüße in einer Soße von undefinierbarer Farbe. Es schmeckte hervorragend.

Als ich am Abend zurück war, hatte ich siebzehn Wale gesichtet. Zwischen Fishermans Warf, den alten Hafenanlagen, und dem Union Square im Stadtzentrum. Ich fand Gutty Floys Zeichen an öffentlichen Toiletten, an Straßenlaternen, Häuserwänden, Bushaltestellen. Sie waren alle so exakt gemalt, als habe ihr Schöpfer tatsächlich mit einer Schablone gearbeitet. Jeden Fundort trug ich auf meinem Stadtplan ein.

Ich war rechtzeitig zur vegetarischen Seance zurück. Es war geradezu unheimlich, wie schnell ich in dieser Gruppe meine Position eingenommen hatte. Noch nie hatte ich so sanfte und unpolitische Leute erlebt. Es gab anscheinend keinerlei Aggressionen zwischen ihnen, jedenfalls keine offenen.

Nie wurde übrigens Radio gehört, es gab kein Fernsehen, sie lasen auch keine Zeitung. Ich glaube, sie wußten nicht einmal, wer der amerikanische Präsident war.

Jeden Abend mußte ich Sue zu ihrem Zwischenschlaf ins Bett bringen. Sie arbeitete in Nachtlokalen, meistens ab Mitternacht, und kam fast jeden Morgen mit einem anderen Typ angezogen. Sie tauchte dann erst mittags wieder aus ihrer Lasterhöhle auf, bleich und derangiert, eine kleine Suffragette der Lust.

Mit Jim redete ich meistens über die Projekte der Firma. Er wirkte ungeheuer entspannt und lässig. Für Sally war ich auf eine duldsame Weise nicht vorhanden. Vielleicht witterte sie in mir den ehemaligen Drogenberater.

Mit Martin versuchte ich mehrfach, ernsthaft ins Gespräch zu kommen. Seine Hilfsbereitschaft machte mich aggressiv. Er provozierte durch sein eifriges Schweigen Sätze bei mir wie »Was ist für dich der Sinn des Lebens?« Die Skater sahen in mir ein Fossil, das wenig Chancen hatte, etwas vom Zeitgeist zu begreifen. Wahrscheinlich hatten sie recht. Im übrigen mochten sie mich. Sie schenkten mir ein Skateboard und zeigten mir die Anfangsgründe dieser Bewegungsform, dieses Surfens auf dem Pflaster, das vielleicht nichts anderes als eine besondere Form der Berührungsangst gegenüber Mutter Erde ist.

Nach einer Woche rochen meine Kleider so wie das ganze Warehouse. Jeden Tag war ich mit dem Rad unterwegs. Bald kannte ich die Stadt in ihrem inneren Bereich. Außerdem hatte ich inzwischen über achtzig Walstandorte auf meiner Karte. Einmal lud ich Martin ein, mit mir auszugehen. Sally machte Schwierigkeiten. Vielleicht hatte sie Angst, ich könnte ihren Mann missionieren. Aber wozu, fragte ich mich. Vielleicht spürte sie, daß ich etwas gegen diese klassischen Paare hatte, wo eine erfrorene Frau sich einen wärmenden

Mann unterjocht. Die beiden waren tatsächlich verheiratet, ursprünglich wegen der Arbeitserlaubnis für Martin, wie er andeutete, inzwischen aus Liebe, wie sie in jedem Augenblick zu demonstrieren versuchten.

Mit dem Versprechen, vor Mitternacht wieder zurück zu sein, gelang es mir schließlich, Martin unter einem Hagel von Küssen Sallys loszueisen. Ich lud ihn in ein Steakhouse ein und bestellte zwei riesige T-Bone-Steaks. Er riß sein tellergroßes Fleischstück wie ein ausgehungerter Wolf. Ich mußte ihm versprechen, Sally nichts davon zu erzählen.

Anschließend gingen wir in ein Lokal, in dem es eine Dichterlesung geben sollte. San Francisco war voll von Dichterlesungen, wie ich inzwischen wußte.

Ich habe einige Veranstaltungen mit Autoren erlebt, aber nie eine solche. Sie fand im langgestreckten Raum einer Kneipe statt. An der hinteren Schmalseite war eine Bühne aufgebaut, davor im Halbkreis einige Reihen Stühle. Im Vordergrund am Tresen wurde getrunken und geredet, ohne Rücksicht auf die Poeten, die abwechselnd auf der Bühne schrien und gestikulierten. Ein grauhaariger Mann war der Moderator. Er trug einen langen, schwarzen Wintermantel, trotz der stickigen Luft. Es hieß, er sei einer der Begründer der Beatnikbewegung, ein Freund von Ginsburg.

Alle Plätze waren von Akteuren mit ihrem Anhang besetzt. Der Moderator versuchte vergeblich, für Ruhe zu sorgen. Mit seiner Fistelstimme kündigte er immer wieder neue Dichter an. Der Aufgerufene sprang auf, stürmte die Bühne und vertrieb mit Flüchen und Schubsen seinen Vorredner, der immer noch ein weiteres Gedicht vorzutragen versuchte. Es gab bemerkenswerte Auftritte. Ein baumlanger Schwarzer hielt mit ausgestreckten Armen und einer saalfüllenden Stimme eine Predigt an den Tod. Der Tod sei ein schwarzer Gott, der die Weißen ihrer gerechten Strafe zuführte. Frisco sei Sodom und das nächste Erdbeben die verdiente Strafe für die allgemeine Gottlosigkeit. »Die Erde wird sich auftun und euch alle verschlingen«, sagte der Prediger. »Ihr wird schlecht werden danach, und sie wird euch auskotzen, ihr widerlichen Kröten, die ihr nicht wißt, was ein anständiges Leben in Gott ist.«

Alles, was der Prediger erreichte, war eine Steigerung des Jubels samt obszöner Zwischenrufe. Als er ging, wurde anhaltend geklatscht.

Dann kam ein schmaler, asketisch wirkender Mann an die Reihe. Er trug einen Anzug und eine grüne Nelke im Revers. Während er ein unendlich langes Gedicht verlas, dessen offensichtlich anstößige Pointen ich leider nicht verstand, schlich sich ein anderer von hinten an, riß ihm die Hose herunter und begann, ihm mit der Hand auf den bloßen Hintern zu schlagen. Es klatschte laut im Rhythmus der Verse. Alles begann, im gleichen Takt mitzuklatschen. Martin schien begeistert zu sein. Auch er applaudierte jetzt.

Der Tumult war unbeschreiblich. Viele waren auf die Stühle geklettert, schrien, pfiffen, lachten oder buhten. Mitten in dieses Tohuwabohu hinein schritt ein dicker Mann mit fettigen, glatten, langen Haaren, die ein Stirnband hielt. Am auffälligsten an ihm war das große Feuermal, das seine linke Gesichtshälfte verunstaltete.

Sinking Sun betrat die Bühne. Die Würde, die er ausstrahlte, schien die beiden Homos zu beeindrucken. Sie verneigten sich und verschwanden. Dann trat Sinking Sun an die Rampe. Er sagte kein einziges Wort. Er sah uns nur durchdringend an. Langsam erstarb das Gelärme, und es wurde totenstill. Der Auftritt des Indianers währte nur wenige Minuten, aber da er die ganze Zeit über schwieg, schien es mir eine Ewigkeit. Noch nie hatte ich so ein gewichtiges, so ein strafendes und vernichtendes Schweigen erlebt. Schließlich trat Sinking Sun mit würdevollen, gemessenen Schritten von der Bühne ab und verschwand in der herbstkalten Nacht der Stadt.

Der Moderator stürmte die Bühne, um einen eigenen Text zu verlesen. Aber er wurde niedergebrüllt. Die Vorstellung war zu Ende.

Martin schien bewegt. Er sprach plötzlich, sagte einiges zu seiner Situation. Es gehe ihm gut, wie er mehrmals beteuerte. Es klang fast wie eine Drohung. »Sehr gut sogar. Vielleicht werde ich ein Geschäft eröffnen. Wenn ich einen Geldgeber finde, werde ich ein Geschäft eröffnen.« Als ich fragte, was ihm vorschwebe, schwieg er. Dies war jedoch kein eindrucksvolles Schweigen, es war eines der Ratlosigkeit. Überhaupt schien Orientierungslosigkeit Martins Religion zu sein. Er hing an ihr mit großer Inbrunst. Ich glaubte förmlich zu spüren, wie er innerlich vibrierte vor Energie, einer Energie allerdings, die sich auf nichts richtete. Er strahlte sie vielmehr ab in alle Himmelsrichtungen wie eine kleine, wärmende Sonne, deren Strahlen mit dem Quadrat der Entfernung abnehmen.

Punkt zwölf waren wir zu Hause. Sally war noch auf. Sie stand im Bademantel an der Kaffeemaschine und stürzte auf Martin zu. Sie hatte geweint. Ihr Gesicht war verquollen, die Wimperntusche verschmiert. »Ich dachte, du kommst nie mehr zurück«, schluchzte sie. Sie schlang die Arme um seinen Hals, und Martin begann sie zu streicheln. Ich verzog mich in meine Kiste.

Am nächsten Morgen war ich wieder unterwegs. Ich hatte inzwischen eine Vorstellung von der Stadt wie ein Gründling, der sich immer am Boden eines Aquariums bewegt. Immer von Stein zu Stein, immer den Boden absuchend. Ich erkannte die Ecken wieder, die Kellerfenster, die Gullis, ich glaubte, unter den Straßen den Andreasgraben zu wittern. Aber nur wenige Zentimeter über dem Boden hatte ich keine Übersicht mehr. Alles war irreal. San Francisco war eine Illusion, ein gewaltiges Potemkinsches Dorf, eine bonbonfarbene Geisterstadt oder gigantische Kulisse, die man nach dem großen Erdbeben, bei dem die reale Stadt spurlos in einer Falltür im Bühnenboden verschwunden war, der Einfachheit halber auf die Hügel gemalt hatte.

Der Auftritt von Sinking Sun hatte mich auf die Idee gebracht, meine alten Freunde aufzusuchen. Sie begrüßten mich mit einer Art coolen Enthusiasmus und strichen wie tolerante Gläubiger die Greenbacks ein, die ich mitgebracht hatte. Meine einzige Erholung von den anstrengenden Stadttouren und dem zwanghaften Pazifismus der Warehousebewohner waren von nun an meine täglichen Besuche bei dieser Stadtstreichergruppe. Sie war erstaunlich stationär. Ein ebenso perfekter Organismus wie die Leute im Warehouse, aber sie taten in fast allem das Gegenteil. Sie tranken unmäßig, sie fraßen fettes Zeug, sie gifteten sich an, prügelten sich.

Es gab eine ausgeprägte und komplexe Hierarchie unter ihnen, die ich erst allmählich entschlüsselte. Soaker führte zwar meistens das große Wort, aber er war in der Hackordnung weit unten. Eindeutiger Anführer war Sinking Sun. Er war der Häuptling dieses seltsamen Stammes. Auch wenn er fast nie etwas sagte oder tat. Aber wenn er nicht da war, brach Chaos aus. Die Streithähne waren nicht mehr zu bremsen. Es dauerte nie lange, bis man unter den gräßlichsten Drohungen auseinanderging, nur um sich friedlich wiedereinzufinden, sobald Sinking Sun aus der nahe gelegenen Prärie der Slums oder seinem Lieblingsrevier, dem alten Hippiezentrum um Haightstreet, auftauchte.

Ich war inzwischen als seriöse Geldquelle akzeptiert. Sinking Sun wurde sogar fast eine Art Freund. Allmählich verstand ich mich auf die Entschlüsselung der Antisprache seines

Schweigens. Ich sagte zum Beispiel: »Es ist jammerschade, daß Gutty verschwunden ist.« Sinking Sun sah an mir vorbei und schwieg. Seine Augen glitten über die Fassaden der Häuser. Er wirkte so abwesend, als würde er Fenster zählen. Nach diesem Ausflug seines Blickes kamen seine Augen zu mir zurück, und ich wußte, was seine Antwort war. Diesmal sprach er sie sogar aus: »Gutty hat gut daran getan zu gehen. Es ist kein Leben in dieser Stadt. Das große Erdbeben von 1930. Gutty behauptet, es war ein Walfisch, der sich damals in der Erde geregt hat. Ein großer Orca. Er versucht, diesen Wal wieder in die Stadt zu holen. Deshalb ist er fort. Er sucht ihn. Sie soll untergehen. Und sie wird es auch.«

Sinking Sun sah aus, als sei ihm bei dieser Prophezeihung höchst behaglich zumute.

Ich war mir längst im klaren darüber, daß ich meine Pflichten grob vernachlässigte. Schließlich war ich hier wegen des verschwundenen Minjheer Suijkerbuijk, der seine Flitterwochen zu einem unvorhergesehenen Abgang von der Balkonbrüstung eines Hotels in Mendocino mißbraucht hatte. Meine Suche nach Gutty Floy und seinen Totems war eine fixe Idee, die nichts einbrachte. Ich nahm mir also vor, in den nächsten Tagen endlich aufzubrechen.

In der Nacht hatte ich einen Traum. Ich sah eine Maske, ein Falschgesicht, wie die Indianer es nennen. Sie bewegte sich, als sei sie aus Gummi. Das Falschgesicht war leer. Nichts war hinter ihm. Aber es war hungrig. Es kam immer näher und verschlang dabei alles, was es schnappen konnte. Sein Mund war fett und feucht und blutig. Eine vorgestülpte, rüsselartige Öffnung, hinter der das Nichts begann. Ich wachte auf von meinem eigenen Schrei.

Als ich das Warehouse verließ, entdeckte ich, daß der Orca an der Tür frisch nachgemalt worden war. Ich ging hinaus in den hellen Tag. Wieder die Schatten der Schwarzen gegenüber, die grelle Beleuchtung aus dem Schnürboden des Himmels. Ich ging in eine der zahlreichen Frühstückskneipen. Das Lokal war winzig. Eine Japanerin und eine Schwarze hinter der Theke. Ich bestellte eine Portion Teriyakichicken, Kaffee, eine Bloody Mary und ein Bier. Abwechselnd kamen die Japanerin und die Schwarze. Sie standen neben mir am kleinen Tisch mit der runden Platte und redeten auf mich ein. »Du siehst Gary Cooper verdammt ähnlich«, sagte die Japanerin. Die Schwarze schenkte mir Kaffee nach. »Wenn du dich allein fühlst in dieser Höllenstadt«, sagte sie, »dann hilft nur eines. Such dir eine Mami und kriech unter ihren Rock.«

Es war eine kleine Stehparty am Ende der Welt, jedenfalls für mich, der ich geneigt war, dieses Lokal für das letzte Bistro vor dem Nichts zu halten.

Draußen war es bereits heiß wie in einem Backofen, die Sonne eine runde Grillschlange am Himmel. Ich versuchte nachzudenken. Orca, das hatte etwas mit Orcus zu tun, mit dem Totenreich. San Francisco war die unsinnige Stadt, so hat ein südamerikanischer Dichter das Jenseits genannt, die Stätte des ewigen Lebens. Die Idee gefiel mir: San Francisco, Nirwana, unsinnige Stadt. Ein Fall von VR, von ›virtual reality‹. Nach ihrem Untergang im Erdbeben von 1911 hatte man diese Stadt gar nicht wieder aufgebaut. Sie existierte seitdem nur als Phantasmagorie in den Köpfen der hier ewig Lebenden, der Schattenwesen, denen das Privileg zu sterben wegen ihrer Sünden genommen worden war. Alle Menschen hier waren Tote, waren Höhlenbewohner, Troglodyten, primitive Wesen mit Glotzaugen, die nichts sahen.

Die Japanerin allerdings sah nicht aus wie ein Troglodyt. Sie war hübsch und sah genauso aus, wie man sich eine Geisha vorstellt, obwohl sie Jeans trug. Ich würde sie fragen, ob sie mit mir ins Kino gehen wolle, ob sie mich heiraten würde. Sie würde nicken, denn alles war so einfach in der unsinnigen Stadt, wenn man die hier herrschenden Gesetze befolgte: Sei tot, aber laß es dir nicht anmerken.

Ich zahlte. Die Schwarze schrieb mir ihre Telefonnummer auf die Rechnung. Dann ging ich in die Market Street, um Sinking Sun zu suchen. Er war am Treffpunkt. Diesmal allein. Es war noch früh am Tag. Ich erzählte ihm von meinem Traum. »Geh zurück, und bringe mir etwas von Gutty. Ein Kleidungsstück am besten. Und wickel meinen Lohn hinein. Ich werde auf dem Ding schlafen und von Gutty träumen. Dann kann ich dir vielleicht sagen, wo du ihn finden kannst.«

Eine Stunde später war ich mit einem Päckchen zurück. Es enthielt stinkende Unterwäsche, von der Sue behauptete, daß Gutty sie zurückgelassen habe, und einen 100-Dollar-Schein. Sinking Sun nahm es entgehen. Die anderen, die inzwischen eingetroffen waren, wollten wissen, was in dem Paket sei. Sinking Sun schwieg. Er wirkte abwesend. »Komm morgen früh wieder hierher, mein Sohn«, sagte er zu mir. Er hatte mich noch nie so genannt. Stolz radelte ich davon.

Ich packte meinen Koffer, ging zu einem Autoverleih und besorgte mir einen japanischen Kleinwagen. Dann kaufte ich ein und machte ein Essen für die Warehousebesatzung.

Es wurde beinahe ein wehmütiges Fest. Sue setze sich auf meinen Schoß, weinte ein bißchen und nannte mich Pa. Jim sagte dreimal hintereinander »Hey, war toll, dich kennengelernt zu haben.« Die Skater rollten wie verrückt in der Halle herum und schenkten mir eine weitgeschnittene Skaterhose, die viel zu kurz war.

Sally war ausgesprochen leutselig und freundlich zu mir. Martin druckste herum. Die ganze Zeit hatte ich das Gefühl, daß er etwas sagen wollte. Aber dann schüttelte er mir nur ganz fest die Hand und sah mich beinahe flehend an mit seinen unruhigen Augen.

Es gehört zu meinen aus der Praxis gewonnenen Erkenntnissen, daß zu viele Fragen eher Rätsel schaffen als ihrer Lösung zu dienen. Durch meine ehemalige Arbeit als Psychologe habe ich es mir zur Gewohnheit gemacht, schweigende Anwesenheit als behutsamste Form des Ausforschens zu praktizieren. Nun aber schien es mir unumgänglich, diese Strategie weiser Zurückhaltung aufzugeben. Sue hatte gerade vorgeschlagen, uns ihren neuesten Strip zum besten zu geben, als ich mit erhobener Stimme fragte: »Hat jemand von euch den Namen Suijkerbuijk schon einmal gehört?«

Schlagartig brach die ausgelassene Stimmung in sich zusammen. »Du bist ein Bulle!« schrie Sue. »Du hast unsere Gastfreundschaft ausgenutzt. Verpiß dich!«

Martin ging auf sie zu und packte sie an den dünnen Armen. So hatte ich ihn noch nie erlebt. »Laß ihn reden«, sagte er. »Und wenn er ein Bulle ist, er hat doch nichts gegen uns.« Er drehte sich zu mir um: »Suijkerbuijk ist tot.«

»Woher weißt du das?« fragte ich.

»Gutty hat es gesagt. Als er fortging. Er wolle auf die Beerdigung von Mister Suijkerbuijk, hat er gesagt.«

»War das alles?«

»Es sei ein Freund von ihm.«

Sue nestelte an ihrem Glitzerkostüm und brachte mit einiger Mühe ihre Brüste zum Vorschein. »Da, Bulle!« keifte sie. »Du kannst meine Titten verhaften.« Offensichtlich stand sie unter Drogen. Die anderen verhielten sich passiv. Nur Martin nicht. Er schien es zu genießen, von mir beachtet zu werden.

Ich nutzte dies aus, wandte mich direkt an ihn. »Sagt dir das Wort Killatoc etwas?«

Er schien unsicher, kratzte sich die Haare, sah die anderen an. »Kill-a-toc?« Er dehnte die Silben. »Kill bedeutet ›töte‹!«

»Und Atoc? Was bedeutet das?«

Alle sahen Martin an. Der große Schweiger, der sein Schweigen brach. »Es ist eine Abkürzung. Ich glaube, sie bedeutet: ›Acoustic Thermometry of Ocean Climate‹.

Ich weiß nicht genau, worum es da geht. Es ist so was mit Unterwasserschall und Klimaveränderung. Aber meine Schwester weiß Bescheid. Sie arbeitet am Scripps in San Diego. Das ist das größte Institut für Meereskunde in der Welt.«

Offenkundig war Martin stolz auf seine Schwester. Er beschrieb sie, ihre Intelligenz, ihre Schönheit, ihre Fähigkeit, sich als Deutsche in einem fremden Land zu behaupten. Ich bekam Lust, sie zu besuchen. Vielleicht war das eine neue Fährte, nur führte sie über fünfhundert Kilometer weit in den Süden. Ich aber wollte in den Norden. Auf Gutty Floys Spuren bleiben, von dieser Vorstellung war ich bereits so besessen, daß ich logische Schritte im Fall Suijkerbuijk diesem imaginären Ziel gegenüber vernachlässigte.

Ich bat Martin um die Telefonnummer seiner Schwester. Nach mehreren vergeblichen Versuchen hatte ich sie am Apparat. In der Tat, ihre Stimme war betörend, sanft und klug, eine Altstimme voller Musikalität. Wir sprachen erst Englisch, dann Deutsch. Ich sagte, ich sei ein Freund ihres Bruders. Dann deutete ich an, daß wir im Zusammenhang mit Ermittlungen zu einem verschwundenen Holländer namens Suijkerbuijk auf Atoc gestoßen seien. »Zwei Fragen«, sagte ich. »Was ist Atoc genau, und gibt es Feinde von Atoc?«

Sie gehörte zu den überaus seltenen Wesen, die gut erklären können. Atoc sei ein Forschungsprogramm, mit dem die umweltbedingte globale Erwärmung der Erdatmosphäre nachgewiesen und bestimmt werden solle. Die Erwärmung der Atmosphäre führe zu einer Erwärmung der Ozeane, mit der Konsequenz des Abtauens der Polkappen und dem beträchtlichen Ansteigen des Wasserspiegels – etwas, das einen Holländer wie mich durchaus beunruhigen müsse, denn ein Land wie die Niederlande werde vielleicht einst nur noch in Form von Untiefen in einer Seekarte verzeichnet sein. Die Durchschnittstemperatur der Ozeane, gemessen in einer Tiefe von ca. 1000 Meter, also außerhalb der Beeinflussung durch Sonne und Wetterphänomene, sei ein exakter Indikator für eine mögliche Aufheizung der Erdatmosphäre. Atoc mache sich das jedem Schüler bekannte Phänomen zunutze, daß sich Schallwellen im wärmeren Wasser schneller ausbreiten als im kälteren. Man habe vor, von der kalifornischen Küste aus Schallwellen auf bestimmten Unterwasserpfaden zu bis zu 6000 Meilen entfernten Empfängern in Neuseeland zu senden. Ein Vergleich der Schallgeschwindigkeit der Impulse über mehrere Jahre müsse jede Erderwärmung metrisch erkennbar machen.

Ich fragte, wer etwas gegen dieses ehrenwerte Projekt haben könnte. Die Industrie vielleicht? Die Kraftwerkbetreiber? Die Autolobby? Also alle, denen die Erwärmung der Ozeane nicht ins Konzept paßt?

»Sollte man meinen«, sagte sie. »Wir haben jedoch Kritiker in einer ganz anderen Ecke. Die MMRP zum Beispiel hat kürzlich erreicht, daß Atoc für eineinhalb Jahre ausgesetzt wird. Die MMRP ist das California Marine Mammal Research Program. Sie machen gute Öffentlichkeitsarbeit.«

»Was befürchtet MMRP? Gibt es Gefahren für die Meeressäuger, die Wale, die Delphine?«

»Desorientierung durch die Schallwellen. Sie wissen, daß sich Wale mit Hilfe ihrer Gesänge über viele tausend Meilen verständigen können. Ihre Kommunikation könnte leiden durch akustische Verschmutzung des Milieus.«

»Was ist von dieser Sorge zu halten?«

»Unserer Meinung nach nichts. Die Schallwellen einer Atoc-Quelle sind von sehr tiefer Frequenz, etwa 60 bis 90 Hertz. Das menschliche Ohr würde sie als fernes Grummeln wahrnehmen. Die Energie der Sender beträgt 260 Watt, das entspricht dem, was ein Tanker bei 20 Knoten Fahrt aussendet. Der Sendepfad liegt in 1000 Meter Tiefe. Wale tauchen selten tiefer als 200 Meter. An der Oberfläche kommt von der Schallenergie nur ein Millionstel an. Außerdem wird der Sender jeweils langsam angefahren, so daß ein tauchender Wal, der in die Nähe der Schallquelle kommt, Zeit genug hat, sich zu entfernen.«

»Walohren sollen überaus fein sein.«

»Das stimmt natürlich. Aber weil wir den Sendepfad so tief legen, verschwindet er im allgemeinen Hintergrundrauschen der Ozeane.«

»Was ist das für ein Rauschen?«

»Es wird durch alle Schallphänomene erzeugt, die das Meereswasser tangieren. Laute von Lebewesen, unterirdische Vulkane, Schraubengeräusche, Erdbeben. Auch der Stille Ozean ist nicht wirklich still.«

»Wenn dieses Rauschen stärker ist als die Atoc-Wellen, wie können sie dann in so weiter Entfernung noch identifiziert werden?«

»Durch eine spezielle Programmierung der Impulse. Ein Computer vermag sie aus dem Rauschen herauszufiltern.«

»Eine letzte Frage: Wie lange braucht ein Atoc-Impuls vom Sender zum Empfänger?«

»Mein Professor gebraucht einen schönen Vergleich: Wir verfügen mit diesen Impulsen über ein Schiff, das 3000 Knoten schnell ist. Das sind 3000 Meilen in der Stunde. Sie sehen, ein Impuls braucht ungefähr 2 Stunden für seinen Weg.«

»Haben Sie Drohbriefe bekommen?«

»Ja.«

»Von MMRP?«

»Natürlich nicht. Aber es gibt in diesem Land genügend Verrückte. Militante Umweltschützer wie die Bewegung ›Quiet Earth‹. Es gibt Leute, die lange Nägel in die Redwoods schlagen. Wenn der Holzfäller seine Kettensäge ansetzt, explodiert sie förmlich. Es hat schon Schwerverletzte gegeben.«

»Wo wohnen Sie, wenn Sie in Deutschland sind?«

»Ich arbeite in Bremerhaven, am Institut für Meereskunde.«

»Ich lebe in Groningen, das ist nicht weit. Könnte ich Sie besuchen?«

»Sie könnten. Ich bin in einem halben Jahr zurück. Dann läuft hier mein Vertrag aus.«

Sie verabschiedete sich und legte auf. Es klang wie die Tür eines Kühlschranks, die vor all den darin aufbewahrten Köstlichkeiten zuschnappt.

Am nächsten Morgen brach ich früh auf. Ich packte den Koffer ins Auto und ging zum Treffpunkt.

Sinking Sun war schon da. Er sah mich lange an. Seine Augen waren gerötet, und der Fuselgestank, der von ihm ausging, wirkte betäubend. Geraume Zeit sagte er nichts. Er sah durch mich hindurch, als sei ich Luft. Dann endlich brachte er sein Gesicht ganz nahe an meins.

Ich registrierte jede Runzel, jede Pore. Eine Haut wie altes, gefettetes Leder.

Lange schwieg er, dann endlich öffneten sich seine Lippen zu einem schmalen Spalt. Die Stimme kam von weit her, obwohl sein Mund so nahe war. »Du hast ein Falschgesicht an, das nicht zu dir paßt. Gutty Floy hat dir dein richtiges Falschgesicht genommen, du mußt es dir zurückholen. Geh dorthin, wo seine Väter wohnen. Er wartet dort auf dich. Du mußt vorsichtig sein. Wenn er dir dein richtiges Falschgesicht zurückgibt, mußt du ihm seines abnehmen. Sonst hast du keine Chance.«

Als ich fragte, wo das sei, »wo seine Väter wohnen«, wies er mit der ausgestreckten Hand nach Norden in Richtung ›downtown‹. »Irgendwo an der Küste. Die Küste ist lang. Sie ist das Leben. Das Meer ist der Tod.« Er machte eine Pause, um seine Worte wirken zu lassen. Dann sagte er: »Hier, nimm dies. Es gehört Gutty. Wenn du es immer bei dir hast, wirst du ihn finden.«

Er reichte mir einen faustgroßen, schweren Gegenstand. Er war mit roten, schwarzen und weißen Farben bemalt und sah aus wie das Gesicht eines Menschen im Profil. Vielleicht war es eine Muschel. Das Ding schien hohl zu sein. Es hatte eine schwarze, spaltähnliche Öffnung.

Sinking Suns Lippen schlossen sich. Ich wußte, daß er nichts mehr sagen würde. Es war zwecklos, ihn zu fragen. Ich streckte die Hand aus, aber er nahm sie nicht. Ich ging.

Als ich mich umdrehte, sah ich ihn immer noch so stehen. Ein Standbild, an dem die Passanten rechts und links vorbeiströmten.

Dann saß ich im Auto und fuhr los. Die One-O-One Richtung Golden Gate Bridge. Der Morgendunst bildete eine geschlossene Decke über der Stadt. Die roten Pfeiler der Hängebrücke tauchten auf, als sei aus einem lange betrachteten Foto plötzlich Wirklichkeit geworden.

Auf diesem berühmten, kühn geschwungenen Bogen aus Stahl ging es hinüber über das Golden Gate. Die Hochhäuser von ›downtown‹ hatten die Wolkendecke durchbrochen und sahen im vollen Sonnenlicht wie gewaltige Totempfähle aus. Rechter Hand kreuzte die ehemalige Gefängnisinsel Alcatraz wie ein Geisterschiff im Nebel. Ich wußte, daß Indianer sie 1969 besetzt und für 24 Dollar, zahlbar in Glasperlen und rotem Flanell, von der Regierung gekauft hatten. Ihr

Argument: die Insel sei das ideale Reservat. Kein Trinkwasser, schlechte sanitäre Verhältnisse, keine Schulen, steiniger Boden, Arbeitslosigkeit, ein Leben in Gefangenschaft. Nach eineinhalb Jahren wurden die Besatzer mit Gewalt entfernt.

Nach wenigen Meilen bog ich nach Westen ab auf die One, die Küstenstraße. Als der Pazifik auftauchte, stellte ich das Radio an. Die Straße war extrem kurvig. Es kam mir vor wie Fliegen, hoch in den steilen Kliffs über einem Ozean, der so fein und durchscheinend aussah wie Wasser in einer japanischen Fingerschale.

10

Ich war in einem Zustand anhaltender Euphorie. Der Abgrund links von mir wirkte wie eine Täuschung. Sollte ich abstürzen, würde der blaue Pazifik mich schon auffangen.

Immer wieder fuhr ich in Wolken hinein, als stieße ich mit dem Kühler in weiße Watte. Dann plötzlich Sonne, die Wolken im Rückspiegel, als kämen sie aus meinem Auspuff. Ich ertappte mich dabei, laut zu singen, diesen schrecklichen Ohrwurm von Schlager, der den Ortsnamen Mendocino auch in Europa bekannt gemacht hat. »Mendocino, Mendocino...« Ein altes Hippienest, in dem etliche Filme gedreht worden waren. Eine echte Touristenattraktion.

Ich hatte die Scheibe heruntergekurbelt und glaubte, den Ozean zu riechen mit seinem ehrwürdigen Bart aus Tang und seinen unterseeischen Zaubereien. Vielleicht waren Orcas da draußen, vielleicht begleiteten sie mich, wie Delphine es mit einem Schiff zu tun pflegen. Vielleicht war ich größenwahnsinnig in diesem Moment. Jedenfalls fühlte ich mich seit langer Zeit endlich einmal wie ein Entkommener. Die ganze übrige Welt war ein Reservat, war Alcatraz. Mein Lebensgefühl perlte wie ein gut eingeschenktes Glas Sekt.

Gutty Floys Fetisch lag wie ein Kompaß vor mir, das grobe Gesicht eines Mannes, der Mund ein schwarzer Schlitz. Wenn man das Ohr daran hielt, hörte man es rauschen.

»Piet Hieronymus is my name«, summte ich, »and terra is my nation. Empty space is my dwelling place and death my destination.« Ich würde Gutty Floy finden, dessen war ich mir sicher. Immer nur die Küste entlangfahren, all diese Hunderte von Meilen.

Irgendwann würde er am Straßenrand stehen und winken. Ich würde ihn mitnehmen bis ans Ende der Welt, bis an die ›desert beach‹, von der ich seit meiner Kindheit träume. Wir würden Freunde sein, denn wir waren aus einem Geist. Und wir würden am Ende der Welt unsere gemeinsame Nabelschnur durchschneiden und unsere Mutter Erde hinabstoßen in den Abgrund des Himmels.

Die Landschaft war karg. Sie bestand hauptsächlich aus sonnenverbranntem Gras. Kaum Bäume. Nur immer wieder weitläufige Holzhaussiedlungen, die Reservate der Reichen von San Francisco, das Alcatraz der hoffnungslos Erfolgreichen. Einmal kam ich durch ein kleines Nest, das in dieser überwältigenden Landschaft aussah wie ein jämmerliches Fleckchen Schimmelflechte. Am Straßenrand eine Telefonzelle. Mir fiel ein, daß ich bisher kein einziges Mal versucht hatte, meine Mutter anzurufen. Ich hupte übermütig, und dann war ich wieder allein mit dem Pazifik und der Straße. Ich fuhr zehn Meilen schneller als erlaubt. In den engen Kurven spürte ich die Zentrifugalkräfte wie eine Zärtlichkeit, mit der mich die Trägheit der Materie anfaßte. War ich überhaupt wirklich und wahrhaftig in einem Land namens USA unterwegs? Oder fuhr ich nur mit dem Fingernagel über eine Landkarte in einem Atlas aus perfekten Hologrammen?

Es waren nicht mehr als hundertfünfzig Meilen bis Mendocino, aber ich brauchte fünf Stunden wegen der Kurverei. In Ocean View machte ich Pause. Ich ging in einen dieser Schnellimbisse mit der rotgelben Reklame, einer großen Glocke, Tacobell, und aß ein scharfes, erstaunlich schmackhaftes Rindfleischtaco, trank eine eiskalte Cola, malte einen Orca auf die Papierserviette, jubelte immer noch innerlich, als ich, mit einem Styroporbecher voller Eiswasser zwischen den Oberschenkeln, weiterkurvte. Was für eine glückliche Fliege auf dem Tellerrand dieses Erdteils war ich doch!

Komm, Bruderherz, laß uns gemeinsam trinken auf den Tod, auf das Leben, denn sind wir nicht beide Indianer des Weltalls, Piet und Gutty, vom gleichen Stamm der ruhelosen Muttersöhnchen?

Mendocino entsprach meinen Erwartungen, ja, es übertraf sie sogar. Eine richtige kleine Stadt, keine wahllos hingestreuten Bauklötzer. Überall hölzerne Türme mit Zisternen, Bohrtürmen ähnlich. Die Lage der Ansiedlung vortrefflich, eine mehrfach gekrümmte Felsenbucht, Strände zwischen vorspringenden Kliffs, im größten mäanderte ein klarer Fluß.

Endlich sah ich Häuser, die Geschichte zu haben schienen. Holzverzierungen, weiße Balkons, Schönheitssinn der Pioniere, Nut- und Federklassizismus, verfeinerte Freude am Wohnen unter schönen Himmeln, an den langen Wogen des Pazifik, die halbkreisförmig in die Bucht von Mendocino hineinschwingen.

Die Hotelfassade kam mir vertraut vor. Hatte ich sie nicht schon im Kino gesehen? Drinnen empfing mich sanfte Dunkelheit, edelholzverkleidete Wände, bunte Scheiben, hochflorige Teppiche, Messingbeschläge, Art-Nouveau-Möbel, hohe Kristallspiegel, ein offenes Feuer mit Ledersesseln davor. Ein mahagonifarbener Traum, eine Vision von Geborgenheit und leisen Dialogen. Plötzlich begriff ich, warum ›virtual reality‹ in diesem Land erfunden wurde. Simulierte Wirklichkeit, die gab es auch hier. Die Dame am Empfang war das Produkt eines hochauflösenden Bildschirms, ihr Lächeln, während sie mir einen Zimmerschlüssel reichte, schwebte dreidimensional in der tannenholzduftenden Atmosphäre.

Ich ging auf mein Zimmer, schloß mit einem vergoldeten Schlüssel auf, sank in ein weiches Bett; um mich herum eine erlesene Auswahl schöner Details, von den Jugendstillampen über die Frühlingswiese der Tapete bis zu den weißen Nebelschwaden hauchzarter Vorhänge, hinter denen man das mit einem grandiosen Sonnenuntergang beschäftigte Meer ahnte. Hier sollte man Flitterwochen mit sich selbst verbringen, dachte ich.

Ich ließ mir eine Flasche kalifornischen Rotwein kommen und ging auf den das ganze Gebäude umlaufenden Balkon. Abendlicht lag auf den langen Wellenlinien, die Konturen der Küste und der wenigen Wolken verflossen unscharf wie auf einem Aquarell von Turner, sanfte Luft, mit Algengeruch gesättigt, strich um die hölzernen Pfosten. Ich setzte mich auf einen der Schaukelstühle, schenkte mein Glas voll, hob es gegen den Sonnenball und ließ ihn im Wein schwimmen und untergehen.

Jemand kam und setzte sich auf den freien Stuhl neben mir. Ich genoß es, mir eine Frau vorzustellen, ohne das Bild zu überprüfen. Sie war so nahe, daß ich sie atmen hörte. Gerade jetzt berührte die Sonne den Horizont; es sah aus, als flösse sie in einer goldgelben Lache ins Meer. Ich drehte den Kopf ein wenig und sah aus den Augenwinkeln, daß meine Nachbarin schön war, sogar bildschön. Ich fühlte mich gefoppt von dem Moment, in dem alles arrangiert schien zu einer Filmszene, in der das Liebespaar zum erstenmal in den Mittelpunkt des Geschehens rückt. Noch wissen sie nichts voneinander. Aber sie spüren, daß sie zusammengehören. Gleich wird es eine kühne Überblendung geben. Aus dem vom Abendlicht geröteten Gesicht der Frau wird ein Ball, den ein Kind emporwirft, um ihn zu fangen.

»Geben Sie mir einen Schluck ab?«

Es war also doch kein Stummfilm. Ich sagte: »Natürlich, gerne, warten Sie, ich hole ein Glas.«

Ich verschwand durch die Balkontür in mein Zimmer und holte das zweite Zahnputzglas. Ich blickte in den Spiegel mit den Intarsien aus Perlmutt, um mich zu vergewissern, wer der männliche Hauptdarsteller war. Er sah mir tatsächlich ähnlich.

Sie hatte ihren Schaukelstuhl näher an meinen gerückt. Als ich einschenkte, roch ich ihr Parfüm. Es war ein strenger Geruch.

Wir stießen an. »Auf den schönen Augenblick«, sagte sie. Sie deutete auf die Sonne, die zu einem immer schmaler werdenden Oval zerfloß.

»Ich liebe Sonnenuntergänge«, fuhr sie fort. »Ich finde sie gar nicht kitschig. Und Sie?«

Ich starrte sie an. Kein Wort fiel mir ein, jedenfalls kein vernünftiges. Sie hatte ein vollkommen ebenmäßiges Gesicht, so vollkommen, daß es nicht zu leben schien. Die Augen waren grün und standen weit auseinander, das hellblonde, glatte Haar war in der Mitte gescheitelt, makellose Zähne, lange Wimpern, das Gesicht eines Models. Ihre Lippen waren so dezent geschminkt, daß sie nackt wirkten. »Doch«, sagte ich, nachdem mir die Pause unhöflich vorkam, »ich finde sie kitschig, aber ich habe eine Vorliebe für Kitsch.«

Sie warf den Kopf zurück und lachte. »So kann man es auch ausdrücken. Einverstanden, ich liebe Sonnenuntergänge, weil ich Kitsch für etwas sehr Schönes halte.«

Eine ganze Weile saßen wir schweigend nebeneinander, tranken und blickten aufs Meer, das nun mit dem Himmel die

Farbe wechselte, eine lange, irisierende Schleppe, die die Sonne hinter sich herzog.

Seewind setzte ein. Die Dämmerung ging schnell in Nacht über. Sterne waren zu sehen. »Sind das die Plejaden?« fragte sie.

Sie deutete auf jene zusammengerollte Perlenkette am Firmament, die jeden Hobbyastronomen begeistert.

»Ja, das sind sie.« Ich fand, ich hatte eine Stimme wie ein Steuerprüfer.

»Fantastisch«, sagte sie. »Es ist mein Lieblingssternbild.«

Unser Dialog war wirklich filmreif. Der Drehbuchschreiber verstand sein Handwerk. Die Sätze waren so simpel, so überflüssig, daß sie die optische Ebene nicht störten.

»Darf ich mich revanchieren und Sie unten zu einem Glas einladen?«

Sie lächelte ihr unwiderstehliches Colgate-Lächeln. Auf der violetten Papptafel des Himmels hinter der Kamera las ich den Satz ab, den ich jetzt zu sagen hatte: »Das ist eine gute Idee.«

Dann saßen wir an der Bar. Der Barkeeper hätte dem Aussehen nach auch Harvardprofessor sein können. Das Holzfeuer loderte, Mozart perlte aus unsichtbaren Lautsprechern. Wir aßen Austern und tranken Sherry on the rocks.

»Ich heiße Samantha«, ließ der Drehbuchschreiber sie sagen. »Sind Sie in Urlaub?«

»Eigentlich nicht, obwohl es fast so aussieht.« Ich hätte mich weigern sollen, einen so lächerlichen Text auswendig zu lernen und auf Kommando aufzusagen, aber nun war es zu spät. Ich war engagiert.

»Mein Name ist Piet. Piet Hieronymus. Ich bin hier im Auftrag der holländischen Polizei. Es geht um den vor kurzem verschwundenen Landsmann von mir.«

»Schreckliche Geschichte«, sagte Samantha. »Ausgerechnet in den Flitterwochen.« Sie warf den Kopf zurück und schlürfte ihre letzte Auster. Irgendwie sprach sie ihren Text überzeugender als ich.

Der Harvardprofessor bohrte einen Handtuchzipfel in einen Kognakschwenker, drehte ihn hin und her und hielt das Glas ans Licht. »Er war Wechseltrinker«, mischte er sich ein. »Mit einer erstaunlichen Hartnäckigkeit. Er trank keine zwei gleichen Getränke nacheinander. Es ging immer die Flaschenetiketten entlang, ein Bourbon, ein Gin, ein Sherry, ein Wein, ein Bier. Erstaunlich, was er verkraften konnte.«

»Was schließen Sie daraus?« fragte Samantha.

»Ein Akt der Ruhelosigkeit. So trinken seelische Vagabunden.«

War ich in einem Seminar über Verhaltenspsychologie? »Mister Suijkerbuijk«, er sprach es wie Suckerbuck aus, »war in Panik an dem Abend, bevor er verschwand.«

Ich hatte von solchen Beobachtungen nichts gelesen im Protokoll. »Das ist wichtig«, sagte ich. »Haben Sie das der Polizei mitgeteilt?«

Er lächelte hochgebildet. »Die hiesigen Ermittlungsexperten sind nicht interessiert an Barpsychologie. Es genügte ihnen zu hören, daß Mister Suckerbuck noch klar genug gewesen war, um ordnungsgemäß zahlen und den Raum aufrecht verlassen zu können.«

»Es ist hinreißend, euch zuzuhören«, sagte Samantha. »Man glaubt, in einem Chandler zu sein.«

Der Professor zog die Augenbrauen hoch. »Chandler hatte keine Ahnung von Psychologie. Er war ein Trinker. Also beurteilte er Trinksitten viel zu parteiisch.«

»Ich habe Psychologie studiert«, sagte ich und bestellte einen Jack Daniels. »Sie haben die Flasche dazwischen ausgelassen«, sagte der Barmann. Dann ließ er eine Eislawine aus einem Plastikcontainer in mein Glas poltern.

Wir gingen ins Restaurant und ließen uns einen kleinen Tisch geben. Die Ober waren perfekt, wie aus dem Lehrbuch für Kellner. Aber sie sahen wie Surfer aus, und sie bewegten sich viel zu schnell. In Wien jedenfalls hätten sie sofort ihre Stellung verloren. Wir bestellten beide Spaghetti al frutti di mare. Flitterwochen hätten nicht schöner beginnen können.

Später, als ich leicht betrunken in mein einsames Hochzeitsbett sank, konnte ich mich nur noch vage an unsere Unterhaltung erinnern. Ich hatte von meiner Heimat geschwärmt, der Auswirkung der Depressionen der Marschen auf das Gemüt der Menschen. Wie es sie ruhig mache, zu wissen, bei einem Deichbruch sei alles aus, wie es die Gedanken vertiefe, wenn einem der feuchte Westwind ins Gesicht blies. Es mußte ziemlicher Schwachsinn gewesen sein, aber Samantha hatte mein Knie mit ihrem berührt. Sie hatte schließlich nicht mehr ganz so schrecklich ebenmäßig ausgesehen. Jetzt schlief sie nebenan. Hinter der Blümchentapete.

Ich stand noch einmal auf und ging auf den Balkon. Packte das Geländer und schwang mich hinauf. Die drei Meter bis hinunter hätte ich spielend geschafft. Die Vorhänge vor Samanthas Tür waren zugezogen. Ich legte mein Ohr an die Glasscheibe, glaubte ihre regelmäßigen Atemzüge zu hören. Aber es war wohl nur die Brandung in der Bucht von Mendocino.

11

Einmal in der Nacht wachte ich auf. Der Seewind bauschte die vom Mondlicht illuminierten Vorhänge. Ich hatte die Balkontür einen Spalt aufgelassen. Eine Weile lag ich da und lauschte den Wellen. Plötzlich sah ich einen Schatten. Er fiel auf die Vorhänge und bewegte sich leicht mit ihnen im Wind.

So leise wie möglich schlüpfte ich aus dem Bett, schlich zur Tür und sah durch den Spalt. Niemand war zu sehen. Ich stieß die Tür ganz auf und trat hinaus. Es war kalt und der Sternenhimmel von fast schmerzhafter Klarheit. Solch einen Himmel hatte ich noch nie gesehen, bestenfalls in einem Sternenatlas.

Ich legte mich wieder hin und schlief ein bei verschlossener Tür. Ich träumte aufzuwachen. Es war ein qualvoller Moment. Ich habe es immer als besonders schlimm empfunden, in einem Traum aufzuwachen. Weißes Licht blendet, und ich hatte kein Gesicht. Jemand hatte es mir weggeschnitten mit einem scharfen Messer. Ich lag da ohne Gesicht. Als ich schreien wollte, kam kein Laut. Nur Blut quoll aus der Öffnung.

Als ich wirklich zu mir kam, quälten mich rasende Kopfschmerzen. Ich hatte zuviel getrunken.

Ich ging hinunter in den Frühstücksraum. Ein lichter Saal

voller Grünpflanzen, Palmen, Farne. Der Kellner zeigte mir meinen Tisch. Ein Stück weiter saß Samantha, sonst war niemand da.

Sie nickte mir zu. Sie wirkte verändert. Ernster, weniger perfekt. Ihre Haare waren zu einem Knoten im Nacken gerafft. Als sie fertig war mit ihrem Frühstück – Joghurt, Orangensaft, Kaffee –, stand sie auf und setzte sich zu mir. Mein Frühstück bestand aus Pfannkuchen, Rührei mit Speck auf Toast und Tee. »Hallo«, sagte ich schwach. Ihre Nähe machte mich verlegen. Ich sah, wie müde auch sie war.

»Ich habe schlecht geschlafen«, sagte sie. »Zuviel Rotwein. Hier, nimm das. Zwei. Mit viel Wasser.«

Sie holte eine große Plastikdose aus ihrer Handtasche, schraubte den Deckel ab, hielt sie mir hin. Es waren Tabletten, einige hundert Aspirin. Das würde für ein ganzes Leben reichen, dachte ich, während ich brav zwei nahm und schluckte.

»Ich glaube, heute nacht war jemand auf dem Balkon«, sagte ich.

Sie lachte: »Es soll in diesem Hotel spuken. Es verschwinden sogar ganze Ehemänner. Vielleicht erscheinen sie auch hin und wieder.«

Ich weiß bis heute nicht, was mich dazu brachte, aber ich nahm plötzlich ihre Hand und hielt sie fest, mit einem leichten Druck. Merkwürdig, ihre Haut war mir kein bißchen fremd.

»Kommst du mit auf einen Spaziergang?«

»Gern«, sagte sie. »In einer halben Stunde. Wartest du hier unten auf mich?«

Sie stand auf und ging. Ehe sie hinter einer großen Stechpalme verschwand, drehte sie sich noch einmal um und schickte mir ein Postkartenlächeln.

Wir hatten uns also geduzt. Ein winziger Schritt, akustisch kaum zu merken, da das Englische bekanntlich kein

›Sie‹ mehr kennt. Aber mit feinem Gehör kann man doch einen Unterschied im »you« erkennen, ob es offiziell oder intim gemeint ist.

Ich ging hoch und untersuchte die Balkonbrüstung. Dabei nahm ich eine Taschenlupe zur Hilfe. Es machte mir plötzlich Spaß, Sherlock Holmes zu spielen. Mein Kopfweh war verschwunden. Hinter den Vorhängen von Samanthas Zimmer hörte ich es rauschen; sie duschte wohl.

Natürlich fand ich nichts Bemerkenswertes. Ein paar Rotweinringe. Eine Narbe im Holz, als habe hier ein scharfer Gegenstand einen großen Druck ausgeübt.

Ich holte ein Bergsteigerseil aus meinem Koffer – ich habe immer ein Seil bei mir, denn es gibt sie erstaunlich häufig, diese Lebenssituationen, die nach einem Seil verlangen – und steckte es in eine Plastiktüte. Samantha erwartete mich unten. Sie trug hautenge Jeans und ein T-Shirt mit der Aufschritt »Men are living proof that women can take a joke«.

Wir gingen einen schmalen Pfad, der zur Steilküste führte. Ich wußte aus den Protokollen, daß Cliffclimber den Strand an unzugänglichen Stellen abgesucht hatten. Ich wollte mich aber selbst überzeugen.

Es war Niedrigwasser. Der schmale Sandstreifen lag gut zwanzig Meter unter uns. Ich legte das Seil um einen Felsblock und zurrte es fest. Dann ließ ich mich in einem schmalen Spalt hinab. Es war nicht besonders schwierig, da überall kleine Vorsprünge Halt und Verschnaufpausen ermöglichten. Über mir sah ich Samantha gegen den blauen Himmel.

Dann sprang ich in weichen, kühlen Sand. Samantha folgte mir. Sie war offenbar durchtrainiert und bewegte sich wesentlich geschickter als ich.

Der Strand war jungfräulich, keine Fußspuren, kein Plastikmüll, wohl weil es kaum Schiffe draußen gab.

Ich begann die kleinen Höhlen abzusuchen, die der Ozean ausgewaschen hatte. Zottiger Seetang, mehrere Meter langer, armdicker Kelp. Der Geruch war durchdringend.

Am Ende der kleinen Bucht gab es einen von Wellen bespülten Felsvorsprung. Ich watete durch eiskaltes Wasser, Samantha an der Hand. Dann öffnete sich eine neue Beach, noch schöner, noch unzugänglicher, ein heiliger Ort reinsten Sandes, von schwarzen Felsnadeln gesäumt, an denen sich die lange Pazifikdünung brach. Der Gestank hier war bestialisch, betäubend süß und ekelerregend, Verwesungsgeruch. Samantha reichte mir ein Papiertaschentuch, und ich preßte es mir gegen die Nase.

Am inneren Scheitelpunkt der Bucht, unter überhängenden Klippen, lag eine monströse Masse, von der der Todesgeruch ausging. Ein gewaltiger, grauer, riesenhafter, aufgedunsener Berg, halb geborsten an der Seite, die gelben Knochen herausragend wie Elefantenzähne, die Haut von schrundigen, wulstigen Riffeln gezeichnet, das gewaltige Maul zu einem zynisch wirkenden Grinsen verzogen.

Samantha ging voran. »Ein Grauwal«, sagte sie. »Ungewöhnlich früh. Die meisten kommen erst im November vom Norden herunter. Sie überwintern in irgendwelchen Lagunen in Südkalifornien. Vielleicht war er krank.«

Sie schritt den Kadaver ab. »Fast fünfzig Fuß«, sagte sie, »ausgewachsenes Männchen. Sieh mal, das Auge.«

Am Ende des klaffendes Maules, kurz über dem Scharnier des Kiefers war es, ein fast menschliches Auge, groß wie ein Spiegelei, klar und ruhig blickend, als sei immer noch Leben darin.

Obwohl der Geruch kaum zu ertragen war, obwohl zahllose Fliegen das Aas bedeckten, ging immer noch eine rätselhafte Würde aus von dem Tier. Wir flüsterten. »Sie gelten als die aggressivsten Bartenwale«, sagte Samantha. »Das Harpunieren vom offenen Boot aus war bei ihnen besonders gefährlich. Heute gibt es wieder ungefähr 20000.«

»Woher weißt du so gut über Wale Bescheid?« flüsterte ich.

»Wahrscheinlich sind es sentimentale Gründe. Für mich sind es die schönsten Tiere der Welt. Sie singen so schön. Ihre Stimmen sind reine Poesie. Männliche Wale singen, um Weibchen anzulocken. Man kann sie Hunderte von Meilen weit hören, weil Wasser den Schall so gut überträgt. Jeder Wal hat ein eigenes Lied, das sich im Laufe seines Lebens verändert. Man weiß immer, wer es ist und wie alt er ist. Wie alt bist du eigentlich?«

Ehe ich antworten konnte, stieß Samantha einen Schrei aus. Auch ich erschrak, als mein Blick ihrem ausgestreckten Arm folgte. Eine vielleicht zwei Meter lange Wunde klaffte im Bauch des Tieres, und darin war etwas Grausiges zu sehen. Der Arm eines Menschen, aufgedunsen, die Haut geplatzt, die Knochen teilweise freigelegt.

Samantha fiel mir um den Hals. Ich sah durch ihre vom Wind zerfächerten Haare das Meer. Einen Augenblick lang roch ich den Tod nicht mehr, schlug mein Herz ganz ruhig. Dann löste sich Samantha von mir. Auch sie hatte sich jetzt gefaßt. »Ob er es ist?« flüsterte sie. »Wahrscheinlich«, sagte ich. »Wir müssen uns beeilen. Die Flut kommt bald.«

Ich nahm ein Treibholz und stemmte damit die Wunde auf. Der gräßlich zugerichtete Körper eines Menschen wurde sichtbar. Er war tief in den Bauch des Tieres hineingeschoben. Und er war nackt.

»Ich wette, das ist Suijkerbuijk«, sagte ich. »Wir sollten zurück und die Polizei benachrichtigen. Vielleicht kann man ihn bergen, bevor die Flut kommt.«

Wir verfolgten die Bergungsarbeiten vom Ufer aus. Einige Cliffclimber hatten sich abgeseilt, Männer in leuchtend roten Anzügen. Sie hatten einen Zinksarg dabei.

Der Sheriff lehnte an seinem Auto und rauchte. »Wir haben hier hin und wieder Leichen, vielleicht eine Handvoll im Jahr, Leute, die unvorsichtig waren, mit dem Boot gekentert sind beim Angeln oder zugekifft vom Kliff gefallen, aber wir hatten noch keinen Jonas im Walfischbauch.«

»Wie lange ist der Wal schon hier?« fragte ich.

»Drei Wochen. Seit dem letzten Sturm. Niemand ist natürlich auf die Idee gekommen, in dem Tier zu suchen. Scheußliche Art der Beerdigung.« Er spuckte aus. »Irgendwann hätte man ihn natürlich gefunden. Ein Skelett in einem anderen. Ich wußte übrigens nicht, daß Killerwale Menschen fressen.«

»Jemand hat ihn in den toten Wal gesteckt. Es ist ein Grauwal übrigens, ein Bartenwal, kein Zahnwal. Grauwale fressen Plankton, kleine Krebse.«

»Und holländische Touristen, wie es scheint. Können Sie ihn identifizieren?«

»Suijkerbuijk hatte zwei Goldzähne links unten.«

»Das ist uns bekannt. Wahrscheinlich das Wertvollste jetzt am ganzen Mann. Dieser hier hat einen Goldzahn, und der sitzt rechts oben.« Er spuckte aus. »Bleiben Sie und Ihre Frau bitte im Hotel, wir melden uns.«

Es war tatsächlich nicht Suijkerbuijk. Wir erfuhren es am Nachmittag. Wir saßen in der Empfangshalle, als der Sheriff anrief. Ob ich ihn noch mal sehen wollte. Ich verneinte. »Irgendwelche Verletzungen?« fragte ich. »Der Mann hatte ein Loch in der Brust. Ein Eisenhaken an einem kurzen Stiel steckte darin. Dieser arme Teufel ist regelrecht harpuniert worden. Kaum möglich, daß man sich solch eine Verletzung selbst beibringt.«

»Und dann einen toten Wal aufschlitzt und es sich in seinem Bauch gemütlich macht.«

»So ist es. Wir verstehen uns. Wenigstens haben wir die Leiche. Jetzt werden wir nach einem Irren fahnden. Übrigens, Sie waren uns wirklich eine Hilfe. Jetzt werden wir schon alleine zurechtkommen. Von Irren verstehen wir was.«

Ich wünschte ihm viel Erfolg und legte auf. Es war deutlich, daß er mich loswerden wollte, und ich würde ihm diesen Gefallen auch tun.

Ich setzte mich wieder zu Samantha. Eine ganze Weile starrten wir schweigend in die Flammen des Kamins. »Ich fahre morgen früh«, sagte ich. »Richtung Norden. Es war schön, dich kennenzulernen.«

Da war es wieder, das B-Movie-Drehbuch.

Sie lachte ihr kariesfreies Lächeln. »Willst du schon aufhören damit? Ich bin vielleicht wirklich so einfach und übersichtlich wie ein abgetauter Kühlschrank. Aber du vergißt, daß ich dich noch nicht kennengelernt habe. Vielleicht gibst du mir noch eine Chance.«

»Willst du mit?«

»Warum nicht? Ich will auch in den Norden. Ich war noch nie weiter als bis Eugene.«

Sie stieß mir kumpelhaft in die Seite und kniff mich in den Arm. Und das war gut so, denn es ersparte mir die Mühe, festzustellen, ob ich träumte oder nicht.

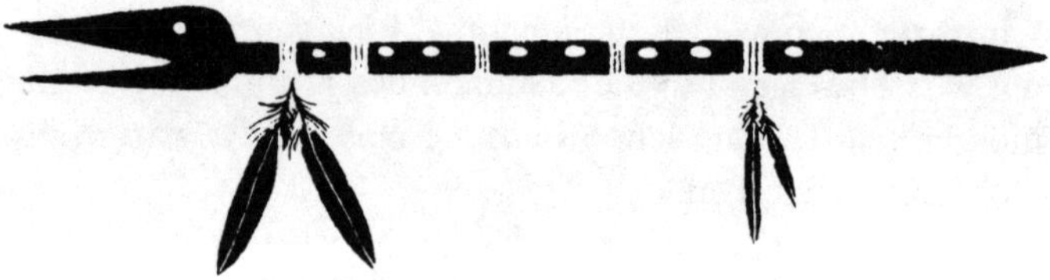

12

Um sieben Uhr rief ich von meinem Bett aus an.

In Holland war es vier Uhr nachmittags, gerade noch rechtzeitig, um jemanden im Büro zu erreichen. Ich teilte mit, daß wir zwar nicht Suijkerbuijk gefunden hätten, aber dafür eine andere Leiche. »Wer ist wir?« hieß es. Bei meinem Erklärungsversuch geriet ich ins Stottern. »Du solltest dich von ausländischen Damen fernhalten«, sagte mein Kollege. »Hier gibt es genug für dich zu tun, was das anbelangt. Wann kommst du zurück?«

Ich erklärte, daß ich es nicht wüßte. Es gäbe im Fall eine heiße Spur, der ich nachgehen wolle. Dann bat ich ihn, meine Mutter anzurufen. »Sag ihr, daß es mir gutgeht und daß ich auf der richtigen Fährte bin.«

»Du hörst dich an wie ein Trapper aus einem Karl May«, sagte der Kollege. Ich legte auf und entspannte mich. Ich hatte es vermieden, sie anzurufen, Mutters Stimme zu hören. Vielleicht war dies die Voraussetzung für das Lustgefühl, sich Samantha hinter all den Glockenblumen aus Papier vorzustellen.

Diesmal frühstückten wir zusammen. Ich ließ die Pfannkuchen weg. Samantha riskierte ein Käsesandwich nach ihrem Joghurt.

Bevor wir abreisten, ging ich noch einmal um das Hotel. Samantha folgte mir. »Was suchst du?« fragte sie. »Fische«, sagte ich. »Nein, das ist falsch. Es sind Säuger.«

Ich fand die Embleme am Hintereingang. Zwei kleine Orcas. Der eine sah ganz frisch aus. Ich fragte die Leute in der Küche, wie lang diese Bildchen schon den Türrahmen zierten. »Der eine seit gestern«, hieß es, »der andere mindestens seit zwei bis drei Wochen. Wir wollten ihn erst übermalen, aber dann hat er uns zu gut gefallen. Mal sehen, wieviele noch kommen.«

Ich ging ins Foyer und rief von der kleinen, offenen Zelle dort im Scripps-Institut an und ließ mich mit Martins Schwester verbinden. Sie war tatsächlich noch in ihrem Apartement. »Gibt es etwas Neues bei euch?« Ich versuchte, familiär zu klingen, ein Fachmann für Wale, für gemalte allerdings.

»Es ist wie immer schönes Wetter. Manchmal vermisse ich den trüben Himmel über Bremerhaven. Was Neues? Walter hat sich lange nicht mehr gemeldet. Walter Munk. Seit zwei Wochen ungefähr. Das ist eigentlich nichts Ungewöhnliches. Die Leute hier nehmen alles nicht so entsetzlich genau wie in Europa. Sie müssen nicht immer ständig signalisieren, daß und wo sie gerade existieren. Aber in diesem Fall... Walter wollte mich schon vor drei Tagen anrufen. Wir sind...«

»Befreundet? Was ist Walters Funktion? Von wo hat er sich zuletzt gemeldet?«

»Auf Druck vom MMRP bemühen wir uns, neue Sendestationen zu finden. Ursprünglich wollten wir von Sur Ridge aus senden. Das ist nicht durchgekommen. Munk glaubt, weiter im Norden wären die Probleme geringer.«

»Von wo hat er zuletzt angerufen?«

»Von Mendocino aus. Er sagte, das Kap dort sei ein idealer Standort. Steilküste, weit vorgeschoben. Wegen des Tourismus mehr Toleranz.«

»Hat Walter rechts oben einen Goldzahn?«

Sie lachte. »Jaja, das hat er. Wir grillen oft zusammen am Strand. Beim Sonnengang leuchtet sein Goldzahn wie eine Laserquelle.«

Ich bedankte mich, und wieder hörte ich das Zuschnappen der Kühlschranktür.

Als ich mich umdrehte, sah ich Samantha. Sie hatte alles mitgehört. »Du solltest es der Polizei sagen«, sagte sie.

Ich rief Hardy an, denn ich ging davon aus, daß der örtliche Sheriff wenig Interesse an meinen Hinweisen haben würde. »Hast du schon von dem Toten von Mendocino gehört?« fragte ich.

»Hab ich. Du willst doch wohl kein Geständnis machen.«

»Es ist möglicherweise Walter Munk vom Scripps-Institut in La Jolla, San Diego. Er hat rechts oben einen Goldzahn. Überprüft die Sache. Ich ruf' morgen noch mal an.«

»Was willst du jetzt machen? Neue Leichen suchen?«

»Ich fahre in den Norden. Rein privat. Es soll schön sein dort oben.«

»Melde dich, wenn du neue Spuren hast von Gutty. Und sei vorsichtig. Du weißt, unsere Hobos sind nicht ohne.« Er legte auf. Dies klang wie die Tür eines Tresors voller Erdnüsse.

Samantha setzte sich ans Steuer. »Ich habe dann dir gegenüber ein besseres Gefühl«, sagte sie. »Außerdem glaube ich nicht, daß du amerikanisch fährst.« Und wirklich, sie kam besser mit den Kurven zurecht als ich, ohne dabei viel zu schalten. Ihre blonden Haarsträhnen wirbelten in dem Schlitz des fingerbreit geöffneten Schiebedachs. Ich drückte den Suchlauf. ›Hotel California‹, der Song schlechthin für die Situation. Ich drehte den Regler auf. »On a dark desert highway/ Cool wind in my hair«. Ich holte die Dose Budweiser aus dem Handschuhfach. »Up ahead in the distance/ I saw a shimmering light«. Sie setzte eine Sonnenbrille auf. Schnelle Schnitte, wie in einem Videoclip. »Welcome to the Hotel California/ Such a lovely place/ Such a lovely face.«

Dann meldete sich Radio Mendocino mit dem Wetterbericht. Sonne, Temperaturen bis 90°. Ich rechnete: 90 minus 32 gibt 58, mal fünf, gibt 290, geteilt durch 9, gibt... »Was murmelst du da?« fragte Samantha.

»Es wird heiß heute, verdammt heiß. Über dreißig Grad.«

Samantha legte ihre Hand auf meinen Arm. Sie fühlte sich kühl an und trocken. »Ich glaube, ich weiß, wie es ist, wenn man in die Flitterwochen fährt. Man weiß plötzlich nicht mehr, wer man ist und wozu man zusammen ist. Paralysiert durch eine Art doppeltes Glück.«

Sie nahm ihre Hand wieder weg, und meine Haut begann zu brennen an dieser Stelle. Draußen zogen die Häuser eines Städtchens vorbei. Überall auf den Dächern waren unsichtbare Scharfschützen verteilt; aus den Schwingtüren der Saloons traten eiskalte Revolvermänner. Der Held lehnte im Schatten einer Häuserwand.

»Erzähl mal was von dir«, sagte Samantha.

Ich erzählte. Es klang wieder einmal, als lese man den Klappentext eines Trivialromans. Mein Vater kam darin vor als eine Art anonymer Held, meine Mutter als eine böse Heilige, mein Heimatland als ein Stückchen Wiese, auf dem vierzehn Millionen Schafe blöken. Samantha blickte mich die ganze Zeit kein einziges Mal an. Plötzlich sagte sie: »Gib mir deine linke Hand.« Ich reichte sie ihr. Sie hielt sie eine Weile in ihrer rechten. Der Druck war sanft und bestimmt. Dann führte sie sie unter ihre Augen, musterte sie eingehend. »Du könntest Indianer sein«, sagte sie. »Du hast keine Haare auf den Mittelgliedern deiner Finger. Das hast du mit den Mitgliedern aller existierenden Indianerstämme gemein.«

Je mehr ich erzählte, desto seltsamer kamen mir meine Worte vor. Es war nicht das ungewohnte Englisch, es war die Sprache überhaupt. Sie schmeckte wie Zahnpasta, süßlich und zugleich zweckgebunden. Wollte ich Samantha zu etwas überreden? Ich erzählte davon, daß ich allein sei, daß mir Beziehungen immer nur kurze Zeit gelängen, die zeittypische Störung, Bindungsangst und Bindungszwang. »Ich weiß, daß irgendwo die Frau meines Lebens existiert. Ich bin mir sicher, daß ich sie finden werde. Ich darf sie nur nicht zu intensiv suchen.«

»Man könnte meinen, du hast diesen schönen Kitschfilm gesehen ›Schlaflos in Seattle‹. Liebe als eine Art finaler Blickkontakt.« Sie schaute mich an. Ich spürte, wie ich rot wurde.

Wir hielten vor einem Supermarkt. »Safeway ist nicht besonders, aber für ein Picknick reicht es«, sagte Samantha. Ich verstand nicht, was sie meinte. Aber als ich den großen Korbwagen durch die breiten kühlen Gänge schob und Samantha ihn mit diesem und jenem belud, tropischen Früchten, kalifornischem Wein, geräuchertem Lachs, war es, als sei endlich alles so, wie es sein sollte.

»Wir brauchen eine Decke«, sagte Samantha. Also kauften wir eine. »Wir brauchen Gläser, Teller und Besteck.« Auch das kauften wir. Ich hätte alles gekauft, das ganze Angebot von Safeway, einschließlich der Abteilung für Babyartikel. Samantha zahlte mit ihrer Kreditkarte. Dann waren wir wieder unterwegs in diesem blendenden Sonnenlicht aus dem größten Studioscheinwerfer der Schöpfung.

Diesmal durfte ich fahren. Samantha hielt ihr Gesicht in die Sonne, während draußen die Landschaft vorbeiglitt, links der Ozean, rechts grasbewachsene Hügel. Dann bog die Straße ab ins Landesinnere. Es wurde grüner, Wälder schlossen sich um uns. Ich redete und redete, als sei ich ein Bildhauer, der aus einem groben Steinblock mit Meißel und Hammer eine Gestalt zu schlagen versucht, die dabei kleiner und kleiner wird. Am Schluß waren nur Staub und Splitter übrig. Ob Samantha mir überhaupt noch zuhörte, war mir inzwischen gleichgültig. Ich hatte das Gefühl, zum ersten Mal in meinem Leben eine wenn auch ungefähre Vorstellung von meiner Person zu haben als ein unbedeutendes, aber interessantes, weil zeittypisches Phänomen. Der ewige Junge, Ahasver der Neurosen.

»Kannst du da vorne anhalten?« fragte Samantha. Sie zeigte auf den Scheitel einer Haarnadelkurve. Die Straße war hier ein bißchen verbreitert. Man konnte parken, direkt an den Steilwänden eines tiefen Canyons.

»Ich habe Hunger und Durst«, sagte sie. »Du bestimmt auch.« Sie nahm die Decke und breitete sie im Schatten einer Baumes aus. Man konnte bis zum Ozean sehen. Er war ein fernes blaues Tuch, zwischen grünen Hügeln aufgespannt.

Wir picknickten mit Lachs und Wein. »Hast du mir überhaupt zugehört?« fragte ich. »Es ist lustig«, sagte sie, »wie du für dich Reklame machst. Bei uns sind die Reklamespots wesentlich kürzer.«

Ich versuchte beleidigt zu sein, aber sie lachte mich an wie alle Reklamespots für Zahnpasta gleichzeitig, und dann tat sie etwas, mit dem ich nicht gerechnet hätte. Sie beugte sich zu mir und gab mir einen Kuß auf den Mund. Dann drehte sie sich auf die Seite und schlief augenblicks ein.

Am Nachmittag erreichten wir Eureka, ein städtebaulicher Euphemismus irgendwo am Niemandsmeer, eine wahrhaft extreme Widerlegung seines vielversprechenden Namens. Wir stellten den Wagen ab und flanierten in dieser trostlosen Häuseransammlung. Schatten teilte die Straßen in düstere und überbelichtete Regionen. Jeden Augenblick erwartete ich den Stunt, wie ein Mann durch eine Schaufensterscheibe springt.

Wir gingen in ein mexikanisches Restaurant. Samantha bestellte Tacos. Die wenigen Gäste starrten uns an, vierschrötige Männer mit Baseballmützen. Einer machte eine Bemerkung über uns. Ein paar lachten. Ich hatte nur verstanden »I stick my dick«.

Samantha beachtete die Männer nicht. Sie stellte ihre weiße kleine Ledertasche auf den Tisch, holte einen runden Handspiegel heraus und einen Stift, mit dem sie ihren Lidstrich nachzog. Wir saßen am Fenster. Sonnenlicht fiel auf den Spiegel. Ein runder Lichtfleck tanzte durch den Raum und streifte die Gesichter der Männer. »Amerika ist ein Zoo«, sagte sie. »Wir sind hier in einem Affenkäfig, wo man die verbreitete Gattung der frustrierten Schwanzaffen ausstellt.«

Ich wäre lieber gegangen. Aber die Tacos waren gut. »Warum erzählst du nichts von dir?« fragte ich. »Da gibt es nichts. Das übliche. Vom Vater geprügelt, früh vergewaltigt, vom Onkel, College, ein Magister in Ethnologie, eine Ehe, eine Scheidung, und jetzt dies hier, Tacos mit dir.«

Sie schien zufrieden mit ihrer Kurzbiographie. Ich starrte sie an. Wie konnte man nur so unverfroren attraktiv sein.

Die Verwandlung kam ganz plötzlich. Samantha starrte mich an wie ein Mensch in Todesangst. Ihre Hände krallten sich um die Papierserviette. Rote Flecken zeigten sich auf ihrer sonst so makellosen Haut. Dann begann sie zu schluchzen. Es schien sie fast zu zerreißen. Als ich ihre Hand nahm, spürte ich, unter welch extremen Spannungen sie stand.

»Was ist los«, sagte ich. Sie zündete sich eine Zigarette an und inhalierte drei, vier tiefe Züge. Dann warf sie sie in den Aschenbecher. »Ich habe extra eine Packung für die letzte Zigarette dabei. Sie sind ganz vertrocknet, so selten kommt es vor, daß ich rückfällig werde.«

Ich wiederholte meine Frage.

»Ich mußte plötzlich an diesen Toten im Wal denken. Ich habe seine Augen gesehen. Und das des Grauwals. Es war der gleiche Blick. Wie in einem Alptraum. Es war ein Alptraum. Der Tod hat einen bösen Blick. Deshalb schließt man den Toten wahrscheinlich auch die Augen.«

Wir gingen zum Auto. Ich setzte mich ans Steuer. »Wohin soll ich fahren?« fragte ich. »Immer die One-O-One, bis es dunkel wird?«

»Ich möchte mit dir in keinem Motel übernachten, wenn du das meinst. Heute nicht.«

Sie warf mir einen Blick zu, dessen Ironie nicht zu übersehen war.

»Samantha, wir kennen uns kaum, du brauchst nicht zu denken, daß ich . . .«

»Natürlich willst du mit mir schlafen. Du brauchst dich gar nicht zu verstellen. Als du stundenlang von dir erzählt hast, hieß das doch immer nur: Nimm mich in den Arm und schlafe endlich mit mir. Männer wie du brauchen das als Selbstbestätigung. Du gehörst auch zu der Gattung Schwanzaffen, wenn auch zu einer etwas verfeinerten europäischen Spezies.«

Ich wollte protestieren, aber mir fiel nichts Rechtes ein. »Und was machen wir jetzt?«

»Jedenfalls etwas möglichst Schönes im Rahmen des Vernünftigen. Wir machen Urlaub. Das vertreibt die Gespenster.«

Sie war wieder so kühl und beherrscht wie am Beginn unserer Bekanntschaft. »Wir rüsten uns erst einmal aus.«

Wir kauften ein Zelt, Marke Eureka, zwei Schlafsäcke, einen Kocher, Campinggeschirr, Trinkwasser. Samantha zahlte mit ihrer Kreditkarte. Ich trug die Sachen zum Auto. Wir waren ein altes Ehepaar.

»Fahr da rein«, sagte Samantha wenig später, als wir über

die vierspurige Schnellstraße glitten. Sie zeigte auf einen schmalen Schotterweg, der im Wald verschwand.

Ich hatte so eine gewaltige Vegetation noch nie gesehen. Dies war kein Wald, wie ich ihn aus Europa kannte. Es gab hier nichts, was auf die Einwirkung von Menschen schließen ließ, außer diesem primitiven Weg. Ich mußte sehr langsam fahren, Baumwurzeln bildeten Schwellen, enge Kurven, eine slalomartige Trasse um riesenhafte Stämme, deren Kronen sich hoch über uns schlossen, das Kreuzgewölbe einer gigantischen Kathedrale aus Holz.

»Wohin fahren wir?« fragte ich.

Samantha hatte eine Karte vor sich, die sie ebenfalls in Eureka erstanden hatte. »Gold Bluff Beach«, sagte sie, »altes Indianergebiet, aber kein Reservat. Hier haben die Yurok gelebt. Fünfhundert Jahre lang. Meines Wissens gibt es den Stamm heute nicht mehr, höchstens noch einzelne kleine Grüppchen. Halt mal an, und stell den Motor aus.«

Wir stiegen aus. Totenstille. Solch eine Stille hatte ich nur im hohen Norden Skandinaviens erlebt. Aber hier war sie anders. Sie hallte gewissermaßen in sich, der Hall einer riesigen Kirche.

»Spürst du sie? Die Geister der Yuroks?« fragte Samantha. »Sie sind da irgendwo zwischen den Bäumen. Vielleicht haben sie die Gestalt von Fledermäusen angenommen.« Ihre Stimme klang spöttisch, aber ich glaubte dennoch so etwas wie echte Furcht herauszuhören.

Wir fuhren weiter, während Samantha einen Vortrag hielt. »Die Yuroks waren ein seltsames Völkchen. Ein Psychologe würde sie als Paranoiker klassifizieren. Kein Stamm kannte so viele Tabus, so viele Vorschriften. Wenn ein Yurok morgens aufwachte, mußte er bereits unzählige rituelle Verhaltensweisen berücksichtigen. Er durfte nur Wasser einer bestimmten Quelle trinken, anderes war für ihn vergiftet. Er durfte nur eine bestimmte Kelle aus einem bestimmten Holz benutzen. Sein Boot durfte nur aus dem Holz eines bestimmten Stammes sein. War er zum Fischen auf dem Wasser, durfte er kein Wasser trinken. Den Fisch durfte er nur auf eine bestimmte Art töten, er durfte das Fleisch nur in einer besonderen Weise bereiten und essen, niemals Walfischfleisch mit Wild mischen, nach dem Essen mußte er sich die Hände im Fluß waschen, niemals in einem Behälter, damit die Geister des verzehrten Fisches zurück ins Meer konnten. Ein Yurok hatte immer Angst, gegen etwas zu verstoßen. Der ganze Kosmos war für ihn ein Labyrinth aus Vorschriften, durch das er sich mit größtmöglicher Vorsicht bewegte.«

»Das hört sich sehr vertraut für mich an. Ich glaube, ich bin auch ein bißchen ein Yurok.«

»Weißt du, warum die Yuroks so komisch waren? Die Anthropologen haben sich bange den Kopf über diese Verrückten zerbrochen, bis einer auf die Erklärung kam. Dieser Indianerstamm war auf dem zivilisatorischen Stand der Sammler, der Ärmsten der Armen aus den Wüsten des Inlands, der Shoshonen aus dem Great Basin. Diggerindians nennt man sie, die elendsten Kreaturen der Schöpfung, menschliche Ratten, die alles fraßen und nach allem mit ihrem Grabstock wühlten. Sie verschmähten sogar Heuschrecken nicht, sie produzierten nichts, sie lebten in Erdlöchern, hatten keine Dörfer, keine Häuptlinge, keine Religion, sie lebten in unvorstellbarem Schmutz, zogen umher, waren zweifellos, wie man lange dachte, dem Affen näher als dem Menschen. In Wahrheit hatten die Shoshonen ein höchst kompliziertes Gesellschaftsleben, das von Riten gesteuert wurde. Magische Orte, magische Handlungen waren ihre eigentliche Heimat. Die Yuroks sind genauso, nur sind sie zufällig vor siebenhundert Jahren in eine der reichsten Gegenden der USA geraten, in die Redwoodwälder am Pazifik mit ihrem Artenreichtum, ihren

Flüssen, Fischen, ihrem Wild, den eßbaren Pflanzen, den Beeren, Pilzen, dem angenehmen Klima. Ein wahres Schlaraffenland, in das diese Leutchen mit ihrer Armutsmentalität einzogen. Sie hielten das Paradies nur aus, indem sie den magischen Druck des Bösen verstärkten. Was sie wie Paranoiker wirken ließ, war in Wirklichkeit eine höchst sinnvolle Maßnahme gegen die Diktatur des Lustprinzips. Sie mußten eben einfach verrückt werden, um mit der Fülle an gutem Essen und Trinken zurechtzukommen. Andere Stämme weiter nördlich wurden kriegerisch und bildeten höfische Gesellschaften aus, ein wenig den Rittern Europas vergleichbar –, nicht so die Yuroks. Sie quälten sich mit Gesetzen, um nicht vor Zufriedenheit und Genießen zugrunde zu gehen. Als der Weiße Mann kam, mit seinen Lehrern und Missionaren, und versuchte, ihnen die Ängste zu nehmen, mußten sie zwangsläufig eingehen. Jetzt sind nur noch ihre bösen Geister übrig.«

Samantha streckte den Kopf zur Scheibe hinaus, als würde sie sich nach einem von ihnen umsehen.

»Arbeitest du in deinem Beruf?« fragte ich.

Sie lachte mich an. »Du meinst Ethnologie? Nein. Das hab' ich aufgegeben. Mich interessieren keine ausgestorbenen Menschentiere. Die Wirklichkeit mit ihren erst demnächst aussterbenden Wesen ist interessanter. Die heutigen Menschen zum Beispiel, deren individueller Egoismus offenbar immer mehr in eine kollektive Selbstmordmentalität umschlägt. Mit ihnen befasse ich mich auch beruflich.«

»Bist du Psychologin?«

Sie lachte wieder. »Du möchtest wohl gern auf die Couch bei mir. Ich halte gerne kleine Vorträge, mein Lieber. Das ist ein Trick, gewisse Männer auf Distanz zu halten. Sie hören auf, meine Brüste anzustarren, wenn ich mehr als fünfzehn kluge Sätze hintereinander gesagt habe.«

Ich wollte etwas erwidern, wollte sagen, daß ich nicht zu

diesen Voyeuren gehörte, als das Meer zwischen den Bäumen auftauchte. Ein blaues Vlies zwischen den Stämmen, Wäsche des lieben Gottes, die dort im Wind trocknete.

Das Tal, in dem der Weg verlief, mündete zwischen niedrigen Dünen. Hier gab es einen verwaisten Zeltplatz. Sehr primitiv, ein paar Feuerstellen und ausgebleichte Holztische in Dünentälern, ein kleines Häuschen mit zwei Klos. Niemand war zu sehen.

Als wir ausstiegen, überwältigte uns das Rauschen der Brandung. Gischtnebel zogen vom Meer gegen die Küste wie Dampf aus einer Wäscherei. Über uns ein Steilkliff von goldgelber Farbe. Die Golden Bluffs trugen ihren Namen zu Recht. Am oberen Rand des Kliffs standen Bäume, dicht an dicht, Redwoods, grau geworden im Salzwind, alte Kämpfer gegen den Westwind, knorrig und von bizarren Wurzeln gehalten. Riesenhände in den Sand gekrallt.

»Dies ist Bärenland«, sagte Samantha. Sie zeigte auf das Foto auf unserem Campingtisch. Unter einer Plastikhülle ein Bärenkopf mit aufgerissenem Maul.

»Es gibt bestimmt auch Cougars hier.« Samantha strahlte. »Das sind Berglöwen. Panther. Sie waren schon fast ausgestorben, aber sie haben sich wieder vermehrt. Weil es zwei Dinge gibt: Naturschutz und Abfälle. Das ergänzt sich. Ein Paradies für diese Tiere. Denk an die Yuroks. Sieh mal.«

Sie zeigte auf seltsame Blechkästen, die auf Stahlträgern zwischen den Zeltplätzen standen. »Weißt du, was das ist?« Ich schüttelte den Kopf. »Das sind Tresore für Nahrungsmittel. Da sind sie sicher vor Bären und Cougars.«

»Wollen wir hier bleiben? Es ist wirklich schön hier, aber...«

Sie war schon dabei, das Zelt aufzubauen, die Luftmatratzen aufzublasen, den Kocher zusammenzusetzen. Wenig später saßen wir in der Nachmittagssonne und aßen in Butter gedünstete ›bay scallops‹ mit Brokkoli, tranken Heineken aus dem Safeway. Der Wind hatte sich gelegt. Mit ihm der Salzwasserdunst. Die Golden Bluffs leuchteten wie pures Gold.

»Du bist ein braver Junge«, sagte Samantha. »Wir werden eine ruhige Nacht haben.« Sie wies auf die schmalen Schatten der Dünengräser. »Und wasch dir die Hände im Fluß. Denk an die Yuroks.«

»Wo gibt es hier einen Fluß?«

»Der Karte nach zwei Meilen nördlich von hier.«

Der Sonnenuntergang war eine Postkartenorgie. Samantha lief vor mir durch den nassen Sand. Ihre Haare sahen aus, als ringelten sie sich um die letzten Sonnenstrahlen.

Ich ging langsam hinterher. Zuweilen leckten die Schaumzungen der auslaufenden Brandung um meine bloßen Füße. »Sollen doch alle Cougars der Welt und alle Bären und bösen Geister der Yuroks gleichzeitig kommen«, dachte ich. »Sollen sie doch kommen und sehen, wie schön das Leben sein kann.«

13

Ich hatte schon einmal große Angst in einem Zelt ausgestanden. Das war in Lappland gewesen, in einer Landschaft von überwältigender Einsamkeit. Ich hatte auf einen Mörder gewartet, aber überraschend war eine Frau hereingeschlüpft. Wir schliefen miteinander, vermutlich ein Akt der geteilten Einsamkeit.

Diesmal war meine Angst von anderer Qualität. Sie war unklar. Auch die Frau war anders. Undenkbar, zärtlich zu ihr zu sein. Die Sehnsucht, die sie in mir weckte, gefror in ihrer Nähe, bildete eine Reifschicht, auf der ich mich ungeschickt bewegte.

Im Norden damals hatte man auch nachts in der Mitternachtssonne einen weiten Blick über eine baumlose Ebene gehabt. Hier war es ab acht Uhr stockfinster, außerdem begrenzte die Steilküste den Blick mit ihrer schwarzen Armee am Kliffrand aufmarschierter Bäume. Einige waren das Kliff hinabgestürzt, lagen da wie gefallene Kämpfer, ausgebleichte Knochen, die von ehemals gewaltigen Kräften zeugten.

Wir hatten im Zelt eine Zeitlang eine Kerze an. Das beruhigte. Erstaunlich, wieviel Geborgenheit eine kleine, flackernde Flamme vermittelt. Ein Schutzgeist gegen die anonyme Bedrohung von draußen.

Wir tranken heißen Tee, den ich mit Bourbon versetzte.

Dann zogen wir uns halb aus. Samantha hatte ein wollenes Trägerhemd an. Sie wirkte dennoch so immateriell, daß ich durch sie hätte hindurchgreifen können. Wir krochen in die Schlafsäcke und drehten uns voneinander weg. Eine Weile blieb es still zwischen uns.

»Warum hast du eine Waffe dabei?« fragte sie plötzlich. Sie mußte sie gesehen haben, obwohl ich sie, wie ich fand, dem Land sehr angemessen, in meinem Kulturbeutel versteckt hatte.

»Ein Freund hat sie mir gegeben. Ein Landsmann von dir. Er schien von der Nützlichkeit eines solchen Reisebegleiters überzeugt zu sein.«

Ehe sie weiter fragen konnte, ergriff ich die Initiative. Ich fragte Samantha nach ihrem Beruf, ihrem Leben. Sie gab ausweichende Antworten. Eine große Behörde, die sich mit Indianerproblemen beschäftigt, ein Leben als Single. Nur hin und wieder ein Mann. »Sie sind so anstrengend, deine Geschlechtsgenossen. Sie wollen, daß man ihnen gehört wie ein Stück Land, das sie beackern. Amerikanische Männer sind auch da Pioniere. Sie zäunen ihre Frauen ein. Seid ihr auch so in Europa? Kleine oder große Farmer der Liebe?«

»Wahrscheinlich.« Mehr brachte ich nicht heraus. Wir berührten uns seitlich ganz sanft. Es war, als sei ich an dieser Stelle betäubt, ein taubes Gefühl den ganzen Körper entlang.

»Ich habe die Geschichte vom Propheten Jona nie verstanden«, fuhr sie fort. »Immer wenn ich sie las, bin ich in ein moralisches Chaos gestürzt. Der Herr verlangt von Jona, gegen die gottlosen Bürger von Ninive zu predigen. Jona entzieht sich diesem Auftrag durch Flucht übers Meer. Warum? Kannst du mir diese Fahnenflucht eines gläubigen Mannes erklären? Es kommt noch verrückter. Gott schickt einen Sturm, der das Schiff zu vernichten droht. Die Besatzung ermittelt durch das Los, daß Jona die Schuld an der Gefahr trägt. Das ist ziemlich unlogisch, nicht wahr? Jona gesteht den Grund ein und sagt, sie sollen ihn ins Meer werfen, dann würde der Sturm sich legen. Warum ist er auf einmal so mutig? Psychologisch unverständlich, findest du nicht? Der Herr schickt einen Wal, der den ertrinkenden Jona verschluckt. Der Wal ist natürlich ein Symbol für den Tod. Denn es heißt von Jona: ›Ich schrie aus dem Rachen des Todes, und du hörtest meine Stimme.‹ Jona ist drei Tage im Bauch des Wals und betet und bittet um Gnade und verspricht, alles zu tun, was Gott von ihm verlange. Das ist einigermaßen logisch. Der Wal speit Jona an Land. Der Herr erneuert seinen Befehl, Jona solle nach Ninive gehen. Er hat seinen Willen mittels Folter durchgesetzt, ist es nicht so? Jona gehorcht diesmal, er geht nach Ninive. Ninive ist drei Tagesreisen entfernt, Ninive ist wie San Francisco, groß, chaotisch und verdorben. Jona prophezeit, daß Ninive in vierzig Tagen untergehen wird, durch ein Erdbeben wahrscheinlich. Die Menschen glauben dieser Prophezeiung und werden gottesfürchtig. Daraufhin verzichtet der Herr auf das Erdbeben. Das ist ebenfalls logisch. Jona aber ist stocksauer. Er zürnt Gott, weil er als der Blamierte dasteht. Als Prophet ein Versager! Das habe er von Anfang an gewußt, deshalb sei er damals auch geflohen. Ist das nicht ziemlich spitzfindig? Gott soll aus Jonas Sicht keine Gnade walten lassen dürfen! Jona geht vor die Stadt und wartet. Er hofft wohl immer noch auf das Erdbeben. Sonne. Wüste. Es ist Abend. Der Herr läßt einen Baum wachsen, damit Jona am nächsten Tag im Schatten sitzt. Das ist sehr nett von ihm. Jona freut sich natürlich darüber. Im Morgengrauen aber läßt Gott den Baum verdorren. Das ist purer Sadismus. Außerdem schickt er einen heißen Wüstenwind. Jona droht ein Sonnenstich. Er wünscht sich, tot zu sein. Das ist verständlich. Außerdem ist er stocksauer über den verdorrten Baum. Er fühlt sich von Gott gefoppt. Mit Recht. Gott weist ihn zurecht. Wenn er des

Baums wegen sauer sei, den er doch nicht einmal gepflanzt und aufgezogen habe, dann müsse er, der liebe Gott, tausendmal saurer sein wegen einer so großen Stadt von hundertzwanzigtausend Einwohnern, die alle nicht wüßten, was rechts oder links ist. Schluß, aus, das war's. Der liebe Gott steht da als Rechthaber. Was mit Jona wird, erfährt man nicht. Vielleicht verdurstet er. Was aus Ninive wird, erfährt man nicht. Vielleicht kommt das Erdbeben doch noch. Das Ganze soll wohl ein Gleichnis sein auf die Notwendigkeit, sich Gott vollkommen zu unterwerfen, keine eigene Meinung zu haben, nicht zu fragen, warum dies oder das geschehe. Absolute Unmündigkeit als perfide Moral dieser verworrenen Story. Oder bist du anderer Meinung, Piet?«

Samantha drehte sich mir zu. Sie hatte Tränen in den Augen. »Was ist mit dir, Piet«, flüsterte sie. Sie streichelte mich sanft übers Haar. »Du suchst doch etwas. Ich spüre diese ständige Unruhe an dir. Kann ich dir helfen?«

Ich schwieg. Ich wagte nicht, mich zu bewegen. Samanthas Berührung tat gut. Ich wollte den Moment nicht zerstören. Auch Samantha fragte nicht weiter. Wir lagen eng nebeneinander auf dem Rücken und starrten in die Dunkelheit. Vielleicht dachten wir die gleichen unscharfen Gedanken, die wie Eingangspforten in die Träume sind.

Einmal in der Nacht wachte ich auf. Ich hatte das deutliche Gefühl, daß jemand draußen stand, direkt vor unserem Zelt. Ich glaubte, seinen Atem zu hören, obwohl er im Rauschen der Wellen unterging. Ich setzte mich aufrecht, mein Herz klopfte wild. Dann suchte ich Streichhölzer. Ich tastete den Boden neben mir ab. Er war uneben. Da war ein Gegenstand, der sich wie eine kleine Baumwurzel unter dem Zeltboden anfühlte, wie eine Hand mit gespreizten Fingern. Endlich hatte ich die Schachtel. Ich riß ein Streichholz an. »He, ist da jemand«, sagte ich mit halblauter Stimme. Samantha bewegte sich. Ihr Gesicht erschien in der Kapuze des Schlafsackes. »Was ist los«, flüsterte sie. Das Streichholz erlosch, und ich schämte mich. »Nichts«, flüsterte ich. »Dann schlaf«, sagte sie.

Am nächsten Morgen fanden wir Spuren von großen Tatzen in der Nähe des Zeltes. »Das sieht mehr nach einem großen Hund aus als nach einem Cougar«, meinte Samantha. Die Bemerkung beruhigte mich keineswegs. Es gab auch eine Menschenspur. Abdrücke von nackten Füßen. Sie führten dicht am Zelt vorbei.

Samantha war wenig beeindruckt. »Es gibt Hippies, die an solchen Stränden leben. Einfach so. Ohne Zelt. Sie machen es den Indianern nach. Die wiederum sitzen heute in festen Häusern vorm Fernseher.«

Wir frühstückten vor dem Zelt. Samantha schlug vor, einen ruhigen Tag einzulegen. Das Wetter sei so schön, wir hätten uns ein paar Stunden Nichtstun verdient, erklärte sie. Sie verschwand mit einer Tasche und einer Decke zwischen den Dünen.

Es dauerte eine Weile, bis ich sie fand. Sie lag in einem Dünental. Sie hatte einen knappen Bikini an. Ihre Haut glänzte von Sonnenöl, und ihre Haare waren offen, eine schwarze Sonnenbrille verbarg ihren Blick. Vielleicht schlief sie auch.

Ich setzte mich ein Stück oberhalb ins Dünengras. Ich wollte das Meer sehen können. Eine Weile las ich in Gutty Floys Traumbuch. Sein Englisch klang schön, wie Lyrik. Vielleicht hatte er alte Bücher beim Lernen benutzt. »Ich möchte dir etwas vorlesen«, sagte ich. Samantha drehte sich auf den Bauch. Ihr Rücken war mit Sand paniert. »Es ist ein Gedicht an eine Mutter. Gutty Floy hat es geschrieben. Ein berühmter Hobo, auf dessen Spuren ich bin.«

Ich habe heute Nacht von dir geträumt
du seist alt geworden Mutter
dein Leib sei ein Baum
der sich unter der Last des Schnees beugt
aber du wolltest nicht alt sein
du wolltest jung sein wie ein Schößling im Frühjahr
doch du warst verdorrt in dir und nichts war mehr
blühend unter deinem Herzen.
Im Traum sagte ich dir
du brauchst nicht traurig sein
daß du dem Tode näher bist
als ein Blatt im Herbst dem Boden
ich weiß ein Mittel gegen deine Angst.
Iß dies Ding! Es ist rot und voller Leben.
Ich reichte ihr ein Stück vom Herzen des Wals
ich hatte es selbst herausgeschnitten und weichgekaut
du nahmst es und hast es gegessen
und ich sah, wie deine Haare hell wurden
und die Sonne
aus deinen Händen leuchtete
und ich sah wie deine Haut sich glättete
und die Farbe deiner Lippen wieder der
mancher Beeren glich.
Du warst ein Mädchen geworden
und wir nahmen uns bei der Hand
und rannten davon bis zu der Stelle
wo ein Regenbogen die Erde berührt.
Dort begannen wir hinaufzuklimmen
bis an die Spitze des Weltenzeltes
um Ausschau zu halten nach dem Unsichtbaren
das die Menschen Glück nennen
und das nicht mehr ist
als was ein Seewind in einer Nacht

an Schaum den Wellen nimmt.
Als ich erwachte, warst du fort.
Jetzt bin ich darum alt geworden
und folge dir.

Ich sah zu Samantha, wartete auf eine Reaktion. Sie löste das Band von ihrem Oberteil. »Kannst du mich von diesem Sand befreien und mich einschmieren?« fragte sie. Ich kannte dieses Spiel. ›Rasieren‹ hatten wir es als Kinder genannt. Man nimmt eine Muschelschale und schabt damit den Sand von der Haut.

Ich suchte also eine Muschelschale, setzte mich rittlings über Samantha und begann mit der Arbeit. Sie gab Töne des Wohlbefindens von sich. »Das machst du gut«, sagte sie. »Ich könnte mich daran gewöhnen. Willst du dich nicht auch herlegen?«

Ich legte mich neben sie auf den Rücken. »Crem dich ein«, hörte ich sie sagen. »Die Sonne ist aggressiv hier.« Ich gehorchte. Auf die Idee, sich für meine Dienste zu revanchieren, kam sie nicht.

Dann schloß ich die Augen. Es war, als starrte ich in ein Feuer, so rot war das Blut in meinen Augendeckeln. Ich hörte die Wellen, gleichmäßig wie der Atem von Mutter Erde. Ich hörte Samanthas Atem im selben Rhythmus, nur viermal so schnell. War dies vielleicht das Glück, von dem Gutty in seinem Gedicht geredet hat? dachte ich. Waren dies die Schaumflocken, die der Wind dem Meer entreißt?

Die Sonne brannte. Schließlich setzte ich mich auf und wickelte mir mein Hemd um den Kopf. Ich war Jona und wartete auf einen Baumschatten. Samantha hatte sich umgedreht. Ihre Haut bedeckte wieder feiner Sand.

»Ich glaube, da war jemand heute nacht vor dem Zelt«,

sagte ich. Samanthas Reaktion war ein Seufzer. Dann fügte sie hinzu: »Mein Lieber, das sind die typischen Halluzinationen eines Städters, dem zuviel Natur zugemutet wird.«

Am Nachmittag gingen wir noch einmal zum Fluß. Wir folgten seinem Lauf landeinwärts auf einem schmalen Pfad durch einen Canyon, dessen Wände vollkommen senkrecht waren. Riesige Bärte von Moosen und Farnen, aus denen Wasser tropfte, bedeckten den rötlichen Sandstein.

Je tiefer wir ins Land vordrangen, um so unheimlicher wurde es. Die Luft war feucht. Über uns der Himmel, ein schmaler, dunkelblauer Spalt. Dann führte der Pfad schräg die Wand empor, und wir gelangten in den Wald. Wieder dieser vegetative Dom mit seiner sakralen Stille. Wir kletterten über umgestürzte Baumgiganten, die süßlichen Modergeruch ausströmten. Oft wuchsen aus ihnen neue Stämme empor, Minialleen, wie künstlich angepflanzt, und doch hatte hier kein Forstbeamter seine Hände im Spiel. »Nursetrees«, nannte Samantha die verwesenden Stämme, die offenbar den Nährboden für neue Bäume bildeten.

Mir war mulmig zumute. Überall glaubte ich, Bären zu sehen oder Cougars. Der Pfad verlor sich, und wir stolperten über Wurzeln und drückten uns durch wucherndes Unterholz. In der grünen Dämmerung über uns schwebten die Geister der Yuroks, körperlose Köpfe mit Händen direkt an den Ohren, die wie Vogelschwingen wedelten.

Ich blieb stehen. »Samantha«, rief ich, »wir verirren uns noch. Laß uns zurückgehen.« Sie stand über mir auf einer mächtigen Baumwurzel und lachte. Wie oft hatte sie schon gelacht, ihre blendend weißen Zähne gezeigt.

Auf dem Rückweg rannte ich. Als ich im Canyon war und das ferne Rauschen der Brandung hörte, fiel mir ein Stein vom Herzen.

Samantha holte mich ein. Sie hakte sich unter. Ich erwartete ihre spöttischen Bemerkungen, aber sie schwieg.

Wir gingen zurück. Der Abendhimmel war klar bis auf eine Wolke, die sich über dem Kliff bildete. Ein kleines, rundes Etwas aus Wasserdampf sammelte sich aus dem blauen Nichts. Plötzlich glaubte ich, dort oben am Waldrand jemanden stehen zu sehen. Eine schwarze, kleine Figur. Wie ein Bauer auf dem Schachbrett stand sie dort, direkt am Abgrund. Als ich sie Samantha zeigen wollte, war sie verschwunden.

Diesmal war der Sonnenuntergang bei weitem blutiger, dramatischer als gestern, vielleicht ein Zeichen für einen Wetterwechsel, für die Regenzeit, die nicht mehr fern war.

Dann entdeckten wir das Emblem, auf einem der Nahrungsmitteltresore in der Nähe unseres Zeltes. Ein kleiner Killerwal mit erigiertem Penis.

»Laß uns fort hier, und zwar jetzt gleich«, sagte ich. »Mir sind diese Yuroks unheimlich.«

Zu meinem Erstaunen protestierte Samantha nicht.

Wir bauten das Zelt ab. Dabei fanden wir sie, unter dem Boden, halb im Sand eingewühlt. Eine menschliche Hand, sauber am Gelenk abgetrennt, täuschend echt und mit einem Ehering am Finger. Unnatürlich weiß. Sie war bestimmt aus Plastik. Wahrscheinlich aus einem Laden für Scherzartikel, ein scheußliches Halloween-Requisit.

Ich nahm sie und schleuderte sie ins Meer. Wir packten unsere Sachen und fuhren, Samantha am Steuer. Im Scheinwerferlicht wirkten die Bäume wie riesenhafte Unterwasserpflanzen. Als wir endlich auf der One-O-One waren, wurde mir wohler.

»Du hättest sie nicht wegwerfen sollen«, sagte Samantha. »Vielleicht war sie echt. Gut präpariert. Vielleicht war es die Hand von ihm.«

»Von Suijkerbuijk? Ich glaube, jetzt bist du es, die zuviel Phantasie hat.«

»Der Ehering ist immerhin ein Indiz.«

»Samantha. Die Welt wimmelt von Eheringen. Ich glaube, sogar der Saturn ist verheiratet.« Sie lachte. »Gleich mehrfach, wenn man den Astronomen glauben darf.«

Die Grenze von Oregon war nicht mehr weit. Kurz vor ihr gingen wir in ein Hotel, in Crescent City. Es war billig, häßlich und genau das richtige für unsere Stimmung.

14

Wir lagen nebeneinander in einem nach Waschmittel riechenden amerikanischen Bett unter einer amerikanischen Bettdecke aus Nylon. Es war anders als im Zelt. Wir hatten mehr Platz, und das machte jede Bewegung bedeutsamer. Samantha gestattete es, daß ich meinen Kopf in die Mulde an ihrem Hals vergrub.

»Erzähl«, flüsterte sie.

Diesmal versuchte ich nicht, etwas zu beschwören. Ich redete von meiner Mutter, von meinem schwierigen Verhältnis zu ihr, dem Einzelkindsyndrom, von meinem verlorenen Vater, von meiner Sehnsucht nach einem Freund. »Ich muß ihn finden, auch wenn es tödlich ist für ihn. Oder für mich.«

»Du meinst, diesen Gutty Floy? Ist das deine Vision eines Männerfreundes? Weißt du, was mir spontan dazu einfällt? Du suchst in Wirklichkeit deinen Vater. Gutty Floy ist bloß ein Symbol für ihn. Und noch etwas, du willst dein ewiges Zaudern lossein. Du hättest am liebsten eine neue Identität. Ich glaube, du mußt deine Jenseitsreise, wie es die Indianer nennen, noch machen. Du lebst viel zu sehr aus dem Kopf. Das tut dieser Gutty Floy, wenn es ihn gibt, wohl nicht. Er lebt aus dem Bauch, dem Bauch des Wals. Er ist Jona, denn er hadert mit seinen Göttern. Jetzt begreife ich endlich diese vertrackte Geschichte. Jona will sich nicht einspannen lassen.

Er ist ungläubig, weil er nur an sich selbst glaubt. So möchtest du auch sein. Die Geschichte von dem Propheten Jona ist eine Ablösungsgeschichte vom Vater. Du glaubst, du mußt dich von deiner Mutter abnabeln, aber in Wirklichkeit geht es um dein Verhältnis zu deinem Vater. Nur, da gibt es keine Nabelschnur, lieber Piet, aber dafür eine lange Leine und an deren Ende eine Harpune. Sie steckt dir im Kopf.«

Alles, was sie sagte, traf zu. Es tat gut, sie in der Dunkelheit des Raumes reden zu hören. Meine Mutter war der Wal, mein Vater der Harpunier. Auch ich war ein Jonas, aber einer, der sich nicht traute, mit der Autorität zu hadern.

Draußen war Verkehr. Manchmal huschten Lichtstreifen durch den Raum, geworfen von Autoscheinwerfern. Im Wandspiegel sah man unsere Köpfe. »Warum bist du eigentlich bei mir?« fragte ich. »Arbeitest du für die Polizei?«

»Das ist eine dumme Frage«, sagte Samantha, »jedenfalls, solange ich bei dir bin.« Sie drehte sich auf die Seite, und ich wußte, daß sie gleich schlafen würde.

Als ich am nächsten Morgen aufwachte, war das Bett neben mir leer. Auch ihre Reisetasche war verschwunden. Meine Traurigkeit war so zerfahren, daß ich die kleinen roten Herzen auf der Tapete zu zählen begann, statt mir die Zähne zu putzen. Dann riß ich mich zusammen.

»Es ist eine Angelegenheit zwischen dir und mir, Gutty«, flüsterte ich. »Frauen stören da nur.«

Ich suchte meine Sachen zusammen und stopfte sie in den Koffer. Der Autoschlüssel war weg. Ich ging hinaus. Auch das Auto war verschwunden.

Ich setzte mich auf den Treppenabsatz und begann hysterisch zu lachen. »Du bist ein Trottel, Piet Hieronymus. Es war doch klar, daß dieses Mädchen dich nur benutzt hat.« In diesem Augenblick bog der kleine Toyota um die Ecke. Samantha sprang heraus mit einer großen Tüte. »Du scheinst ja blendend gelaunt zu sein. Es gibt jetzt Frühstück. Hier auf den Stufen.«

Später auf der Fahrt redete ich von meinen Verdacht. »Hast du deinen Posten bei der Polizei deines Landes nicht wegen besonders guter Menschenkenntnis?« fragte sie. »Auch bei uns gibt es solche Spezialisten. Meistens Frauen, wegen des besseren Einfühlungsvermögens.«

»Ich möchte dies allein erledigen!« sagte ich. Ich legte alle Schärfe, die mir zur Verfügung stand, in meine Stimme.

Samantha bremste. Dann stieg sie aus und öffnete meine Tür. »Komm«, sagte sie. »Da hinten ist eine gute Stelle. Hoffentlich gibt es hier keine Schlangen.«

Sie klemmte die Decke unter den Arm und zog mich von der Straße fort in einen kleinen Wald, dem man ansah, daß er Menschenwerk war. Als wir das Auto nicht mehr sehen konnten, breitete sie die Decke aus. »Leg dich hin«, befahl sie. Es war wie beim Arzt.

Durch einen feinen Kranz von Spektralfarben, den meine Augenwimpern warfen, sah ich ihr Gesicht. Es war wie Porzellan. Hauchdünn und zerbrechlich und mit einer feinen Glasur versehen. Ihr Mund öffnete sich. Ihre Augen waren halb geschlossen. Über uns war ein Baldachin von Herbstlaub, Ahornblätter in flammendem Gelb.

Es war noch nie so einfach gewesen für mich, mit einer Frau zu schlafen. Vielleicht weil ich das Gefühl hatte, daß Samantha weit weg war dabei.

Als wir zurück im Auto waren, verloren wir kein Wort darüber. Vielleicht waren wir Kinder, die gemeinsam etwas mit Erfolg ausgefressen hatten. Erstaunlich, daß ich nicht auf die Idee kam, über Gefühle zu reden.

Wir überquerten die Grenze nach Oregon und machten einen Stop in Harris Beach. Die Küste sollte hier besonders spektakulär sein, laut meinem Reiseführer, und sie war es auch. Die Felsformationen erinnerten an gigantische Skulpturen. Lands Art. An den schönsten Stellen entstanden große Bungalowsiedlungen. Wir sahen uns die Häuser an. Sie wirkten solide, Holz und Schiefer, doch aus der Nähe entpuppte sich alles als dünn verblendeter Preßspan. Die typische Kulissenbauweise des Landes, für die Theaterbühne des Lebens in wenigen Tagen hochgezogen. Jedes Haus hatte einen herrlichen Blick aus einem riesigen Wohnzimmer, mit einer Bar im Zentrum, an der man mit einem Cocktail in der Hand stehen konnte, um die draußen vorbeiziehenden Wale zu beobachten.

Wir kamen immer mehr in Sightseeing-Laune. Ich las Samantha die einzelnen Sehenswürdigkeiten vor, so wie sie der holländische Reiseführer in euphorischen Tönen beschrieb.

Wir hielten an den Oregon-Dunes, einer 40 Meilen langen Hügellandschaft aus feinstem Sand. Die holländischen Nationaldünen sind dagegen ein von Kindern zertrampelter Sandkasten. Die Dunes waren zwar Naturschutzgebiet, aber im Sommer auch Rennstrecke für Buggys. Die Fähigkeit dieses Landes, Widersprüche zu amalgamieren, war wirklich grenzenlos.

Der nächste Sensationspunkt hieß Sealions Cave. Laut Reiseführer die größte vom Meer in die Steilküste gefräste Höhle der nordamerikanischen Westküste.

Nur hier konnte man noch Seelöwen in ihrer natürlichen Umgebung erleben. Man wurde in einer Empfangshalle voller Informationstafeln und Nippes, kleiner Seelöwen aus allen erdenklichen Materialien, eingestimmt auf das Wunder unberührter Natur. Dann ging es in einem Fahrstuhl hundert Meter in die Tiefe. Schwach beleuchtete Gänge führten zu vergitterten Felslöchern, durch die man einen Blick in die Haupthöhle werfen konnte. In der kochenden Brandung wälzten sich Tiere, die wie Taucher in glatten, schwarzen Moltoprenanzügen aussahen. Hunderte bedeckten die unterirdischen Klippen. Ohrenbetäubender Lärm aus zahllosen Kehlen, rauhes Blöken. Es klang wie ein dissonanter Zweiklang aus verzweifelter Wut und hoffnungsloser Trauer. Wir Menschen hatten für zehn Dollar das Recht, in diese vergitterte Freiheit animalischer Existenz zu glotzen. Blitzlicht war verboten. Ich mußte an Platons Höhlengleichnis denken. Die Seelöwen waren die eigentlichen Menschen. Sie lagen eng beieinander, stritten sich, kämpften, liebten und vermehrten sich. Die Zweitstärksten waren die Lautesten, wie ich glaubte beobachten zu können.

Bei Platon sind die Menschen so an Beinen und am Nacken gefesselt, daß sie immer nur die Höhlenwand sehen, nie den Ausgang. Hinter ihnen tragen Wesen einer anderen Kategorie verschieden geformte Gegenstände vorbei. Diese ragen über eine Mauer und werden vom Licht der Außenwelt beschienen, so daß ihre Schatten auf den Höhlenhintergrund fallen. Für die Menschen in der Höhle sind die Schatten, die sie vorbeiwandern sehen, die eigentliche Realität. Denn weder die Dinge, noch die Wesen, die sie tragen, noch das Licht sehen sie jemals direkt. Immer nur Schatten.

Wer aber sind diese Träger der Dinge? Was für Dinge sind es überhaupt? Und was ist die Quelle des Lichts? Ist es das Gute? Die Sonne? Abgesehen davon, daß Platon mit seinem Gleichnis das Kino erfunden hat, wirft sein pessimistisches Modell mehr Fragen auf, als es erklärt.

Immerhin konnten die Seelöwen ins Freie schwimmen, sich mit dem Bauch nach oben treiben lassen im Pazifikswell, um sich zu sonnen. Aber immer wieder kehrten sie zurück ins Dämmerlicht der Höhle, vielleicht weil sie süchtig waren nach den Schatten, den Illusionen, vielleicht waren wir die Schatten, die sie in den Felsöffnungen sahen und die sie betrachteten wie wir die zweidimensionalen Abbilder von Personen auf der Fernsehscheibe.

Samantha stieß mich an. »Du bist völlig weg«, sagte sie. »Hast du was genommen?« Sie wollte gehen. Ich aber hätte noch lange in diesen Orkus der brüllenden Tiere starren können.

Wir fuhren die hundert Meter ans Tageslicht empor und betraten eine Aussichtsplattform, eine kühne Konstruktion hoch über dem Ozean. Hier entdeckten wir es wieder. Guttys Totem, auf dem Fuß des Münzfernrohres. Es war ein Walbeobachtungspunkt, wie eine Schautafel erläuterte.

»Du glaubst, daß diese Orcas von ihm sind?« fragte Samantha. »Ja. Sie sind alle völlig gleich. Er benutzt eine Schablone.«

»Und du meinst, die ganze Küste ist voll davon? So daß wir immer welche finden, wenn wir wollen?«

»Ich glaube, er beobachtet uns. Er lockt uns hinter sich her mit diesen Zeichen. Es ist wie bei einer Schnitzeljagd.«

»Aber wie macht er das? Technisch, meine ich. Es ist nicht einfach in diesem weiten Land, jemanden zu beschatten.«

»Wenn Gutty Indianer ist, hat er vielleicht Instinkte, von denen wir nichts ahnen.«

»Blödsinn, Piet. Sag mal, besitzt du irgend etwas, was ihm vielleicht gehört hat?«

»Ja. Dieses Ding da, das gehört angeblich ihm. Sagt jedenfalls Sinking Sun.«

»Wer ist Sinking Sun?« Sie nahm das Objekt, wog es in der Hand, streichelte es, hielt es ans Ohr. Ich erzählte ihr von Sinking Sun, von meinem Abschied, von Martin, von Sue.

»Weißt du, was das ist? Das ist der Gehörknochen eines Orcas. Mit indianischen Farben bemalt.«

»Woher kennst du dich so gut aus?«

»Biologie ist mein Hobby. Sei nicht immer so mißtrauisch. Weißt du, was ich vermute? Ich glaube, da ist eine Wanze drin. Ein Sender. Gutty hört uns ab. So weiß er immer, wo wir sind. Soll ich es kaputtmachen? Oder heißes Wasser reingießen?«

»Nein. Ich will, daß Gutty mich findet. Ich will, daß er mich dorthin lockt, wohin er mich haben will. Aber du kannst einen Pullover drüberlegen, wenn wir uns unterhalten.«

Die Lust am Sightseeing war uns vergangen. Wir fuhren weiter an der Küste Oregons entlang, diesem langen Daumenkino schönster Blicke, bis wir in Tillamook landeten.

Es war die übliche ausufernde Barackenansammlung, aber es gefiel mir hier besser als in den anderen Orten, durch die wir zuletzt gekommen waren. Tillamook hatte zwar auch den Charme eines Sträflingslagers, aber es gab ein paar Straßenecken, an denen echte Steinhäuser so etwas wie eine Stadtatmosphäre verbreiteten.

Wir gingen in ein Café im linken Teil eines Holzhauses, durch das eine Art öffentlicher Gang oder Passage führte. Darin waren verschiedene Kunstwerke, Plastiken, hölzerne Statuen, ausgestellt. Darunter ein lebensgroßer Indianer in vollem Kriegsschmuck.

»Irokese«, sagte Samantha. »Der Standardindianer nach dem Geschmack der Weißen. Er ist gut gemacht, wirkt ziemlich lebendig, aber ich finde es trotzdem widerwärtig, diese Art der Imitation. Es hat was von Arroganz dem Leben gegenüber.«

Auch ich hatte ein mulmiges Gefühl. Der Indianer in dieser Umgebung, zwischen Töpferkram und anderem Trödel. Er trug einen Bogen in der Hand, die gespannte Sehne mit dem gefiederten Pfeil an der Wange. Seine Glasaugen wirkten, als konzentrierten sie sich auf einen Punkt.

Das Café war ziemlich voll. Keine städtischen Leute, eher

Bauern, Arbeiter, Handwerker. Es herrschte Familienstimmung wie bei einem Geburtstag. Der Mann hinter dem Tresen schäkerte mit einer jungen Frau, einer aufgetakelten Blondine aus einem Film der Vierziger. Er flirtete im vollen Bewußtsein der Vergeblichkeit. Ich beneidete ihn um seine Hemmungslosigkeit. Er sah aus wie Arthur Miller, intelligent und brutal.

Wir nahmen an einem freien Tisch Platz und bestellten Tee. Wunderbarerweise gab es keine billigen Beutel, sondern erstklassigen Darjeeling, frisch überbrüht und mit Kandis serviert. Ich nahm Samanthas Hand, sie ließ sie mir für ein paar Sekunden.

Auf der anderen Seite des Ganges lag ein Büroraum. »Doubies Real Estate«, stand an der offenen Tür. An den Wänden Großfotos der Küste, Häuser. Ein Plakat, das einen aufgetauchten Wal zeigte. Sein Blas bestand aus lauter Buchstaben. »The singing whale« war mit einiger Mühe zu entziffern. Zwei dicke Männer saßen dort auf Drehstühlen. Sie trugen weiße Hemden mit schwarzen Krawatten, deren Knoten bis auf die Mitte der Brust herabgezogen waren. Sie redeten nicht, wischten sich nur ab und zu den Schweiß von der Stirn. Sie warteten offenbar, starrten die schweigenden Telefone an.

Samantha las das lokale Blatt. Die Anzeigenseite. »Hier kann man sich sogar noch ein Haus direkt am Wasser leisten«, sagte sie. »80000 Dollar, inklusive Blick aufs Meer.«

Nebenan schrillte das Telefon. Ich blickte hinüber. Die Zwillingsbrüder, die in jede Wrestlingveranstaltung als Akteure gepaßt hätten, rührten sich nicht. Wie schwammige Buddhas ruhten sie auf ihren Sitzen. Die Arme standen steif vom Körper ab wie die Arme von Suomikämpfern.

Makler, die ein läutendes Telefon ignorierten, das war mehr als verdächtig. Ich erhob mich und ging hinüber. Die Türglocke bimmelte überlaut, als ich die Tür hinter mir schloß.

Die beiden rührten sich immer noch nicht. Vielleicht waren es auch perfekte Imitationen, wie der Indianer draußen im Gang. Ihre kahlgeschorenen Köpfe waren vornübergeneigt wie bei Schlafenden, das Kinn zusammengepreßt zu einer Reihe von Wülsten. Das war keine Trance, jedenfalls keine vorübergehende. Sie waren tot. Für diese Annahme gab es ein untrügliches Indiz: Der Schweiß auf ihren Stirnen trocknete.

Ehe ich Alarm schlug, sah ich sie mir aus nächster Nähe an. Mich hat der Tod immer schon fasziniert. Körper, die das Leben gerade erst verlassen hat, wirken oft, als sei ihnen eine Last genommen, seltsam erleichtert, fast zufrieden. Bei diesen Männern war es anders. Es hatte einen, wenn auch nur kurzen Todeskampf gegeben. Die Augen waren offen und vorgetreten, die Pupillen erweitert, die Zungen hingen aus dem Hals, kleine Tierzungen, als seien Katzen in diese großen Kerle geraten. Die Haut war blau angelaufen. Zweifellos waren sie erstickt.

Beide trugen kleine rote Sheriffsterne auf den blütenweißen Hemden. Genau über der Herzgegend. Irgend etwas war da eingedrungen. Es konnte keine sehr tiefe Verletzung sein, dafür war zu wenig Blut ausgetreten, aber sie war tödlich gewesen.

Auf dem Schreibtisch lag eine Lupe. Ich griff sie mir und sah mir die Wunden an. Kleine Faserbüschel ragten aus den Blutinseln hervor.

Das Telefon schrillte wieder. Ich hob ab. Ein Sergeant meldete sich. »Wir haben einen anonymen Anruf erhalten, soll was nicht stimmen bei euch.« »Das kann man wohl sagen. Hier sitzen zwei Immobilienmakler, für die nur noch zwei Quadratmeter Grundbesitz interessant sein dürften«, sagte ich. Es war ein überflüssiger Witz. Der Sergeant schien ihn dennoch zu verstehen. »Wir kommen«, sagte er und legte auf.

Samantha stand in der Tür, während ich wartete. Eine Fliege saß auf der Stirn eines der beiden Männer. Ich war versucht, sie zu verscheuchen.

»Sie sind tot«, sagte Samantha. Ich nickte. »Das sind jetzt drei auf deiner Route. Findest du das nicht etwas merkwürdig?«

Ehe ich antworten konnte, waren sie da. Zwei Wagen, Polizisten, ähnlich beleibt wie die Opfer.

Wieder konnte ich die Professionalität bewundern, mit der ein solcher Fall in den Staaten abgewickelt wurde. Niemand schien besonders erschüttert. Keine überflüssigen Worte, keine unnötigen Bewegungen. Eine konzentrierte Atmosphäre wie bei Dreharbeiten.

Fotos, Fingerabdrücke, eine kurze Untersuchung des Tatortes, der Toten. Samantha und ich mußten als Zeugen draußen warten, aber wir sahen alles durch die Scheibe. Die beiden Zinksärge erwiesen sich als zu eng für die Leichen. Man transportierte sie deshalb auf Bahren ab.

Erstaunlich war die geringe Anteilnahme des Publikums. Während wir beide einen Whisky tranken, wurde eifrig über die Art der Tatwaffe diskutiert. Dies schien für alle das Interessanteste am Fall zu sein. Die Doubiebrothers waren schon vergessen. Eine These war Blasrohr mit Giftpfeil. Eine andere Kleinkaliber mit Schalldämpfer. Das Wort Silencer machte die Runde. Ich wußte, was es bedeutete, dank dem Glossar, das mir mein Chef mitgegeben hatte. Die Leute hier kannten sich erstaunlich gut aus mit Silencern. Man tauschte technische Details aus und sogar Preise von verschiedenen Bautypen.

Dann wurden wir aufgefordert mitzukommen. Das Verhör auf der Polizeistation war kurz. Wir waren schließlich Touristen. Andere hatten bestätigt, daß wir zur Tatzeit im Café gewesen waren.

Als wir auf die Straße traten und zu unserem Auto gingen, war es dunkel geworden. Nette kleine Stadt, dachte ich, alles rechtwinklig, die Straßen, die Fassaden.

Wir fragten uns durch nach einem Waffengeschäft und ließen uns verschiedene Luftgewehre und –pistolen zeigen. Es gäbe Sportwaffen mit erstaunlicher Durchschlagskraft, wie mir der Verkäufer versicherte. Als Munition wurden kleine Stahlkugeln, aber auch gefiederte Bolzen mit Nadeln verwendet.

Wir gingen noch einmal ins Café. Das Büro der Doubies war erleuchtet, die leeren Stühle wirkten grotesk. Der Indianer im Flur lag auf dem Boden. Sein prächtiger Kopfschmuck war verrutscht und bedeckte sein Wachsgesicht.

Wir bestellten Bier. »Man könnte eine hohle Nadel in den Bolzen einsetzen«, sagte ich, »und unter den Nervengiften eines mit extrem schneller Wirkung aussuchen. Curare zum Beispiel. Eine winzige Menge davon in eine Vene oder gar ins Herz injiziert, führt zur schlagartigen Lähmung der motorischen Nerven. Die Leute leben noch, aber sie haben die Totenstarre. Sie sterben an Lähmung der Brustmuskeln und dadurch bedingtem Atemstillstand. Die starren Arme, die offenen Augen bei den beiden, das alles weist auf dieses alte Indianergift hin.«

Samantha hörte mir zu. Sie wirkte nervös. »Wie hat er es gemacht, sie in aller Ruhe zu treffen? Von der Straße aus unmöglich. Die Fenster waren zu. Aber die Tür zum Gang war offen, wahrscheinlich weil es den beiden zu heiß war. Hätten wir ihn nicht sehen müssen?«

»Warum bist du so sicher, daß es ein Mann war?« sagte ich. »Weil du genau weißt, daß nur einer in Frage kommt? Einer, der Krieg führt gegen Immobilienhändler, die Grundbesitz am Wasser verkaufen, um dort Sonarstationen zu bauen? Ein Indianer, dem es nicht paßt, daß man das Land seines Volkes verkauft? Tillamook ist bestimmt genauso interessant für Atoc wie Mendocino.«

»Das sind leider alles nur Spekulationen, Piet«, sagte Samantha. Sie wirkte müde und unkonzentriert.

»Vielleicht hat er vom Flur aus geschossen. Wir hätten ihn sehen müssen.«

»Man kann sich so unauffällig bewegen, daß man nicht wahrgenommen wird.«

»Eine alte Indianerkunst. Vielleicht war es dein Irokese.«

»Schon möglich. Jemand, der sich in eine Statue zu verwandeln versteht. Der alte Trick mit der Schaufensterpuppe. Charlie Chaplin hat ihn manchmal eingesetzt. Wo wollen wir übernachten?«

»Hier in Tillamook.«

Als ich wieder ihre Hand nehmen wollte, stand sie auf. Draußen war es kühler geworden. Sprühregen hatte eingesetzt, ein Vorbote der Regenzeit.

Am nördlichen Ortsausgang fanden wir ein Motel. Diesmal bestand Samantha auf einem eigenen Zimmer. Als ich sie fragend ansah, erklärte sie: »Ich bin zu fertig von alldem. Ich würde dir heute nacht bestimmt zur Last fallen. Und du würdest dir daraufhin falsche Hoffnungen machen. Glaub mir, es ist besser so.«

Ich protestierte schwach. Samantha umarmte mich und gab mir einen Kuß auf den Mund. Dann verschwand sie mit ihrer Reisetasche in ihrem Zimmer.

Ich legte mich hin. Der Raum war eine trostlose, winzige Zelle, die zur Straße hin lag. Neonlicht und Vorhänge, die sich nicht zuziehen ließen.

Neben meinem Bett gab es ein altes Radio. Als ich einschaltete, brachte der lokale Sender gerade den Fall. Er hörte sich an wie ein bizarrer Reklamespot für einen neuen Film.

15

Wir fuhren weiter gen Norden. Es kam mir vor, als krümme sich die endlose Straße in dieser Richtung sanft zum Horizont hinab wie ein asphaltierter Meridian. Die Landschaft wurde grüner, die Temperaturen kühler, und es hatte den Anschein, daß es zwischen mir und Samantha ähnlich war. Wir bewegten uns ungeschickt, entschuldigten uns, wenn wir aus Versehen aneinanderstießen. Wir redeten nicht viel, hörten meistens der Musik aus dem Autoradio zu, als hätten wir uns mit allem abgefunden. Daß wir nicht lange miteinander zu tun haben würden, daß wir nicht viel voneinander wußten, daß wir unsere Gefühle voreinander verbargen und vor allem die eigentlichen Gründe unserer Reise.

Als wir den mächtigen Columbia River auf einer mehrere Meilen langen Zollbrücke überquerten, kamen wir in ein anderes Land. Washington. Eigenartig, wie die politischen Regionen sich auch in Kleinigkeiten voneinander unterschieden. Das betraf nicht nur die Preise, die Steuern, die Dialekte. Auch die Wälder schienen anders zu sein, vielleicht weil die Forstwirtschaft unterschiedlich mit ihnen umging. In Washington gab es keinen Alkohol in den Supermärkten. Man mußte extra Liquorstores aufsuchen. Das Land war überhaupt rauher, spröder, die Flüsse klarer und reißender und der Himmel höher gewölbt als in Oregon oder gar Kalifornien. Die Dämmerung kam nicht mehr so schnell, und der Regen hielt alles feucht, auch wenn die Sonne schien.

In South Bend machten wir halt. Ein kleiner, unscheinbarer Ort, der sich ›Hauptstadt der Austern‹ nennt. Wir hielten und gingen in ›O'Sheridan's Oyster Bar‹. Beide hatten wir an seiner auffälligen Holzfassade, die sich über einer künstlichen Natursteinfassade erhob wie eine Schiffsbrücke über das Deck, das Plakat mit dem blasenden Wal entdeckt, das wir aus dem Büro der Gebrüder Doubie kannten. Direkt unter ihm stand eine weiße Bank, auf ihrer Lehne ein Schriftzug: ›In memoriam Moby Dan Rice‹.

Der Schankraum war riesig, die Theke entsprechend. Gut zwanzig Männer konnten hier nebeneinander stehen. Es waren nur zwei da. Die Bardame sah verschnupft aus, die Augen rot verweint, die Nase verstopft. Sie nahm keine Notiz von uns, als wir die hohen Barhocker erklommen hatten. »Ich lasse mich scheiden«, sagte sie gerade, »und wenn er zehnmal damit droht, sich umzubringen. Oder mich oder uns beide. Oder das Kind.« Sie seufzte und putzte sich die Nase. Ihre beiden Zuhörer nickten bedächtig und leerten ihre Biergläser. Sie schenkte ein, schaumlos und blitzschnell. »Es gibt sowieso zuviele Menschen auf der Welt«, sagte sie. »Da kommt es auf uns drei nicht mehr an. Aber scheiden laß ich mich trotzdem. Soll er doch sehen, wie er klarkommt. Diese Ehe ist tot, schon seit Jahren. Wenn er von der Arbeit nach Hause kommt, erkenn ich ihn kaum noch. Ich weiß nicht mal mehr seinen Namen.«

»Übertreibst du nicht ein bißchen, Nanni?« sagte der Mann neben mir.

»Ich übertreibe kein bißchen. Meinst du, ich weiß noch,

welche Schuhgröße er hat? Alles, was ich weiß, ist die Farbe von seiner Baseballkappe. Die ist nämlich rosa. Scheußlich rosa. Das scheußlichste Rosa auf der Welt.« Sie schenkte sich ein Bier ein.

»Können wir auch zwei haben?« fragte ich. Sie musterte erst mich, dann Samantha. Wortlos zapfte sie uns zwei Gläser und ließ sie westernmäßig den hölzernen Tresen entlangschlittern. »Wenn ihr beiden verliebt seid«, sagte sie, »dann werdet ihr nicht an Scheidung denken. Aber ich sage, je verliebter am Anfang, desto weniger Liebe am Schluß. Mein Mann und ich waren auch verliebt. Zwei Verliebtere gab es nicht in ganz South Bend. Und jetzt? Jetzt kenn ich ihn kaum noch. Wenn er mir auf der Straße begegnete, würde ich ihn nicht grüßen, kein Wort käme über meine Lippen, nicht mal Hallo.«

»Wer war Moby Dan Rice?« fragte ich, nur um ihren Redeschwall in ein anderes Bett zu lenken.

»Dan? Du kennst Moby Dan nicht? Sei froh, daß du ihn nicht kennst. Er war der größte Säufer von ganz South Bend. Er hat hier regelmäßig den Zapfhahn trockengetrunken. Dann ist er draußen auf der Bank gelandet und hat seinen Rausch ausgeschlafen. Er war eigentlich in Ordnung, keiner wußte, warum er so trank. Eigentlich ging es ihm gut. Er hatte einen guten Beruf als Austernfischer, er hatte ein Boot, eine nette Frau, einen ordentlichen Jungen und alles in dieser netten, sauberen Stadt in einem netten, sauberen Land. Und trotzdem soff er wie verrückt. Es war Weltschmerz, wie er sagte.«

»Welcher Weltschmerz?« fragte ich, verblüfft, dieses deutsche Wort hier zu hören.

»Na, *Weltschmerz* eben. Weißt du nicht, was das heißt, Kleiner? Wenn du niemals Weltschmerz gehabt hast, kann man es dir auch nicht erklären.«

Sie spuckte den Ausdruck aus wie ein Stück unerträglich schmeckendes Kaugummi. Und dann ließ sie sich doch zu einer Art Definition herab. »Weltschmerz ist, wenn du das nicht siehst, was du anstarrst, weil deine Seele blind ist vor Enttäuschung. Moby Dan wußte, was Weltschmerz ist. Aber niemand verstand Moby Dan«, fuhr sie fort, »er behauptete, daß Moby Dick immer noch lebe und daß er ihn erledigen würde. Er sei sicher, daß irgendwann ein weißer Wal den Willapa, unseren Fluß, hinaufschwimmen würde. Er hatte auch immer eine Harpune dabei, wenn er hinausfuhr, dieser verrückte Kerl. Wißt ihr was? Moby Dan sah keine weißen Mäuse, er sah weiße Wale.« Sie lachte und putzte sich so gewaltig die Nase, daß ich unwillkürlich mein Glas festhielt.

»Und dann kam dieser andere, der behauptete, daß er auch etwas von Walen verstünde. Es war eine Katastrophe. Die beiden nebeneinander. Sowas hat diese Bar noch nicht erlebt. Sie haben ein Wetttrinken veranstaltet. Der andere konnte genauso viel vertragen wie Moby Dan. Siebzehn Gläser jeder, und dazu acht Jack Daniels. Das war nicht zum Aushalten. Man wurde besoffen vom bloßen Zuschauen.« Sie seufzte und starrte vor sich hin, als würde sie die beiden immer noch vor sich sehen. »Dann war es vorbei. Dan gab auf. Das hat er noch nie. Wir schafften ihn auf seine Bank, und da ist der dann eingeschlafen, und als wir ihn wecken wollten, war er kalt. Das war vor drei Tagen. Die Schrift ist noch nicht ganz trocken, aber Dan ist schon unter der Erde.« Sie sah auf die Uhr. »Seit genau einer Stunde.«

»Wie hieß der Mann, der Moby herausgefordert hat. Hieß er vielleicht Gutty Floy?«

Sie starrte mich an. »Bist du Hellseher? Ja, das war sein Name. Er sah wie ein Indianer aus. Die vertragen eigentlich nichts, aber der war eine Ausnahme. Er hat den guten Moby Dan auf dem Gewissen.«

»Wo ist er hin?«

»Er ist unter der Erde, wo sonst. Zur Freude der Würmer.«

»Ich meine Gutty Floy.«

»Soweit ich gehört habe, wollte er nach Tillamook. Beruflich. Mehr hat er nicht gesagt. Das war ein verdammter Geheimniskrämer wie die meisten Indianer.«

Samantha bestellte Austern. Sechs für jeden. Es war still geworden. Man konnte den Fluß durch das Fenster am anderen Ende des Schankraums sehen. Die beiden Männer zahlten und gingen wortlos. Die Bardame verschwand in der kleinen Küche im Hintergrund. »Weltschmerz«, flüsterte ich. »Man sieht ihn von hier aus ganz deutlich. Dieser braune, dahinfließende Streifen Wasser. O'Sheridan's Oysterbar ist ganz offensichtlich ein Beobachtungsposten – nicht für Wale, sondern für Weltschmerz.«

Nanni kam zurück und stellte zwei große Jacobsmuschelschalen vor uns hin, in der je sechs graue, glibbrige Austern schwammen. Ich mußte mich überwinden, aber Samantha schmeckte es offensichtlich. Sie naschte diese Lovecroftschen Gallertwesen wie Konfekt.

»Ich heiße Nanni«, sagte Nanni und beugte sich so weit vor, daß ihre Brüste fast den Tresen berührten. »Wenn wir uns scheiden lassen, bekommt er den Fernseher. Das ist das einzige, was ihn interessiert. Baseball, Football, Sport, das ist alles, was ihn anmacht. Ich behalte das Radio. Ich hör' lieber Radio. Am liebsten Quizsendungen.«

Es war unvermeidlich, sich in ein Gespräch einzulassen. »Was hat denn der Indianer noch alles zu Moby Dan gesagt?«

»Er hat die ganze Zeit angegeben, was er alles über Wale wüßte. Wie groß das Herz eines Wales sei. Wie dick die Schlagader. Wenn man sie durchtrennt, hat er gesagt, spritzt das Blut raus wie aus einem Feuerwehrschlauch.«

Ich würgte die letzte Auster hinunter und trank einen Bourbon. »Und dann hat er noch gesagt, er würde jeden erledigen, der ein Stück Haut von Mutter Erde verkauft.«

Samantha rutschte vom Barhocker herunter und ging zur Tür mit dem pinkelnden Cowboy drauf. Ein Damenklo gab es offenbar nicht. »Nettes Ding«, sagte Nanni. »Aber ist sie nicht ein bißchen jung für dich?«

Als Samantha wiederkam, wirkte sie verändert, aufgeregt, munter, tatendurstig. »Geh mal rein, Piet«, sagte sie und zeigte mit dem Daumen auf die Klotür. »Da steht etwas, was dich interessieren wird.«

Es war mit unbeholfenen, runenartigen Buchstaben in die Innenseite der Tür geritzt. Als ich die vertrauten Verse las, ergriff mich eine innere Freude, ja Zufriedenheit, wie ich sie lange nicht mehr gekannt habe. »Gutty Floy is my name and terra is my nation. Empty space is my dwelling place and death my destination.«

»Ich komme, Gutty«, flüsterte ich. Hätte ich mich sehen können, wie ich in diesem stinkenden Klo auf den schmutzigen Fliesen kniete und mit den Fingern die Schrift betastete, ich hätte mich wahrscheinlich für verrückt gehalten.

Samantha zahlte mit ihrer Visa-Karte, und dann fuhren wir am Willapa entlang Richtung Norden. Wir schwiegen. Nur das Radio redete und sang unaufhörlich.

Ich fühlte mich bleiern und fror ein wenig. »Möchtest du ein richtiges Indianerreservat sehen?« sagte Samantha. Ihre Stimme war verändert, sie klang schrill. »Ich biege hier ab. Wir fahren nach Queets, in den Ort, wo die Queetsindianer leben. Vielleicht ist es interessant für dich.«

Ich fühlte mich immer elender. Auch das Radio hörte ich überlaut, meine Haut war überempfindlich, mein Herz klopfte wie rasend. Samantha fuhr mit stoischer Ruhe durch dunkle Wälder, die wenig einladend wirkten, große Lichtungen darin, von Motorsägen gefressen. Ein toter Wald, ein Wald wie die europäischen Nutzwälder, eine gigantische Fichtenplantage, doch offenbar ohne die liebevolle Betreuung durch einen Förster.

Der Himmel verdunkelte sich, obwohl es erst früher Nachmittag war. Vielleicht stimmte etwas nicht mit meinen Augen. Das Gefühl von Benommenheit, von Übelkeit wurde immer stärker. Außerdem begann ich so stark zu frieren, daß meine Zähne klapperten. Hin und wieder streifte mich der besorgte Blick meiner Begleiterin.

»Ist was nicht in Ordnung?« fragte sie.

»Ich glaube, mir wird gleich schlecht. Es ist besser, du hältst.«

»Wir sind gleich da«, sagte Samantha. Die Straße machte eine Schleife, dann, mitten im Wald, eine kleine Ansammlung von Baracken, die üblichen Telegrafenmasten. Die Straße endete in einem großen, kahlen Rondell, an dessen Rand die Häuser standen. Niemand war zu sehen, aber überall in den Hauseinfahrten, auf der Straße, in den Gärten war Spielzeug, rosa, grüne, gelbe Plastikautos, Panzer, Bulldozer, Saurier, von Kindern hier zurückgelassen.

Mitten in dieser trostlosen Armee aus PVC hielt Samantha. Es war höchste Zeit. Ich riß die Tür auf und rannte zum Waldrand. Ich würgte, aber es kam nichts. Immer wieder nur Würgen. Ich nahm den Finger zu Hilfe, kniete im feuchten Moos. Samantha kam, ich schrie, sie solle mich allein lassen. Mitten in diesen Ruf kam das Erbrechen. Wieder und wieder Krämpfe, Perestaltik des Magens, Wehen, meine Hände ins Moos gekrallt, schwarze Funken, saurer Geruch.

In den Pausen zwischen den Anfällen rollte ich mich auf die Seite, lag da und fror erbärmlich, bis die Übelkeit wieder anschwoll, die Dämme brachen und widerliche, grüne Galle meinen Mund füllte.

Plötzlich stand jemand neben mir, ein kleines Mädchen

in einem weißen, fleckigen Hemd. Sie hatte eine große schwarze Maschinenpistole aus Plastik in der Hand und imitierte Schießlärm. Pengpengpeng, schnell wie Trommelfeuer. Sie suchte Deckung hinter den Bäumen und schoß immer wieder auf mich. Dann sah ich Samantha, wie sie die Kleine an der Hand nahm und mit sich fortzog. Wieder würgte ich. Das Moos teilte sich. Ein eisiges, blaues Loch entstand unter mir, in das ich hinabstürzte in den Abgrund des Himmels vor der Schöpfung. Jemand weit über mir beugte sich über den schwarzen gezackten Rand der Erde und rief mit lauter, durchs leere Weltall hallender Stimme meinen Namen. Gutty Floy.

16

Das erste, was ich sah, war eine Hand. Sie lag auf einer weißen Decke, gerade vor mir, und sah künstlich aus. Ich sah die Finger. Sie waren lang und schmal. Die Halbmonde der Nägel glichen aufgehenden Sonnen. Aber es gab keinen Ehering. Ich fragte mich, ob es meine Hand war. Um dies festzustellen, krümmte ich die Finger. Vielmehr, ich bemühte mich, dies zu tun. Die Finger aber veränderten ihre Haltung nicht. Also war es nicht meine Hand. Sie lag einfach da, wie abgeschnitten.

Dennoch spürte ich ihr Gewicht. Das war seltsam. Ich fühlte ihre Berührung. Konnte es sein, daß meine Hand unter dieser abgeschnittenen Hand verborgen war? War es die Hand einer Person, die mich liebte? Ich sah mich um, aber der Raum war leer. Kahle Wände, eine verschlossene Tür, ein leerer Stuhl. Dann verschwamm alles in weißlichem Licht, das wie ein Nebel aus den Dingen drang, die mich umgaben.

Ich weiß nicht, wie lange ich fort war aus diesem Zimmer. Ich weiß nur noch, daß ich unterwegs war in einer wilden Landschaft. Ich ging zwischen steilen Bergwänden in einem engen Tal. In diesem Tal gab es einen reißenden Fluß. Er floß mitten durch mich hindurch, er brach aus mir heraus, mit aller Macht, und er war voller Fische. Das Wasser war schwarz, und die Fische waren rot. Der Himmel war dünn. Nicht mehr als ein Strich. Das Wasser war bitter wie Galle, und die Fische sprangen mir von den Lippen.

Später ging ich am Ufer des Flusses entlang und sah mich auf der anderen Seite. »Wer bist du«, rief ich. »Bist du Gutty Floy?« Da hörte ich den gleichen Satz von der anderen Seite wie ein Echo. »Wer bist du?«

Ich ging weiter, denn ich erwartete keine Antwort. Ein Mensch trieb im Fluß. Die Strömung spielte mit ihm. Er trieb mit dem Gesicht nach unten. Ich sah, daß es eine Frau war, deren Kleid sich bauschte. Sie war ertrunken. »Mutter«, rief ich. »Mutter. Ich werde dich retten.« Ich warf meine Kleider vom Leib und sprang ins Wasser. Ich schwamm der Ertrunkenen nach. Plötzlich fühlte ich eine schwere Hand im Nacken. Sie drückte mich unter Wasser. Ich bekam keine Luft mehr, und das Wasser drang in mich ein. All die Fische. Ich war wie eine Reuse, in der sich die Fische mit ihren kühlen, glatten Leibern verfingen. Ich mußte würgen. Ich sah, wie mir schwarz wurde vor Augen. Das war verrückt. Ich sah tatsächlich, wie mir schwarz wurde. Es war anders, völlig anders, als wenn ich aufgehört hätte, etwas zu sehen. Keine Ohnmacht, kein Schlaf. Mir wurde nicht schwarz vor Augen, sondern ich *sah* ganz deutlich, wie mir schwarz vor den Augen wurde. Die Schwärze sammelte sich an den Rändern meines Blickfeldes und drang langsam in mich ein wie Teer. Da begriff ich, was es war. Es war das Ende. Der Tod, von dem Hardy behauptet hatte, er sei so etwas wie ein gewöhnliches Verschwinden um eine x-beliebige Straßenecke.

Ich war nicht traurig darüber, zu sterben. Es war eher ein wohliges Gefühl des Verlassenseins. Auch die Verantwortung war verschwunden und mit ihr die Angst, etwas falsch zu machen. Ich lag am Grunde des Flusses mit dem Gesicht im Schlamm. Dann spürte ich, wie mich jemand packte und herumwirbelte. Millionen Blasen stiegen auf. Das Wasser wurde grün und licht. Ich stieg empor, und als ich die Oberfläche erreichte, schrie ich. Der Schrei war eine lange, glitzernde Fontäne, die aus meinem Mund drang wie der Blas eines Wals.

Ich atmete die frische Luft, die von einem geöffneten Fenster kam. Sonne schien. Ich lag in einem Bett, umgeben von Schläuchen, Apparaten. Eine Kanüle steckte in meinem Arm. Eine Glasflasche über mir, in der Luftblasen aufstiegen.

Neben mir am Bett saß eine Frau, die meine Hand hielt. Erst dachte ich, es sei meine Mutter, dann begriff ich, daß sie jung war und schön, daß es Samantha war. Sie redete die ganze Zeit unverständliches Zeug. Erst als ich begriff, daß sie Englisch redete, verstand ich, was sie sagte. »Du warst klinisch tot,« sagte sie. »Wir hatten dich aufgegeben. Du mußt ein unglaublich starkes Herz haben. Es hat wieder angefangen zu schlagen.«

Sie legte ihre Hand auf meine Brust, und wirklich, ich fühlte dieses Metronom, nach dem die ganze Zirkuskapelle spielt, die wir unser Leben nennen.

»Es ist eine besonders schwere Muschelvergiftung gewesen. Dein Leben hing lange am seidenen Faden. Fast eine Woche im Koma, schließlich Aussetzen der Atmung, der Herztätigkeit. Sie sind in dieser Baracke hervorragend ausgerüstet, sonst wärst du von deiner Jenseitsreise nicht zurückgekehrt.«

»Wo sind wir hier?«

Samantha beugte sich vor und hielt ihr Ohr an meinen Mund. Meine Stimme schien sehr schwach zu sein, obwohl sie überlaut in meinem Kopf dröhnte.

Ich wiederholte meine Frage.

»Wir sind in Forks, mein Lieber. Das ist hier oben in dieser Ecke der größte Ort. Hier versorgen sich alle, die Holzfäller, die Fischer, die Indianer. Es ist nur ein paar Meilen bis zur Küste. Ich war schon dort. Fantastisch. So etwas Verrücktes habe ich noch nie gesehen.«

»Verrücktes?«

Wieder legte sie ihr Ohr fast an meine Lippen. »Verrücktes?« wiederholte ich.

Samantha nickte. »Wir werden hinfahren, wenn du wieder auf den Beinen bist. Es hat keinen Sinn, es zu beschreiben. Es gibt keine Worte, die das vermögen.«

Samantha kam jeden Tag. Sie flößte mir heiße Brühe ein, half mir bei den ersten Schritten. Es war, als würde ich Stelzen aus Gummi benutzen.

Ich unterhielt mich mit dem Arzt. »Sie haben einen Krieg hinter sich. Eine gewaltige Metzelei hat in Ihrem Körper stattgefunden. Wie die Schlacht von Wounded Knee. General Custer, Sie wissen schon.«

»Wer war das Gift? Die Sioux oder die Truppen des Generals?«

Er lachte. Dann erklärte er mir die Spielregeln der Schlacht. »Mytilotoxin, das Muschelgift, ist ein rätselhafter Stoff. Er ist bis heute chemisch nicht definiert. Er kommt oft in Miesmuscheln vor, seltener in Austern. Sie müssen eine falsche erwischt haben. Die Folge war ein plötzliches Absinken der Körpertemperatur. Sie haben das als Hitze empfunden. Ihnen war heiß, habe ich recht?«

Jetzt erinnerte ich mich an Bilder von einem Körper, der in Flammen stand.

»Und Sie haben wahrscheinlich Todesvisionen gehabt.«

»Ja«, sagte ich. »Ich flog durchs Weltall und schrumpfte plötzlich auf die Größe eines kleinen schwarzen Balls, den jemand gegen eine Wand warf, wieder und wieder.«

»Es ist uns nur mit größter Mühe und einigen Maschinen gelungen, Sie ins Leben zurückzuholen. Haben Sie irgendwelche Erinnerungen an die Zeit, als Sie tot waren? Ich arbeite darüber, über die Frage des Grenzübertritts.«

Ich überlegte. Mir fiel nichts ein.

»Sie haben einmal die Lippen bewegt, obwohl Ihr Herz ausgesetzt hatte.«

»Zahlen«, sagte ich. »Es waren Zahlen. Immer höhere Zahlen. Eine äußerst schmerzhafte Angelegenheit. Etwas, das unsichtbar war, aber ich konnte es fühlen. Es war weich und spitz zugleich. Flauschig und zugleich wie Stacheldraht, eine peinigende Mischung.«

Wir unterhielten uns noch ein paarmal. »Es gibt keine scharfe Grenze. Ich glaube, daß noch Sekunden nach dem Hirntod Gedächtnis möglich ist. Es gibt schließlich sauerstoffunabhängige, elektrische Speicherformen. In diesem Niemandsland würde ich mich gerne auskennen. Vielleicht verlieren wir das Zeitgefühl vorher, und diese Sekunden werden zu Jahren, zu Ewigkeiten. Es könnte doch sein, daß die absurde Vorstellung der Ewigkeit, die alle möglichen Völker zu allen Zeiten entwickelten, hier ihren Ursprung hat. Man verliert das Bewußtsein an das Gedächtnis, so erklärt sich der seltsame Blick mancher Toten. Als ob sie plötzlich mehr empfinden als zu Lebzeiten. Vielleicht ist es eine komplex modulierte Farbe oder ein endloses blaues Meer, in dem alle erlebten Augenblicke wie Korkstückchen nebeneinander treiben.«

Er redete gerne. Ich konnte ihm nicht weiterhelfen. Das Leben nahm mehr und mehr Besitz von mir. Ich durfte aufstehen und ein paar Schritte gehen, was mit Schweißausbrüchen und Frösteln verbunden war. Ich stand oft am Fenster meines kleinen Zimmers und sah hinaus. Gegenüber war ein Waldrand, der feindlich aussah, als seien dort böse Geister verborgen, die auf mich warteten. Es regnete jetzt manchmal. Die Scheiben beschlugen. Einmal malte ich dort mit dem Finger Gutty Floys Zeichen.

Als ich entlassen wurde, holte Samantha mich ab. Wir fuhren in die »Stadt«, die wieder einmal keine war. Auch dieses Forks war auf eine niederschmetternde Art nicht vorhanden. Jedenfalls nicht als Architektur. Einige Bäume der Gegend hatten sich in Bretterbuden verwandelt. Die Wohnhäuser sahen aus wie kleine Supermärkte. Ich stellte mir vor, daß in jeder dieser Hütten ein einsames Ehepaar einen Einkaufswagen hin- und herschob.

Samantha hielt vor einem Restaurant der Tacobell-Kette. Wir setzten uns ans Fenster an einen Plastiktisch mit Plastikdecke und aßen maisgelbe Tacos. Ein Dreisternerestaurant in Paris hätte für mich in diesem Moment nicht schöner sein können. Dann fuhren wir. Samantha saß am Steuer. Sie hatte sich stärker verändert als ich, so schien es mir wenigstens. Ich fühlte mich schwach, aber innerlich zufrieden. Samantha wirkte ernst, entschlossen, fast hart. Nur wenn sie sich zu mir drehte, kam sie mir weicher vor.

»Wohin geht es?« fragte ich.

»An die Küste. Rialto Beach. Laß dich überraschen.«

»Leben dort Leute?«

»Die Quileute. Ein kleines Reservat. Ein Fischerort an der Mündung des Quillayute mit dem Namen La Push. Das kommt von ›la bouche‹, dem französischen Wort für ›Mund‹. Der Mund des Flusses, mit dem er den Ozean küßt.« Sie drehte sich zu mir, als wollte sie mir das Wortspiel praktisch erklären.

»Suijkerbuijk hatte einige Bilder von Flußmündungen in seiner Wohnung hängen.«

»Denkst du immer noch an ihn? Es wär vielleicht besser, du würdest dir die ganze Geschichte aus dem Kopf schlagen. Hardy...

Sie schwieg, aber es war zu spät. »Du kennst Hardy?« sagte ich, als ich die Verblüffung überwunden hatte. »Du arbeitest für ihn. Du beschattest mich. Das hätte ich mir denken können.«

Sie drehte sich zu mir und sah mich lange an mit ihren grünen Katzenaugen. »Du wirst La Push von Rialto Beach aus liegen sehen. Dazwischen der Fluß. Davor die heiligen Inseln. Am besten läßt du dich überraschen. Die Quileute waren die besten Walfänger der Nordwestküste, bevor die Weißen kamen. Sie kamen spät, erst Ende des letzten Jahrhunderts. Seitdem fangen die Quileute nur kleine Fische, Lachse, Krebse und japanische Touristen. Sie kommen hierher, weil ihr Land genau gegenüberliegt. Es ist erstaunlich, wie die Quileute mit ihrer Situation fertig werden.«

Wir schwiegen den Rest der Fahrt. Einmal hielt Samantha und kurbelte das Fenster herunter. Sie legte den Finger an ihre Lippen. Ein fernes Grollen war zu hören, wie Geschützlärm.

17

Ich hätte nie gedacht, daß es eine landschaftliche Entsprechung für den Tod gibt. Heute weiß ich es besser. Es sind jedoch nicht die Wüsten, die endlosen Mondlandschaften unfruchtbarer Erde, nicht die Hochebenen, die den Horizont mit der Federkraft ihrer Weite zu sprengen scheinen, Landschaften wie ich sie in Nordlappland erlebt habe.

Der Tod ist eine Meeresbucht mit einer Flußmündung, Rialto Beach genannt. Sie ist nicht einmal besonders groß. Zwei, drei Kilometer lang ist die steinige Sichel, die der Pazifik in die Wälder von Mora geschnitten hat, ohne dabei ein imposantes Steilkliff wie in Gold Bluff zu bewirken.

Und dennoch, Rialto Beach ist die »desert beach«, von der ich so oft in meinem Leben geträumt habe, jener magische Ort am Rand der Welt, wo man den Toten begegnet, wie sie am Ufer lustwandeln, schwarze, vermummte Gestalten, die der Gischtnebel umhüllt, der ständig über der Brandung liegt und den der Westwind ins Inland treibt, wo er sich wie Rauhreif als feine Salzkruste auf die Zweige der abgestorbenen Bäume legt. Der Fluß mit seinem süßen Wasser dringt flach und träge ins Salzwasser vor und erregt die Wellen zu irregulären Gischthaufen, zu Tieren mit weißen Mäulern, die sich selbst zu verschlingen scheinen.

Es gibt einen Song, den ich sehr liebe: »Meet me at the desert beach«. Als ich ihn zum ersten Mal hörte, nahm ich mir vor, diesen Platz zu suchen, jedenfalls einen, der ihm ähnlich ist. Einmal glaubte ich bereits, fündig geworden zu sein, als ich die Sandwoodbay in Nordschottland besuchte. Eine sehr lang ausschwingende Bucht aus feinstem Mahlsand. Schilder warnen vor dem Betreten. Auch hier trifft ein Fluß auf den Ozean, küssen sich Leben und Tod. Eine seltsame Südseelandschaft im nebligen Norden, ein Strand, über den Robinson laufen könnte. Aber das war nicht die ›desert beach‹, jener melancholische Strand, an dem die Toten ihrem letzten Vergnügen nachgehen: Sie verwandeln ihre Erinnerungen in kleine runde Kiesel und werfen sie weg. Sie sind es, die so vielfältig rauschen und poltern unter den auslaufenden Wellen. Hört man genau hin, sind es zahllose Stimmen, die von vergessenen Augenblicken des Lebens erzählen. Auch meine Augenblicke werden irgendwann darunter sein.

Was Rialto Beach so eindrucksvoll macht, sind die gewaltigen Baumskelette, die den Strand bedecken. Die mächtigen Sitka Spruces und Douglas Firs, die die Flüsse während der Regenzeit entwurzeln und ins Meer hinausspülen. Der Ozean bearbeitet sie im mächtigen Walzwerk seiner Wogen, bis sie wie Skelette von Urtieren aussehen, bis diese viele Tonnen schweren, oft zwei, drei Meter dicken und hundert Meter langen tausendjährigen Urweltknochen von Stürmen auf den Strand geschleudert werden, übereinandergetürmt, verkeilt zu haushohen Meisterwerken einer Kunst, neben der menschliche Bildhauerei geradezu peinlich wirkt.

Noch etwas macht Rialto Beach einmalig. Draußen, zwei, drei Meilen vor der Küste, in einigen Fällen auch nur wenige hundert Meter entfernt, erheben sich schwarze, steile Zähne aus dem Meer. Sie stehen an manchen Stellen so dicht, daß man glaubt, in das den ganzen westlichen Himmel ausfüllende Maul eines gigantischen Hais zu starren. Sie heißen ›seastacks‹ oder ›needles‹, diese Klippen, die hoch wie Kirchtürme sind. Alle haben sie Namen, alle sind sie verwunschen, auf allen leben Geister. Auf einem der ›seastacks‹ in der Nähe des Strandes erhebt sich in hundert schwindelnden Metern Höhe ein einzelner Baum wie der Schopf eines in dieser Felsnadel verborgenen Riesen. Einige dieser natürlichen Obelisken sind noch nie bestiegen worden. Es ist zu mühsam, zu gefährlich wegen des Pazifikswells, der es einem Boot fast unmöglich macht, dort anzulegen. Es gibt sogar Felsen, auf denen nicht einmal Vögel nisten, so unheimlich ist es dort oben. Andere wieder sind aus unerfindlichen Gründen von ganzen Kolonien bevölkert.

Als ich das Brandungsgeräusch von Rialto Beach zum ersten Mal hörte, wußte ich noch nicht, was mich erwartete. Ich war einfach nur froh, wieder unterwegs zu sein. Es war mir egal, wohin mich Samantha fuhr.

Dann sah ich ihn plötzlich, den aus den Fugen geratenen Ozean. Wie eine graue, berstende Mauer zwischen den Bäumen. Die Wellen weiße, klaffende Münder, aus denen ein bestialisches Brüllen zu hören war. Dies hier war fast zuviel für mich, der ich das Meer so liebe. Es war zu aggressiv.

Samantha nahm mich wie ein Kind an der Hand und zog mich zum steinigen Strand. Da gab es diese Barrikaden aus Holz. Hatte das Meer sie gegen das Land errichtet, oder war es umgekehrt? Wir kletterten über die toten Bäume und sprangen hinunter auf die Steine. Das Brandungsrauschen war ohrenbetäubend. Samantha deutete zum Horizont, von dem diese Stampede wildgewordener Wellen kam. Dann legte sie ihre Hand an mein Ohr.

»Das dahinten ist die Jamesinsel, die heilige Insel von La Push.« Sie deutete auf die schwarze, feuchtglänzende Masse, nicht mehr als eine Meile entfernt, die wie ein steinerner Fisch aussah, aufgetaucht aus dem Ozean und für immer erstarrt, mit einer Reihe von Fichten als Rückenflosse. Es war fast windstill, die Luft feucht und schwer, von bauchigen Wolken zusammengedrückt.

Wir kletterten über die Baumleichen zurück. Im Auto schlang Samantha ihre Arme um mich. »Ist das nicht furchtbar?« sagte sie. »Diese Wut des Ozeans? Dabei ist nicht mal Sturm. Aber es wird gleich regnen. Es ist besser, wir suchen uns was für die Nacht.«

Wir schwiegen beide, als wir am Quillayute River entlang fuhren. Die Wälder schlossen sich um uns, während wir eine Brücke überquerten und auf der anderen Seite des Flusses zurück Richtung Westen fuhren. Dann tauchten Holzbaracken auf. Das Ortsschild ›La Push‹. Es wurde schon dunkel.

Der Regen setzte schlagartig ein. Er wirkte künstlich, wie aus Feuerwehrschläuchen, mit dem Filmteams einen Wolkenbruch doubeln. Die Straße verwandelte sich in einen Sturzbach. Samantha fuhr im Schrittempo. Die Scheibenwischer schafften es nicht mehr, zerfließende Formen, undeutliche Muster. Dann ein langgestrecktes Gebäude, in dessen Wetterschatten wir hielten.

Auf den wenigen Metern bis zu seiner Tür wurden wir vollkommen durchnäßt. Drinnen war es angenehm warm. Ständer mit Postkarten, Prospekte, Vitrinen mit indianischen Handarbeiten, Körbe, Schnitzereien von ganz außergewöhnlicher Qualität, Fische, Vögel, Kanus mit paddelnder Besatzung, Teufelsfratzen, kleine Totempfähle. Daneben eine Theke mit einer Ladenkasse, eine angelehnte Tür, aus der laute Popmusik dröhnte.

Wir standen da in großen Pfützen, die sich um unsere Schuhe bildeten, und warteten. Der Regen malträtierte unterdessen Dach und Wände, erzeugte irgendwo saugende und schlürfende Geräusche.

Als niemand kam, klopfte Samantha gegen die Tür. Jemand stand plötzlich hinter der Theke, wie aus dem Boden gewachsen. Eine kleine gedrungene Person mit Ponyfrisur starrte uns an, unbewegt, ohne eine Miene zu verziehen. »Wissen Sie, wo wir hier übernachten können?« fragte Samantha. Das Mädchen nickte und verschwand. Als sie zurückkam, trug sie einen Umhang aus schwerem Ölzeug und einen Südwester. Sie holte einen Schlüssel aus der Schublade und ging zur Tür. Wir blieben ihr auf den Fersen.

Der Regen hatte ein wenig nachgelassen, aber immer noch sah man fast nichts. Glücklicherweise war es nicht weit. Die Indianerin schloß einen Campingwagen auf und winkte uns herein. Es war eng und roch nach Schimmel. Das Mädchen bückte sich und entzündete eine Gasheizung, in deren fahlrotem Licht wir uns umsahen. Kein ermutigender Anblick, eine trostlose Zelle aus Plastik, aber unter den Trommelwirbeln des Regens auf dem Dach annehmbar. Wir nickten nun unsererseits.

Die Indianerin legte den Schlüssel auf einen Tisch und verschwand. Es war immer noch kalt. Die Gasheizung schien nicht sehr effektiv zu sein. Wir hörten die Brandung, und Samantha zog die löchrigen Vorhänge zur Seite. Die Scheiben waren salzgischtverkrustet, kaum etwas auszumachen, nur in der Ferne ein dunkler Schatten, wohl die Jamesinsel. Ich glaubte, dort ein Licht zu sehen, ein kurzes Flackern zwischen den Fichtenstämmen.

Samantha knipste eine Vasenlampe mit schiefsitzendem Schirm an. Dann setzte sie sich an den wackligen Couchtisch und begann zu lachen, ein künstliches, stereotypes Filmlachen, das langsam ausklang wie ein sich entfernendes Zuggeräusch. »Piet«, sagte sie schließlich, »ist es nicht herrlich am Ende der Welt? Laß uns die Ankunft hier mit einer Party feiern. Erst mal machen wir sauber, der Tisch klebt von Coca-Cola.« Sie fuhr mit der Hand darüber. »Und überall Staub.« Sie stand auf und rückte den Lampenschirm gerade.

Wir arbeiteten eine gute Stunde, wischten, rieben, putzten. Brachten Müll nach draußen, warfen Plastikblumen weg. Dann gingen wir einkaufen.

Es gab nur einen einzigen Laden in La Push, und er war in allem das Gegenteil eines typischen amerikanischen Supermarktes. Klein, dreckig, leere Bierflaschen auf dem Tresen, aufgerissene Pappkartons mit Trockengemüse, Dosen mit unlesbaren Etiketts. In der Tiefkühltruhe Unmengen Packungen Speiseeis und ein paar Fische. Wir kauften einen tiefgefrorenen Lachs, ein Weißbrot, ein paar Dosen Bier und Haushaltskerzen.

Der Regen hatte aufgehört, und am aufziehenden Nachthimmel von La Push zeigten sich Sterne, sehr kalt und fremd und urweltlich. Die Jamesinsel hatte einen feinen goldenen Rand im letzten Abendlicht. Wir wischten die Fenster des Campingwagens klar, um aufs Meer sehen zu können. Dann saßen wir eng nebeneinander, während der Lachs in einem großen Topf siedete, tranken Bier, blickten hinaus auf die tintenschwarzen Wellen, die wie Delphinrücken aussahen, ehe sie brachen.

»Glaubst du, daß er hier ist?« fragte Samantha.

»Ja«, sagte ich. »Ich fühle es. Morgen werde ich es wissen. Aber bitte laß es meine Sache sein. Ich weiß jetzt, daß du beruflich genauso daran interessiert bist wie ich. Aber für mich ist es mehr als eine Verbrecherjagd.«

Samantha hatte meine Hand genommen. Sie sagte nichts.

Ich aß nur wenig vom Lachs, denn ich empfand neuerdings fast Widerwillen gegen Fisch, als würde mich jemand zum Kannibalismus zwingen.

Als alle Bierdosen leer waren, legten wir uns übereck auf

schmale Sitzbänke, eingewickelt in unsere Mumienschlafsäcke, unsere Köpfe dicht beieinander. Die Wellen waren so laut, daß man glauben konnte, auf See zu sein. Und der Campingwagen schaukelte im aufkommenden Wind.

18

Ich erwachte früh aus schweren Träumen. Hinter beschlagenen, von Kondenswasserstreifen gemusterten Scheiben sah ich die Jamesinsel rot in der aufgehenden Morgensonne leuchten. Davor, dicht am Ufer, einige kleinere Hütten für Touristen. Aus dem anderen Fenster sah man einen Hügel mit einem großen Holzhaus darauf und zwei buntbemalten, überlebensgroßen Figuren neben seinem Eingang. Ein Mann und eine Frau, die weißen Zähne eckig wie bei Nußknackern.

Samantha schlief oder stellte sich schlafend. Ich erhob mich leise und machte Wasser heiß, trank Pulverkaffee, aß einen Müsliriegel. Dann ging ich hinaus. Der Tag war klar, kühl, melancholisch. Aus den Schornsteinen der Holzhäuser stieg kerzengrader Rauch. Es roch nach Holzfeuern und nach vergammeltem Fisch. Niemand war zu sehen. Ich folgte der asphaltierten Hauptstraße zum Zentrum, besser gesagt, dorthin, wo einige größere Gebäude eng beieinander standen. Das perlmuttfarbene Morgenlicht schönte die Dinge um mich herum und ließ sie wie moderne Kunstwerke aussehen. Objets trouvés. Autowracks, Stapel von Reifen, Holzbohlen, Plastikmüll. Kaum eines der Häuser war in gutem Zustand. Viele zerbrochene Fenster, notdürftig mit Pappe oder Plastikfolien geflickt.

Ein paar Hunde balgten sich in der Nähe der Hafenmole

um Fischabfälle. Die größeren Häuser hatten Schilder, die ihre Funktion verrieten: Polizei, Turnhalle, Tribal office, Post. Alle Türen verschlossen. Am Hafen sah es am schlimmsten aus. Rostende Wracks, Halden von Müll, leere Farbeimer, die Reste von mit Schweißbrennern zerlegten Trawlern. Zahllose Möwen saßen auf Dachfirsten, Duckdalben, den Masten der Fischerboote und Segelyachten an den Bootsstegen. Der Hafen lag direkt an der Mündung des Quillayute River. Auf der anderen Seite des breiten Flusses begann Rialto Beach.

Ich erklomm den Hügel, um einen Überblick zu haben. Das große Gebäude erwies sich als Schulhaus. Es war liebevoll renoviert, sein Eingang mit indianischen Fresken verziert, die beiden über zwei Meter großen Türwächter frisch bemalt in kräftigen roten, grauen, weißen und gelben Tönen, die hellblauen Mandelaugen starr in unirdische Gefilde gerichtet. In den Fenstern Kinderzeichnungen, wie sie überall auf der Welt zu finden sind. Die Ikonensprache der Fünf- und Sechsjährigen scheint keine Rassen- und Kulturgrenzen zu kennen.

Ich ging zurück zum Hafen. Auf einem der Boote saßen zwei Männer, klein gewachsen, gedrungen, die kurzen Arme muskelbepackt. Sie rauchten und spuckten ab und zu ins Wasser. Obwohl ich eine Weile in ihrer Nähe stand, schenkten sie mir keinen einzigen Blick. Irgendwo tuckerte ein Dieselmotor. Container mit Trockeneis verstellten den Blick auf den westlichen Horizont. Treibende Bierdosen im Wasser um das Boot der beiden Männer herum. Sie tranken. »Lucky One« hieß ihr Boot. Ihre flächigen Indianergesichter wirkten depressiv, obwohl sie lächelten.

Ich ging weiter über die knarrenden Bohlen des Anlegers, gab mir Mühe, lässig zu wirken, die Hände in den Hosentaschen. Unter meinen Schuhen zerbrachen leere Muschelschalen. Zahllose Bierlaschen überall wie Konfetti. Der Steg endete vor einer weißgestrichenen Schiebetür, auf der ›Quileute

Seafood Company‹ stand. Ich zog an einem Griff, und tatsächlich ließ sie sich einen Spalt weit öffnen. Drinnen fischstinkende Nacht. Geborstene Bodenbretter, durch die man das grüne, eiskalte Flußwasser sah. Niemand hier, nur Stapel von leeren Plastikkästen und Haufen von toten Krebsen, zusammengekehrt, die Scheren weit offen, die winzigen schwarzen Augen blicklos starrend, stecknadelkopfgroße Kügelchen einer Finsternis voll stummer Todespein.

Ein Stück flußauf am Ende des Ortes lag eine Baracke mit einer großen, blauen Neonschrift auf dem Dach. »Rough Bar« stand dort.

Ich ging hin. Schon von draußen sah ich sie sitzen, diese kleinen, gedrungenen Leiber, diese breiten, flachen Gesichter, die fettigen, schwarzen Haare. Die stolzen Einwohner. Sämtliche Tische und die Bar waren besetzt. Ich stand in der Nähe der Garderobe und fühlte mich wie ein Aussätziger. Überall waren Spiegel, die das Bild dieser Menschenwelt vervielfältigte. Alle tranken, alle redeten. Eine ungeheure, matte Zufriedenheit schwebte mit den dichten Rauchschwaden über dem Raum. »Rough Bar« war das Fegefeuer eines unchristlichen Jenseits, so kam es mir vor. Hier tranken die Seelen der Verdammten. Ich mußte an Sea Lions Cave denken. Die Ähnlichkeit war frappierend. Selbst das Blöken der Stimmen erinnerte daran.

Ich weiß nicht, wie lange ich dort stand, zwischen Plastikjacken und Ölmänteln halb verborgen, doch alle um fast einen halben Meter überragend. Plötzlich hatte ich einen Flachmann in der Hand. Er war über die Köpfe der Trinkenden hinweg bei mir gelandet, vielleicht als Botschaft, als Ablaßzettel für meine Sünde, ein Weißer zu sein.

Später wurde mir klar, daß dies eine falsche Deutung war. Es ging um etwas ganz anderes. Aber ich hatte nur eine unklare Vorstellung von dem, was Potlatch war.

Während ich einen Schluck aus dem Fläschchen nahm, wurde ich aus etlichen Augenpaaren genau beobachtet. Der Fusel schmeckte höllisch scharf, aber ich grunzte zufrieden und leckte mir die Lippen. Dies wurde offenbar mit allgemeiner Genugtuung konstatiert. Ich gab die Flasche weiter, mußte jedoch sofort eine neue nehmen, deren Deckel bereits abgeschraubt war. Wieder kam ich nicht drum herum, einen guten Schluck zu nehmen. Die Kerle beobachteten genau. Es hatte keinen Zweck, das Trinken nur vorzutäuschen, denn dann würde es keine Luftblasen in der Flasche geben.

Ich bedankte mich pantomimisch, gab das Fläschchen zurück, erhielt ein drittes. Wenn das so weiterging, würde ich bald am Boden sein. Mit einer Bewegung meiner Hand, die ich zum offenen Mund führte, brachte ich zum Ausdruck, daß ich Hunger hätte. Es gab Gemurmel, dann eine kurze Diskussion mit dem Indianer, der in der Küche arbeitete. Man führte, besser gesagt, schubste mich zu einem Tisch, an dem ich Platz nehmen mußte. Der Koch brachte einen Teller mit einer dampfenden, grauen Flüssigkeit darin. Muschelsuppe. Ich bezwang meinen Widerwillen und aß tapfer. Auch ein volles Bierglas war inzwischen bei mir gelandet.

»Trink«, sagte jemand hinter mir auf englisch. Was blieb mir anderes übrig. Kaum war der Teller leer, folgte ein Strohkörbchen, in dem ein fettiges, halbes Hähnchen lag. »Trink«, hörte ich wieder. »Iß.« Es klang nicht sehr freundlich. Aber ich war so naiv, es für eine Ehre zu halten, die mir als Fremdem zuteil wurde.

Eine halbe Stunde später wankte ich mit Brechreiz und schweren Beinen aus der »Rough Bar«. Das Stimmengewirr, das ich hinter mir zurückließ, ließ auf eine heftige Diskussion schließen.

Potlatch war ein alter Brauch an der Nordwestküste.

Er diente ursprünglich dazu, den Wohlstand der einzelnen Häuptlinge unter das Volk zu bringen. Gigantische Feste des Schenkens sorgten dafür, daß auch die Armen am Wohlstand teilhatten. Mehr und mehr degenerierte diese Sitte jedoch zu einem perfekten System der sozialen Demütigung. Es ging immer darum, mehr zu geben als zu erhalten. Der Spendabelste war der Größte, und der, dem spendiert wurde, ohne daß er zu gleichwertigen Gegenleistungen in der Lage war, mußte seine Unterlegenheit akzeptieren. Im achtzehnten Jahrhundert wurde eine regelrechte Seuche daraus. Häuptlinge ruinierten sich, indem sie alles verschenkten, was sie hatten. Man tötete Sklaven, Gefangene, um zu demonstrieren, daß man über dem anderen stand, der weniger Sklaven hatte, die er töten konnte. Es gab Fälle, wo das angelandete Kanu eines fremden Häuptlings über die Leiber erdrosselter Sklaven an Land geslipt wurde. Das war keine Grausamkeit, sondern ein Akt der politischen Abgrenzung. Schließlich wurde Potlatchen von der Regierung verboten. Es drohte, die wirtschaftlichen Verhältnisse der Stämme im Nordwesten völlig zu zerrütten.

In der »Rough Bar« hatten die Quileute mir gezeigt, wie weit ich unter ihnen stand, indem sie mich so großzügig bewirtet hatten. Ich aber hatte es für Gastfreundschaft gehalten.

Völlig euphorisch stolperte ich durch La Push. Inzwischen benetzte ein sanfter Nieselregen das ganze Elend. Sogar das Meer kam mir vor, als spanne sich eine feine Süßwasserhaut darüber. Die Jamesinsel wirkte übertrieben in ihrer kulissenhaften Dramatik. In meiner Trunkenheit war ich geneigt, mich von allem auf den Arm genommen zu fühlen, von Menschen wie von Dingen. Auch von Samantha. Was wollte diese spröde Schönheit eigentlich von mir! Und dieser seltsame Hobo, hinter dem ich her war, was wollte ich eigentlich von ihm! Allmählich kam mir all das wie ein Gefängnis aus unklaren Bedürfnissen vor. Aber ich würde jetzt ausbrechen. Auf der Stelle. Sofort nach Hause fahren. Es mußte hier doch irgendwo eine Bushaltestelle geben. Was für einen verdammten Grund hatte ich, immer noch hier zu sein? Wenn es einen Grund gab, dann hatte der jedenfalls keinen. Oder gab es keine Gründe für Gründe?

Ich blieb vor einem Häuschen stehen, dessen Fenster mit weißer Farbe blind gemacht worden waren. Jemand hatte unbeholfen ein Herz hineingekratzt mit einem Pfeil, der darauf zuflog, oder war es ein Walfisch? Alles war Narretei. Meine Mutter war eine alte, verkalkte Person, schon tot im Leben. Ihr sogenannter Geist bestand nur noch aus boshaften Unterstellungen. Ich würde mich nicht mehr um sie kümmern. Sollte sie doch endlich abtreten von der Bühne des Lebens. Was für eine erbärmliche Chargenrolle hatte sie nun, nachdem sie einst Ophelia und dann die Königin gewesen war. Jetzt war sie eine von diesen Hexen aus dem anderen Stück.

Ich muß einen ziemlich lächerlichen Anblick abgegeben haben, wie ich so schwankend und zweifelnd und durchnäßt durch den Ort irrte, dessen ganze Bevölkerung den Tag in der Kneipe zu verbringen schien. Wahrscheinlich war ich verrückt geworden, denn meine Euphorie hielt nicht nur an, sie wurde immer größer. Ich rief immer wieder mit lauter Stimme: »Gutty Floy, wo steckst du. Gutty, hier bin ich.« Ein Kind, das zwischen den Häusern spielte, – es hatte einen großen Fischkopf auf einen rostigen Draht aufgespießt und zog ihn hinter sich her – rannte davon, als es mich kommen sah.

Vor einem der Häuser lag ein großer Totempfahl auf dem Rücken. Er stand nicht, wie es sich gehörte, er lag da wie ein gefallener Krieger, schmutzig und von Hunden angepinkelt. Mindestens vier Meter lang, mehrere Köpfe übereinander, mit breiten Lippen, flachen Nasen, starren Mandelaugen. Die Köpfe wuchsen einer aus dem anderen, mit flachen Armen und Beinen dazwischen, embryonale Formen, uralte Ängste in jugendstilhafte Ornamentik geschnitzt.

Ich kam an einer verfallenen Halle vorüber. Das Dach war geborsten, Fenster hingen schräg in den Rahmen, die Tür war von einer rostigen Kette verschlossen. Auf dem durchhängenden First zahllose Möwen – wie Todesvögel, wie weiße, ausgestopfte Geier kamen sie mir vor.

Neben dem Lagerhaus war eine kleine Hütte, auch sie in schlechtem Zustand. Im winzigen, verwahrlosten Vorgarten zwei rote Autositze, ausgebaut und neben die Eingangstür gepflanzt. Auf einem der Sitze eine hölzerne Puppe, aufrecht sitzend, offenbar in gutem Zustand, die Farben frisch wie bei den beiden Figuren neben der Schule.

Ich ging näher heran. Das Gesicht der Puppe wirkte brutal, der breite Mund sichelförmig herabgezogen, die Augen mit dicken Säcken, Säuferaugen, weit auseinanderliegend, faltenumgeben. Auch die Stirn ein Meisterwerk der Schnitzkunst, voller Runzeln, die der Maserung zu folgen schienen. Die Nase flach, mit groben Nüstern, animalisch wirkend, brutal durch einen schrägen Schnitt über ihrem Rücken verunstaltet. Die Haare dünn und grau und links gescheitelt.

Ich stand am Zaun, unschlüssig, was ich machen sollte. Da verzog sich der Mund, wurde noch breiter. Es war keine Puppe, oder gab es vielleicht solche, die lächeln konnten und dabei den Mund verzogen? Und was für ein Lächeln! Als ob der Mund zu einem Schnitt werden wollte, der den Kopf vom Rumpf abtrennte.

Ich öffnete die kleine Gartenpforte. Sie war weiß, genau wie die im Vorgarten meiner Mutter. Aber diese hier quietschte, und sie sah aus, als würde sie es nicht mehr lange machen. Aussätzig war sie, leprös mit ihren schwarzen Löchern im fauligen Holz.

Es gab keinen Zweifel mehr. Die Puppe war ein Mensch, der die Hand ausstreckte und auf den anderen, noch freien Autositz deutete. Eine einladende Geste, sich in diesem Nieselregen hierherzusetzen, ausgerechnet hierher, wo es doch zweifellos besser gewesen wäre, in irgendeinen trockenen Winkel zu kriechen, in irgendein Bett, um zu träumen.

Wo bist du, Samantha, dachte ich, wo hast du dich versteckt! Aber zugleich wußte ich, daß ich sie nicht sehen wollte, daß mich jetzt nur dieser freie Sitz interessierte, neben diesem Menschen, den ich so lange gesucht hatte.

19

»Wie geht es dir?« Sein Holländisch wirkte komisch. Ich finde überhaupt, Holländisch ist eine komische Sprache. Nicht gerade prädestiniert für hochdramatische Szenen. Aber sein Holländisch erinnerte an die Kleinkindersprache, die Erwachsene manchmal spontan erfinden, um von Babys verstanden zu werden, was natürlich eine Illusion ist. Denn Babys verstehen nur Shakespeare.

»Wie geht es dir?« wiederholte er.

»Gut«, sagte ich auf englisch, denn ich wollte ihm das Reden erleichtern. »Glaube ich wenigstens. Eigentlich geht es mir immer gut, auch wenn es mir schlecht geht.«

Er blickte mich an, als sei er nicht sicher, ob ich mich über ihn lustig machte. »Sie riecht gut«, sagte er, diesmal auf englisch. »Ich meine deine Freundin.« Er sog die Luft ein durch seine großen Nasenlöcher. »Nicht wie ein Mensch. Sie riecht wie Fisch. Wie junger, frisch gefangener Fisch. Wenn du weißt, was ich meine.«

Er hatte einen breiten Hut aus Wachstuch auf, eine Art Regensombrero, und der feine Regen sammelte sich in der Krempe. Als er sich vorbeugte, ergoß sich ein Schwall Wasser auf den Boden.

»Ich muß mit dir reden«, sagte ich. Es klang sehr hölzern. »Können wir nicht reingehen zu dir?«

Er reagierte nicht. Er sah wieder so aus, als wäre er doch aus Holz. Schließlich holte er sich ein kleines Pfeifchen aus seiner Regenjacke und beschäftigte sich damit, es anzuzünden. Es war nicht leicht bei dem Wetter. Aber er hatte ein Sturmfeuerzeug, und schließlich klappte es. Er paffte vor sich hin und sagte kein Wort.

»Das ist die Friedenspfeife«, dachte ich. »Gleich wird er sie mir reichen.«

Gutty, wenn er es denn war, sah mich an. »Du willst reden?« sagte er. »Worüber willst du reden? Reden bringt nichts. Überhaupt nichts. Du mußt erzählen, das ist gut. Erzählen ist viel besser als reden. Wir haben immer Geschichten erzählt in meinem Volk. Weißt du warum? Um unser Sein und unseren Platz in der Ordnung der Dinge zu bestätigen. Eine gute Geschichte zu erzählen bedeutet zu wissen, wer man ist und wo man ist. Es ist unsere Form zu philosophieren. Die Frage nach dem Sinn des Lebens beantworten heißt nichts anderes, als eine Geschichte aus dem Leben erzählen. Was ist die Geburt eines Menschen? Nichts anderes als der Anfang einer Geschichte. Und der Tod? Das ist das Ende einer Geschichte. Es gibt kurze Geschichten und lange Geschichten, es gibt lustige und traurige Geschichten, es gibt häßliche und schöne Geschichten. Aber ein Mensch, von dem sich keine Geschichte erzählen läßt, existiert nicht. Er ist weniger als Luft. Ihn töten bedeutet, einen türlosen Raum verschließen.« Er sah mich lange und prüfend an. »Was ist deine Geschichte?« fragte er. »Hast du überhaupt eine?«

Er lehnte sich zurück, schloß die Augen, offenbar um mir zu signalisieren, daß er bereits zuhörte, noch ehe ich ein einziges Wort gesagt hatte.

Zu meiner Schande fiel mir nichts ein. Ich fühlte mich völlig leer bis auf den Ärger, der in mir aufstieg. Ich war nicht hierhergekommen, um wie in einem Wiener Café über den

Sinn des Lebens zu diskutieren. Dieser Mensch neben mir, den ich so lange gesucht hatte, schien akademischen Smalltalk zu lieben. Dabei sah er aus wie ein heruntergekommener Penner. Schlimmer noch als Sinking Sun und die anderen.

Gutty Floy klopfte die Pfeife aus und leerte seine Hutkrempe. Wir konnten zwischen den Hallen der stillgelegten Fischfabrik den Pazifik sehen. Niedrige Wolken hingen in den Fichten der Jamesinsel. Es war windstill, aber die Wellen hatten nichts verloren von ihrer wilden Kraft.

»Du sitzt links von mir«, sagte er. »Das ist die richtige Seite. Bei uns hat die linke Seite des Menschen eine besondere Beziehung zum Tod. Die meisten unserer Tänze gehen gegen den Uhrzeigersinn. Ich finde es gut, daß wir uns endlich kennenlernen. Auch wenn ich deine Geschichte noch nicht gehört habe. Aber ich glaube, daß du eine Geschichte hast.« Er beugte sich vor und reichte mir die Hand. Sie war schwielig und hart.

»Wie geht es Sinking Sun, wie geht es der kleinen Sue?« Dann stopfte er sich seine Pfeife wieder und redete weiter, redete Wort für Wort, so wie der Regen fiel. Ich hatte immer gedacht, Indianer seien schweigsam. Dieser hier war das Gegenteil.

»Du brauchst mir nicht zu antworten. Ich habe an deinen Augen gesehen, daß es den beiden gutgeht. Sie kämpfen den Kampf auf ihre Weise, jeder auf der anderen Seite. Die Welt ist doppelt, weil sie zwei feindlichen Brüdern zu verdanken ist. Der eine schuf nur Flüsse, die bergab fließen, der andere kehrte den Lauf einiger Flüsse um, damit brachte er die Mühsal in die Welt. Auch du kämpfst deinen Kampf. Aber du tust es auf beiden Seiten. Das unterscheidet dich von den meisten deiner Stammesbrüder.«

Ich wußte nicht, ob er mich loben oder tadeln wollte. »Mir ist kalt«, sagte ich. »Kannst du mir einen Tee machen?«

»Die Mutter ist das einzige Wesen, das die doppelte Welt wieder vereinen kann. Wenn sie die beiden Brüder dazu bringt, in sie zurückzukehren. Du bist ein Mann, der die Frauen liebt. Möchtest du eine Geschichte hören? Es ist die Geschichte von ›Always Living-at-the-Coast‹, es könnte auch meine sein.«

Er stieß ein paar Rauchwolken von sich. Dann nahm er den Hut ab. Seine grauen, dünnen Haare waren angeklatscht an seinen flachen, breiten Schädel. Er stand auf und sagte: »Es ist besser, wir gehen rein. Du könntest dich erkälten.« Ein typischer Satz meiner Mutter.

Drinnen erwartete uns ein unbeschreibliches Durcheinander. Es gab keinen einzigen Fleck, keine Ecke, keinen Platz, größer als die Fläche einer Hand, der nicht von Kuriositäten besiedelt war. Ein Chaos der Raritäten, Muschelschalen, Teile von Krebsen, Scheren, Panzer, Tangblasen, bizarre Treibholzstückchen, Kork, Sepiaschalen, Laichschwämme der Wellhornschnecke, schwarzledrige Eier der Katzenhaie. Vieles war bemalt, in den gleichen Farben übrigens wie Guttys Fetisch.

Es gab auch zahlreiche Marmeladengläser, in denen irgendwelches Getier in trüber Flüssigkeit schwamm. Totenbleiche Tintenfische, Embryonen, Würmer, Quallen. Das schlimmste waren kugelförmige Dinge, erstarrte Blicke aus geweiteten Pupillen.

Gutty Floy schien mich genau zu beobachten.

»Das da sind Augen von Orcas. Ich habe sie extrahiert und gesammelt.«

Er sah mich durchdringend an, und ich begriff, daß auch seine Augen diesen Ausdruck hatten.

»Ich suche Suijkerbuijk«, sagte ich.

Er reagierte nicht, zog eine Schublade auf und begann darin zu kramen.

»Jedes dieser Augen enthält einen bestimmten Aspekt,« dozierte er, »einen Blick, der ein Bild eingefangen hat. Das Bild ist noch da. Es ist im Inneren des Auges erstarrt, konserviert. Ich habe lange darüber nachgedacht, wie man dieses auf der Netzhaut gespeicherte Bild wieder zurückgewinnen kann. Die elektronischen Mittel von heute sind noch nicht differenziert genug. Aber eines Tages wird es möglich sein. Wir brauchen eine Vielzahl feinster Elektroden, entsprechende Verstärker, einen Bildschirm aus Flüssigkristall. Hier, das ist alles, was ich mit meinen beschränkten Mitteln erreicht habe.« Er holte große Fotografien hervor, die diffuse Schatten zeigten, Wolken mit zerfließenden Rändern. »Der Blick eines Orca auf die Welt«, sagte er. »In Wirklichkeit haben sie ein gutes Sehvermögen. Etwa dem einer Katze vergleichbar.«

Der Dreck in Guttys Wohnung war unbeschreiblich. Überall Staub, Essensreste, Popcorn, tote Fliegen und Spinnen. Irgendwo stand ein alter Benzinkocher. Er setzte ihn in Gang. Eine Weile schwiegen wir, während das Wasser im Kessel zu sieden begann.

»Das Töten eines Delphins wurde bei den Griechen dem Töten von Menschen gleichgesetzt. Darauf stand die Todesstrafe. Mein Vater hat Wale getötet. Er war ein großer Walfänger. Ein Massenmörder. Seine Harpune habe ich noch. Sie ist sechs Meter lang und zehn Kilogramm schwer. Der Schaft ist aus Holz, die Spitze aus Eisen. Es gehört viel Kraft dazu, sie so zu werfen, daß sie in einen Wal eindringt. Da hängt sie.«

Unter der Decke, über fast die ganze Länge des Raumes, zog sich eine Stange mit Widerhaken an ihrem Ende. Sie war über und über mit Schnitzereien verziert. Lauter ineinander verschlungene Körper, Frauen und Männer, ihre Leiber wie Ranken, Arme, aus denen Beine wurden, Hände, verschlungen mit Haaren.

Er überbrühte Tee in einem irdenen Krug. »Wenn der Mann

draußen ist, um den Wal zu jagen, muß die Frau zu Hause ganz still sein. Sie darf sich nicht bewegen, sonst entkommt der Wal. Es besteht eine geheime Verbindung zwischen ihnen. Wenn die Frau menstruiert, kann man den Wal nicht jagen. Das war schon immer so. Wenn mein Vater hinausfuhr, dann war er sicher, daß meine Mutter ganz still lag und daß sie nicht menstruierte.«

Er schenkte Tee ein. Der Tee war rot, und er schmeckte fade und süßlich.

»Nimm Platz«, sagte er. Er setzte sich auf ein vollkommen durchgesessenes Sofa, ich in den Schaukelstuhl, der neben dem Fernseher stand.

Ich versuchte, ruhig zu sein, gleichmäßig durchzuatmen. Die Gefahr, die von diesem Mann ausging, war von großer Intensität. »Wo ist Suijkerbuijk?« wiederholte ich.

Er sprang auf, plötzlich und so heftig, daß die Teetasse umfiel und eine rote Insel auf dem Tischtuch entstand, die größer und größer wurde.

Dann war er über mir. Er packte mich an den Handgelenken und preßte sie an die Armlehnen des Schaukelstuhls. Sein Gesicht war ganz nahe, der breite sichelförmige Mund halb geöffnet, die Zähne darin spitz, zwischen ihnen schwarze Lücken. Ich roch seinen schlechten Atem, Fuselgestank und Tiergeruch.

»Schnüffler«, zischte er. »Was hast du hier zu suchen?« Obwohl er ganz leise sprach, klang es wie Gebrüll. »Los, raus mit der Sprache, wer hat dich hergeschickt.«

»Laß mich los«, keuchte ich. »Und setz dich hin. Ich werde dir von ihm erzählen. Aber erst bring uns was Vernünftiges zu trinken. Einen Bourbon vielleicht, wenn du sowas im Hause hast.«

Er reagierte wie ein gut erzogener Hund, zu dem man ›Platz‹ sagt. Ich hatte die Flasche längst gesehen, die auf dem Teewagen unter dem Fernseher stand. Es war tatsächlich Jack Daniels. Er beförderte sie mitsamt zwei großen Gläsern auf den Tisch und schenkte ein, randvoll, holländisch sozusagen. Gut ein Drittel der Flasche in jedes Glas. »Santé«, sagte er. »Willkommen, Schnüffler.« Es klang fast heimatlich.

Wir stießen an, und ich begann, hin- und herzuschaukeln und zu reden, während er lauernd auf dem Sofa saß und die Kiefer seines breiten Mundes bewegte, als schnappe er nach jedem meiner Worte.

»Suijkerbuijk ist ein Niederländer aus Leeuwarden. Er hat hier in den Staaten geheiratet. Vor drei Wochen erst. Eine Indianerin, die Clear Sky heißt. Sie sind nach Mendocino gefahren. In ein Hotel. Dort ist Suijkerbuijk nachts auf den Balkon gegangen, um den Sternenhimmel zu bewundern. Er ist nicht wieder ins Zimmer zurückgekehrt. Man hat nichts von ihm gefunden. Auch seine Leiche nicht. Vielleicht hat es was mit Ironie des Schicksals zu tun, aber der Mann muß eigentlich in der schönsten Lebenssituation gewesen sein. Eine tolle Frau, eine tolle Nacht. Warum ist er ausgerechnet da verschwunden?«

Das Wort ›Ironie‹ schien ihn aufzuregen. Er wiederholte es ein paarmal, unterbrach meinen Redefluß durch eine Handbewegung. »Ironie«, sagte er. Seine Stimme schwoll an. »Ironie, das kennen wir nicht. Wir haben keine Ironie. Das ist eine Erfindung von euch Weißen. Wir haben Humor, viel Humor. Wenn du unsere Geschichten hörst, weißt du, daß wir mehr Humor haben als die meisten Völker dieser Welt. Wir haben so viel Humor, daß wir immer lachen können, auch wenn etwas sehr traurig ist. Aber das andere kennen wir nicht, diese Form der Lüge, die ihr Ironie nennt. Ich nenne es Doppelzüngigkeit. Ironie tötet jedes Wort. Worte ersticken an ihrer Bedeutung, wenn man sie ironisch gebraucht.«

Er erhob sich und rannte im Raum hin und her. Sein Blick

war hart, sein Kinn vorgereckt, seine Fäuste geballt. »Ich werde dir jetzt eine Geschichte erzählen, damit du begreifst, was ich meine. Damit du kapierst, daß wir viel Humor haben, aber keine Ironie. Hör auf zu schaukeln. Du kannst dir dein Glas vollschenken, aber du mußt still sitzen, sonst begreifst du nicht, was ich erzähle. Du mußt Ohren haben wie ein Luchs und Augen wie eine Eule, sonst entgeht dir alles, was in der Nacht meiner Worte passiert.«

Er blieb stehen, trat zum Fenster und sah hinaus. Dann begann er zu erzählen. Seine Stimme war verändert. Sie war plötzlich wohlklingend, sie sang, sie glitt auf und ab wie Notenköpfe in einem langen Lied. Und sie äffte perfekt die Personen nach, um die es in der Geschichte ging.

»Dies ist die Geschichte von Kojote und Death-Bringing-Woman, der Tochter von Always-Living-at-the-Coast. Kojote paddelte in seinem Kanu die Küste entlang, als ihn Leute vom Ufer aus anriefen: ›Wohin des Wegs, Kojote?‹

›Ich fahre zu Always-Living-at-the-Coast, denn ich will seine Tochter heiraten.‹

›Nur ein Verrückter kann so etwas vorhaben.‹

Kojote wurde wütend und paddelte ans Ufer. Er verwandelte die Leute alle in Vögel und dann in Hirsche. ›Ihr werdet das Wild sein, daß die Menschen jagen‹, sagte er und fuhr weiter.

Bald kam er bei anderen Leuten vorbei, die am Ufer standen. ›Wo willst du hin, Kojote?‹

Er sagte es ihnen.

›Sieh dich vor, die Knochen der Leute türmen sich hoch, die versucht haben, diese Frau zu heiraten.‹

Kojote würdigte ihre Meinung. Er fuhr ans Ufer und tat Muscheln und Lachse ins Wasser. Ihretwegen geht man heute noch ans Wasser.

Einige Zeit später riefen ihn andere Leute vom Ufer aus an und fragten ihn, wohin er fahre. Er sagte es ihnen.

Der Häuptling dieser Leute sagte: ›Sei vorsichtig, Kojote. Alle meine jungen Männer sind dorthin gegangen, um diese Frau zu heiraten, und keiner von ihnen kam zurück.‹

Kojote fuhr ans Ufer und füllte das Wasser an dieser Küste mit Muscheln und gab den Leuten geräucherten Lachs zu essen.

An einem Platz, Kupfergrund genannt, ging Kojote wieder an Land durch die Wälder zu einem Dorf, wo er eine alte Frau sah, die Kleewurzeln dünstete.

Die Frau war blind, aber sie roch ihn.

›Kojote, was willst du hier?‹ fragte sie.

Er langte herüber und nahm eine Handvoll Kleewurzeln, um sie zu essen.

›Was ist das? Wer nimmt meine Kleewurzeln?‹

›Kannst du nicht sehen?‹

Die Frau erklärte, daß sie blind sei. Kojote nahm darauf etwas Fichtenharz, kaute es und spuckte es in die Augen der Frau.

›Kannst du jetzt sehen?‹

›Ja. Ich kann gut sehen!‹

Kojote sagte ihr, was er vorhatte. Sie riet ihm, vorsichtig zu sein, und gab ihm etwas zu essen mit.

Kojote ging weiter, bis er zu einer Frau kam, die an einem Kanu arbeitete. Kojote ging hin und kniff ihr Baby in den Fuß. Das Baby fing zu schreien an, und die Frau sagte: ›Faß mein Kind nicht an. Es hat noch nie geschrien.‹

Sie fuhr fort, am Boot zu arbeiten, schälte Holz aus dem Inneren. Dabei schnitt sie ein Loch in den Boden.

›Schau mal, was du gemacht hast‹, sagte Kojote. ›Bist du blind?‹

›Ja‹, sagte die Frau.

Kojote kaute etwas Fichtenharz und spuckte es in ihre Augen. Da konnte sie sehen.

›Wo willst du hin?‹ fragte die Frau.

›Ich gehe, die Tochter von Always-Living-at-the-Coast zu heiraten.‹

›Du solltest dich in acht nehmen bei ihr, sie hat Zähne in der Vagina. Damit bringt sie die jungen Männer um, die wegen ihr kommen. Nimm meinen Steinmeißel, und wenn du mit ihr das Lager teilst, steck ihn da rein und breche die Zähne aus.‹

Die Frau rieb Kojotes Rücken mit einem Stein und gab ihm die Falschgesichter vom Zaunkönig, vom Hirsch, der Bergziege und dem Grizzly.

Kojote streifte eine Maske über, die ihn älter machte, und ging in das Land von Always-Living-at-the-Coast, wo er sich an einem Fluß niedersetzte. Es dauerte nicht lange und die Tochter, Death-Bringing-Woman, kam mit ihren Freunden vorbei und sah ihn.

›Oh, der würde einen guten Sklaven abgeben‹, sagte sie, ›laßt ihn uns mitnehmen.‹ So nahmen sie Kojote mit in ihr Lager. In dieser Nacht forderte Death-Bringing-Woman Kojote auf, mit ihr zu schlafen.

Kojote konnte das Geräusch der Zähne unter ihren Kleidern hören. Als er mit ihr ins Bett ging, hörte es sich an wie die Geräusche von Klapperschlangen. Er stieß den Steinmeißel hinein, drehte ihn ruckartig und brach alle Zähne in Death-Bringing-Womans Vagina aus. Dann nahm Kojote seine Maske ab. Er sagte, er sei Kojote und gekommen, sie zu heiraten. Sie machten Liebe miteinander.

In der folgenden Nacht kamen sie zum Haus von Always-Living-at-the-Coast. In dieser Nacht hörte Always-Living-at-the-Coast Lachen aus dem Schlafzimmer seiner Tochter. Er stand auf und ging in ihr Zimmer.

›Wer ist das, mit dem du lachst, meine Tochter?‹

›Das ist mein Ehemann. Heiße ihn willkommen.‹

Always-Living-at-the-Coast hieß Kojote willkommen und ging in seinen Raum zurück. Am nächsten Morgen spaltete Always-Living-at-the-Coast etwas Zedernholz, entrindete es und machte eine Schlingenfalle. Dann ging er ins Schlafzimmer seiner Tochter und sagte: ›Schwiegersohn, ich möchte, daß du durch diese Tür mitten in dieses Haus springst.‹ Kojote zog seine Hirschmaske an und sprang durch die Zimmertür genau in die Falle, wo der Hirsch starb.

›Es geschieht ihm recht‹, sagte der alte Mann, ›kommt in mein Haus und bringt mich derart in Verlegenheit.‹

Kojote aber nahm die Hirschmaske ab und ging ins Zimmer seiner Frau zurück.

In der folgenden Nacht hörte der alte Mann seine Tochter wieder lachen.

Am nächsten Morgen machte er eine andere Falle aus Zedernrinde und befahl seinem Schwiegersohn, durch die Tür in die Hausmitte zu springen. Kojote streifte die Bergziegenmaske über und sprang in die Falle, wo er sofort verendete. Der alte Mann ging. Kojote nahm das Falschgesicht ab und kehrte zu seinem Weib zurück.

In dieser Nacht hörte Always-Living-at-the-Coast wieder die Geräusche von zwei Leuten, die Liebe machten, und er rief: ›Wer ist da bei dir, Tochter?‹

›Mein Ehemann‹, antwortete sie.

Am nächsten Morgen machte der alte Mann alles wie zuvor, baute die Falle und forderte seinen Schwiegersohn auf, in die Dunkelheit zu springen, wo sie versteckt war. Diesmal zog Kojote die Grizzlymaske über, ging in den anderen Raum und zermalmte die Falle. Dann setzte er sich zum Essen.

Der alte Mann dachte immer noch darüber nach, wie er seinen Schwiegersohn töten könnte. Er forderte Kojote auf, mit ihm im Kanu zu einer kleinen Bucht auf der anderen Uferseite zu paddeln, wo sie mit der Arbeit an einem neuen Kanu beginnen würden.

Kojote und der alte Mann paddelten über das Wasser und gingen in den Wald, wo sie einen Baum fällten und begannen, das Holz zu spalten. Kojote nahm etwas Erlenholz und kaute es während der Arbeit. So arbeiteten sie eine Zeitlang, als Always-Living-at-the-Coast seinen Hammer in den Spalt fallen ließ. Als Kojote hineinsprang, schlug der alte Mann schnell die Keile heraus, die den Spalt offen hielten. Kojote spuckte das Erlenholz aus, das wie Blut aussah, so daß der alte Mann dachte, sein Schwiegersohn sei tot. ›Das geschieht dir recht dafür, daß du einfach dahergelaufen kommst und denkst, du könntest meine Tochter heiraten‹, sagte er und ging.

Kojote streifte die Zaunkönigsmaske über und flog aus der Spalte. Er holte Always-Living-at-the-Coast ein.

›Warum hast du mich da zurückgelassen, Schwiegerpapa? Das Holz schnappte zusammen, und ich war beinahe gefangen.‹

›Oh, freut mich, dich zu sehen! Ich habe mich fast zu Tode geschrien, als es geschah. Ich wollte gerade nach Hause, es meiner Tochter erzählen. Ich dachte, du seist tot. Ich bin froh, daß du herausgekommen bist. Ich dachte nicht, daß dies möglich sei.‹

Sie bestiegen beide das Kanu des alten Mannes und begannen, nach Hause zu paddeln. Kojote kaute ein Stück Holz. Als es weich war, nahm er es heraus, schnitt es in die Form eines Killerwales und warf es ins Wasser. ›Du sollst der Killerwal der kommenden Generationen sein‹, sagte er.

Genau in diesem Augenblick sprang der Killerwal aus dem Wasser und schnappte sich Always-Living-at-the-Coast.

Als er nach Hause kam, fragte ihn Death-Bringing-Woman,

wo ihr Vater sei, und Kojote sagte, er wüßte es nicht. ›Eines Tages wird er kommen und dich töten‹, sagte Death-Bringing-Woman. Und so geschah es.«

Er schwieg. Die Stille kam so plötzlich, daß ich das Meer draußen und die Möwen überdeutlich vernahm. Gutty Floy, wenn er es überhaupt war, drehte sich um. Er wirkte glücklich, entspannt. Ein breites Lächeln lag auf seinen Lippen. Jetzt sah ich, daß er sehr anziehend wirken konnte.

»Verstehst du jetzt, was ich meine?« sagte er.

»Ja«, antwortete ich. »Du bist Always-Living-at-the-Coast. Clear Sky ist deine Tochter Death-Bringing-Woman. Und Suijkerbuijk ist Kojote.«

Er setzte sich wieder. »Du bist nicht dumm. Suijkerbuijk verstand viel von Falschgesichtern. Er konnte sich gut verstellen wie Kojote. Suijkerbuijk war mein Freund. Zuerst. Jedenfalls schien es so. Er hat mit mir zusammengearbeitet. Ich habe viel von ihm gelernt, über Technik vor allem. Über Sonargeräte, über Atoc. Dann hat er sich an meine Tochter herangemacht. Das hätte er nicht tun sollen. Ein Weißer. Er glich in manchem dir. Auch du könntest Kojote sein. Immer auf der Suche nach Liebe. Aber ohne ein richtiges Ziel. Alles was dir fehlt, ist ein Ziel. Du lebst ohne Ziel. Das ist nicht gut. Kojote ist auf die Welt gekommen, um allen Schwierigkeiten zu machen, die ein Ziel haben. Denn er ist neidisch auf sie.«

Er stand immer noch am Fenster. Er verdeckte es nicht ganz, so daß ich einen Teil des Meeres sah und ein Stück von der Jamesinsel. Sein Gesicht lag im Schatten, aber seine Augen schienen zu glühen.

»Ich werde bald in den Norden fahren und meine Tochter suchen. Vielleicht werde ich sie töten müssen. Es wird davon abhängen, ob Kojotes Geist in sie gefahren ist. Vielleicht muß ich auch dich töten.«

Es klang beinahe nett, wie er es sagte, so, als ob mir eine Zuwendung zuteil werden sollte. Ich schwieg. Es schien mir in diesem Moment die bestmögliche Art zu sein, mit der Situation fertig zu werden.

Es dauerte nicht lange, und er redete weiter. Diesmal hatte seine Stimme wieder die alte Schärfe.

»Hast du schon deine Vision gehabt? Nein, ich sehe dir an, daß du keine Vision gehabt hast. Es wird Zeit, daß du auf Visionssuche gehst. Ich werde dir zeigen, wie man das macht. Es ist nicht schwer. Das Wichtigste dabei ist, daß du dich schwächst. Du mußt schwach genug sein, sonst kommt die Vision nicht zu dir. Am besten ist Hungern. Solange, bis du nicht mehr stehen kannst. Wenn du fast tot bist vor Hunger, wirst du deine Vision haben. Und dann wirst du nicht mehr ohne Ziel sein. Wie hast du mich gefunden?«

»Ich bin einfach einem kleinen Wal gefolgt.«

Wieder lachte er sein breites Lächeln, wieder sah er schön aus. »Wir sind beide Jonas im Bauch der gleichen Erde. Deshalb hast du mich gefunden. Und ich habe dich auch deshalb gefunden. Wärst du nicht gekommen, wäre ich gekommen. Du bist einer Fährte gefolgt, die ich gelegt habe. Du hast von mir geträumt. Träumer sind Fährtensucher. Der Traum ist das, was geschieht, wenn man sich bückt, um eine Fährte zu lesen. So hast du mich gefunden. Suijkerbuijk war auch ein Träumer wie du.«

»Drinking Sun hat mir geholfen, dich zu finden. Er hat mir das hier gegeben.«

Ich holte den Gehörknochen des Orca hervor und legte ihn auf den Tisch. Gutty nahm ihn, schüttelte ihn und hielt ihn sich ans Ohr. Dann schüttelte er den Kopf. Langsam kehrte die alte Brutalität in seine Mimik zurück.

»Er gehört mir nicht. Er ist nicht mein Fetisch, wenn jemand das behauptet hat. War es vielleicht Drinking Sun? Drinking

Sun ist auch verrückt. Kein Wunder, er ist Yurok. Einer der letzten Überlebenden.«

»Ich denke, er ist Shoshone?«

»Er ist Yurok. Er will es nur nicht zugeben. Die Yuroks sind die, die im Überfluß lebten, die Shoshonen die, die am wenigsten hatten. Also Gegensätze. Sinking Sun verbirgt sich hinter dem Namen der Ärmsten. Er schämt sich seiner Armut und findet es besser, wenn sie einen Namen hat. Hast du beobachtet, wie er trinkt? Er hält immer die Hand über das Etikett. Anders darf er nicht trinken. Es ist tabu.«

»Und wenn die Flasche kein Etikett hat?«

Er lachte schallend. »Dann sucht er die Klebespuren. Es kommt nur auf die Stelle an, wo das Etikett einmal saß.«

»Ich finde, das ist reinste Ironie, was du da sagst.«

Er sprang auf, fuhr auf mich zu. Sein Gesicht war ganz nahe. »Ich sollte dir die Zunge ausreißen«, brüllte er. »Orcas gehen am liebsten an die Zunge. Sie kreisen den Wal ein, verletzen ihn, und wenn er vor Wut und Schmerz das Maul aufreißt, zerfetzen sie seine Zunge. Merk dir das, und schwätz nicht wie ein altes Weib.«

»Laß uns von Walen reden.«

Er sah mich lange und traurig an.

»Im Sommer 1955 warf die US-Air Force vor der Küste von Island Wasserbomben auf einige tausend Schwertwale, weil sie angeblich die Fischernetze zerstört hatten. Kannst du dir den Haß der Wale vorstellen? Sie reden noch jetzt darüber.«

Mir dämmerte allmählich, daß dieser Mann nicht normal war. Er war verrückt. Das machte die Sache nicht einfacher und vor allem nicht ungefährlicher.

»Du liebst den Orca? Erzähl mir mehr von ihm.«

»Der erste Orca wurde im März 1965 gefangen. Ein kanadischer Bildhauer brauchte ein Modell. Er lebte ein Jahr in Gefangenschaft. Er hieß Moby Doll. Der Herzog von Windsor interessierte sich für ihn. Schwertwale haben eine äußerst sensible Haut. Man muß sie berühren, um sie zu zähmen, muß sie streicheln und mit ihnen reden. Ihre Sprache besteht aus Klicklauten und Trillern. Eine Art Morsealphabet. Den Cetologen ist es bis heute nicht gelungen, sie zu entschlüsseln. Dabei erwartet man revolutionäre Erkenntnisse über das Leben, über die Tiefsee, über urzeitliche Welten, sollte es einmal möglich sein, mit diesen prähistorischen Tieren zu kommunizieren.«

Er lachte. Dann ging er zu einer Kommode und zog eine Schublade auf. Zahllose Bögen Papier quollen heraus. Eng beschrieben mit einer schnörkeligen Schrift.

»Es sind Dialoge«, sagte er. »Zwischen mir und einem Orca, den ich im Aquarium von Seattle betreut habe. Ein Jahr habe ich dort gearbeitet und dabei seine Sprache entschlüsselt. Es war schwierig, denn er stotterte. Eine Art Hospitalismus. Als ich endlich begriffen hatte, daß vieles an der Unverständlichkeit dieser Sprache von den Bedingungen herrührt, die wir Menschen den Walen bereiten, war es plötzlich ganz einfach. Weißt du, was das häufigste Wort der Orcasprache ist? Rache! Eines Tages kommen sie wieder an Land, so wie sie in grauer Vorzeit vom Land ins Wasser gegangen sind, um dem Menschen Platz zu machen. Sie werden ihre Flossen wieder zu Beinen und Armen machen. Sie werden an Land gehen und grausam Rache üben an uns Menschen für den Holocaust, den wir unter ihnen an den letzten zweitausend Jahren angerichtet haben.«

Er drückte die Schublade wieder zu.

Ich spürte, wie erregt er war. Er schenkte sein Glas voll und trank es mit zurückgelegtem Kopf leer. Einen Augenblick dachte ich, er würde es auf den Boden schmettern, aber er besann sich und stellte es übertrieben behutsam auf den Tisch.

»Töten und Töten ist nicht das gleiche. Ich weiß, wovon ich

rede. Man kann einen Menschen töten, der bereits innerlich gestorben ist, und es ist nichts. Man kann einen Wal töten, der innerlich lebt, und es ist eine Katastrophe. Gewiß, auch mein Volk hat einst vom Walfang gebebt. Aber wir Quileute haben von unseren Nachbarn, den Aleuten, eine Kunst gelernt, die Wale so schnell und schmerzlos zu töten, daß sie nicht leiden. Wir tauchen die Spitze der Harpune in ein starkes Gift. Es wird aus Aconitum gemacht, einer blauen Sturmhutart.«

Er begann erneut zu lachen. Ich empfand sein Gelächter schlimmer als sein Gegrunze, als seine Wut. Seine Laune stieg ganz plötzlich, ohne ersichtlichen Grund. »Weißt du was, Schnüffler? Ich verrate dir jetzt ein Geheimnis. Ich bin der Sohn eines Walfängers, aber ich habe mir vorgenommen, die ganze Schuld, die mein Vater auf sich geladen hat, wieder abzutragen. Wal für Wal. Ich erforsche ihre Sprache. Ich will mit ihnen reden. Ich will sie um Entschuldigung bitten. Es hört sich verrückt an, aber es wird eines Tages möglich sein, mit ihnen zu reden. Komm, ich zeige dir was.«

Er führte mich in einen zweiten Raum. Er war fensterlos und dunkel. Dann sprangen Leuchtröhren an. Eine Reihe von technischen Apparaten war auf Tische und Regale verteilt. Ich verstehe nicht viel von solchen Sachen, aber ich erkannte Oszillographen, Verstärker und Lautsprecher. Ganz ähnliche Geräte, wie ich sie auch bei Suijkerbuijk gesehen hatte.

»Dies hier«, er deutete auf einen großen grauen Kasten mit vielen Drehknöpfen, »ist meine private Sofar-Horchstation. Sofar heißt ›sound fixing and ranging‹. Ursprünglich wurden solche Anlagen in den fünfziger Jahren überall an der Küste installiert, um die Bewegungen der russischen Atom-U-Boot-Flotte zu registrieren. Dann wurden sie ganz nebenbei wertvolle Instrumente der Cetologen.«

Er schaltete den Kasten ein und drehte an einem Knopf. Der Zeiger auf einer Skala bewegte sich. Aus dem Lautsprecher in der Gehäusefront kam ein Rauschen. Dann ein tiefes Stöhnen, gleichmäßig an- und abschwellend. »Das sind Finnwale weit im Süden. Viele tausend Meilen entfernt. Ihre Sprache liegt bei zwanzig Hertz. Ich habe sie mit einem Frequenzverdoppler hörbar gemacht.«

Er spielte weiter mit einem Knopf, der Zeiger kletterte auf 150 Hertz. Ein Pochen erscholl. »Und das sind Zwergwale. Der Herzschlag des Ozeans. Wir nennen es die ›A-Reihe‹, weil es das deutlichste regelmäßige Geräusch aus dem Meer ist.«

Wieder drehte er am Empfänger. Es gab langgezogene Pfeifgeräusche. Seltsam traurig klingend. »Buckelwale, eine besonders schöne Sprache, findest du nicht? Nur die des Blauwals ist vielleicht interessanter. Ein Grollen wie ein Unterseebeben, an der unteren Hörgrenze der Menschen. Aber das ist ein aussterbender Dialekt, weil Blauwale so selten geworden sind. Übrigens mit 180 Dezibel das lauteste Geräusch, das je von einem Lebewesen erzeugt wurde. Ein Düsenjäger hat 140 Dezibel, wenn er über unsere Köpfe hinwegfliegt. Ich habe schon Blauwale gehört über eine Entfernung von mindestens 10000 Seemeilen.«

Er drehte die Empfangsfrequenz auf 100 Hertz zurück, legte den Finger an die Lippen, als wollte er damit die Stille im Raum noch vertiefen. Eine Weile hörte ich nur das Rauschen der Transistoren. Dann ein seltsames »Boing«, etwa vier Sekunden lang. Es kam wieder und wieder, in unregelmäßigen Abständen.

»Wir wissen nicht, was es ist«, sagte er. »Ich habe eine Hypothese, die reichlich verrückt klingt. Es könnte eine Art Esperanto der verschiedenen Walarten sein. So verständigen sie sich untereinander. Übrigens, nicht das Geräusch ist wichtig, die Pausen dazwischen sind es, womit sie sich artikulieren. Pulsierendes Schweigen, die globale Sprache der Wale. Das ist meine These. Die Wale nutzen die reflektierende Schicht in

1000 Meter Tiefe, wo zwei Wasserschichen unterschiedlicher Dichte und Temperatur aneinanderstoßen. Die Thermolinie, auch Tieftonkanal genannt. Dort ausgesandte Schallwellen von der von Walen erzeugten Intensität können 25000 Meilen reichen. Um den ganzen Erdball herum. Komm jetzt.«

Wir gingen wieder zurück und setzten uns. Die großen Gläser waren leer, und Gutty machte eine neue Flasche auf. »Fühl dich wie zu Hause«, sagte er. Er wirkte entspannt, und das übertrug sich sofort auf mich.

Ich saß mit einem Killer zusammen in einem Raum und lauschte seiner Stimme. Warum verhaftete ich ihn nicht einfach? Warum informierte ich nicht die Polizei? Es gab doch eine Polizeistation hier. Beweise würde man finden. Eine Hausdurchsuchung würde Belastendes zutage fördern. Vielleicht eine Luftpistole mit in Aconitumgift getränkten Bolzen.

Aber all diese Überlegungen hatten etwas Papierenes an sich. Ich spürte ein zähes Gefühl von unausgesprochener Liebe zu diesem Scheusal, das vor sich hin starrte, trank und redete, als hielte es eine Antrittsvorlesung über die Sprache der Wale. Ich hatte Gutty Floy gefunden. Das war mehr, als ich erhofft hatte. Warum sollte ich nicht hierbleiben, für immer und ewig?

Der Whisky wirkte. Mitten hinein in Guttys Redefluß sagte ich seinen Spruch auf.

Gutty Floy is my name
and terra is my nation.
Empty space is my dwelling place
and death my destination.

Er starrte mich an mit aufgerissenem Mund. Er sah aus wie ein Walfisch. Gleich würde der Blas kommen, eine Gischtfontäne aus seinem Haupt. Wenn er verwundet war, würde sie rot sein.

»Wo hast du das her?«

»Es stand auf der Klotür von Suijkerbuijk.«

»Und wie findest du die Verse?«

»Gut. Vor allem das Wortspiel am Schluß.«

Er schien geschmeichelt.

»Ich glaube nicht, daß du mein Gedicht verstehst. Du wirst nicht wissen, was für uns das Wort Tod bedeutet. Wir kennen den Tod der Weißen nicht. Er muß qualvoll sein. Unser Tod ist schön. Siehst du die Insel dort?«

Er deutete zum Fenster. Schemenhaft und von Regenschlieren verformt, sah man die Silhouette der Jamesinsel.

»Dort liegen unsere Toten begraben. Die Insel ist fruchtbar. Siehst du, wie schön die Bäume sind? Obwohl die Weststürme ihnen zusetzen, stehen sie gerade und dicht an dicht. Jeder Baum wächst aus der Brust eines Quileute-Häuptlings. Kein Sturm kann ihm etwas anhaben.«

Er versank in Schweigen, und ich fühlte mich auf eine eigenartige Weise geborgen in diesem Raum, in diesem Chaos von Dingen und Gerüchen.

Nach einer Weile, deren Dauer sich meiner Einschätzung entzog, sprach er wieder, mit gesenkter Stimme, schwerfällig artikulierend, als setze ihm der Whisky bereits zu.

»Es gibt zur Zeit ein Projekt der Wissenschaft in diesem Land, das angeblich zum Ziel hat, den Treibhauseffekt auf dem Umweg über exakte Messungen der Temperatur der Weltmeere nachzuweisen. Wasser leitet den Schall bei unterschiedlichen Temperaturen unterschiedlich schnell. Also, was macht man? Man hängt gewaltige Lautsprecher in den Ozean, läßt sie dröhnen und zeichnet den von ihnen erzeugten Schall in einigen tausend Meilen Entfernung mit hochempfindlichen Mikrofonen auf. Durch die Größe der Entfernung lassen sich winzige Temperaturschwankungen des Wassers messen. Frage: Was bedeutet das für die Wale?

Sie, die über die gleichen Distanzen miteinander reden, sie, die sogar die Stille in ihre Sprache einbeziehen, die vielsagenden Pausen zwischen den Lauten, werden plötzlich durch solche Geräuschexplosionen gestört, irritiert, aufgeregt. Sie verlieren den Kontakt zueinander. Das ist eine Tragödie.«

Ich spürte förmlich, wie er sich wieder in Erregung redete. Die intensive Ausstrahlung dieses Mannes beherrschte die Atmosphäre des Raumes.

»Ein bislang ungelöstes Rätsel ist das Phänomen der sich langsam verändernden Gesänge der Buckelwale. Man hat Zyklen beobachtet, die sich über einige Jahrzehnte global wandeln, als ob sich eine Sprache ungeheuer schnell verändere. Ich glaube, daß die schnellen Veränderungen der Wallieder, das Auftauchen neuer, das Verschwinden alter Themen innerhalb weniger Jahre für Wale lebensnotwendig ist. Sie haben es nicht mit den absoluten Wahrheiten. Darin sind sie das genaue Gegenteil der Menschen. Wir sind ängstliche Wesen, was die Verständigung anbelangt. Wir wiederholen einen Satz dreimal, auch wenn er nur längst Bekanntes enthält. Wale wiederholen sich nie. Jede Artikulation ist einmalig und vollkommen neu.«

Er schloß die Augen, sprach wie in Trance.

»Es geht unter anderem um die Frage, ob die Sprache der Wale tonal ist. Ist die Variation der Frequenzen entscheidend für den Transport der Information, dann dürfte ein Gesang, der oft eine halbe Stunde dauert, eine bis einhundert Millionen Bits beinhalten. Geht es jedoch mehr um die nicht oder nur indirekt tonalen Faktoren, den Wechsel von Ton und Pause, ist die Sprache der Wale also digital wie das Morsealphabet, verringert sich die Bitmenge um den Faktor 10. Ich persönlich glaube, daß bei den Walen den Pausen, dem Schweigen, die gleiche Bedeutung zukommt wie bei uns den Vokalen. Wenn wir die Stille des Ozeans stören, dann rauben wir den Walen das wichtigste Mittel ihrer Verständigung. Stell dir eine menschliche Sprache ohne Vokale vor. Kakophonie, mißtönender Lärm bleibt übrig.«

Ich schloß die Augen, lauschte seiner Stimme. Ihrem Klang. Was er sagte, war mir egal. Es war plötzlich, als sei seine Stimme in mir. Ich hatte Sehnsucht danach, ihn zu berühren. Seine Hand zu halten, ihn zu streicheln. Meinen Kopf in seinen Schoß zu legen.

»Es scheint, daß selbst die Regierung die Sprache der Wale ernst zu nehmen beginnt, wenn sie sich auch nicht wirklich dafür interessiert. Auf Voyager I und II sind nicht nur Beatles-Stücke, sondern auch Walgesänge unterwegs ins Weltall. Man kann ja nie wissen. Vielleicht gibt es irgendwo in der Unendlichkeit Wesen, die die Wale eher verstehen als die Menschen. Es gibt keine faszinierendere Sprache. Es ist die einzige Sprache auf der Welt, die zugleich tönt und schweigt. Da Schallwellen unter Wasser durch Haut, Muskeln und Fett hindurchdringen, von Knochen und Hohlräumen stärker, von luftgefüllten Hohlräumen jedoch sehr stark reflektiert werden, kann ein Wal, der mittels seiner in rasender Folge ausgesandten Klicks, seinem Sonar, einen Gegenstand identifiziert, ihn sozusagen durchhören. Er gewinnt ein Röntgenbild. Das Vortäuschen durch Masken, durch Verstellung, ist daher nicht möglich. Ein Wal sieht mit seiner Stimme und seinen Ohren zum Beispiel die Perestaltik eines Delphins. Er weiß, ob sein Konkurrent Angst hat oder nicht. Wale sind sozusagen zur Ehrlichkeit gezwungen, jeder einzelne hat seinen Lügendetektor dabei, mit der Folge, daß es keine Lügen mehr gibt. Wale sind die ehrlichsten Tiere der Welt, obwohl ihre Sprache mindestens so differenziert ist wie die der Menschentiere. Das ist fast unbegreiflich. Denn bei den Menschen ist die Differenziertheit der Sprache der Notwendigkeit zu lügen zu verdanken. Denk an die Rolle der Ironie. Die menschliche Sprache ist aus etlichen Phonemen zusammengesetzt, den Lauteinheiten. Tümmler zum Beispiel verwenden 18 unterschiedliche Pfeiftöne, ungefähr gleich viel Phoneme wie die Menschen also. Nur ganz wenig Menschen sind in der Lage, diese Sprache zu imitieren. Es soll einen Stamm von Ureinwohnern in Nordaustralien, auf Mornington Island im Golf von Carpentaria geben, der seit Tausenden von Jahren im Sprachkontakt mit Großtümmlern ist. Man nennt sie die Delphinmenschen. Die Medizinmänner beherrschen eine Reihe von Pfeiftönen, mit denen sie die Tiere anlocken, um mit ihnen zu reden. Das geht nicht einfach so. Gewisse Vorbereitungen sind nötig. Der Delphinrufer versetzt sich in Trance, und wenn er träumt, verläßt sein Geist den Körper und fliegt zum Horizont. Dort taucht er ins Wasser und beginnt zu singen. Auch ich bin ein Delphinrufer. Ich bin fähig, den Orca zu rufen.«

Er schwieg eine Weile und trank. Auch ich schwieg. Die Pause war ein Gummiband, an dessen beiden Seiten jeder von uns zog. Es riß nicht, weil es nachgab. Nur die Spannung wuchs.

Wenn Sinking Sun sich schon aufs Schweigen verstand, dann war Gutty Floy darin noch besser. Ich wagte nicht, mich zu rühren.

Schließlich riß das Band doch, und er sagte: »Hör zu!«

Ich hatte die ganze Zeit zugehört, selbst seinem Schweigen.

»Hör zu!«

Er schrie es fast. Dann ging er in den Nebenraum. Ich wagte nicht, mich von der Stelle zu rühren.

Als er zurückkam, begannen die Geräusche. Sie schienen von allen Seiten zu kommen. Ich nehme an, er hatte überall im Raum versteckte Lautsprecher verteilt.

»Dolby Surround«, sagte er. »Dreidimensional. Du glaubst, mitten unter ihnen zu sein.«

Er hatte recht. Wir waren Ertrunkene. Und die Wale um uns unterhielten sich. Mehr und mehr gab ich mich diesen Klängen hin. Diesen langgezogenen Klagelaute, diesen quietschenden, gurgelnden, röhrenden, knarrenden Schreien, die ich bereits aus Suijkerbuijks Wohnung kannte. Keine Wut war in ihnen, aber um so mehr Melancholie. Vielleicht auch Rachegefühle.

Ich schloß die Augen und ließ mich einfach treiben. Je mehr ich mich an diesen Gesang gewöhnte, um so verständlicher kam er mir vor. Ich öffnete die Augen und sah Gutty, wie er in seinem schiefgesessenen Sofa halb saß, halb lag, eine hölzerne, grob geschnitzte Puppe. Er schien zu schlafen.

Wieder schloß ich die Augen. Ich fiel, sank immer tiefer. Ich unterschied keine einzelnen Töne mehr, trieb dahin in grünen Gefilden, war aufgelöst in Schwerelosigkeit. Bis mich seine Stimme brutal in die Realität zurückholte. »Du bist hier, um mich an die Bullen zu verpfeifen.« Die menschliche Stimme klang aggressiv. Sie hatte nichts von dieser weichen und grenzenlosen Trauer der Wale.

Ich fuhr auf, starrte ihn an. Er grinste.

»Weißt du was? Du bist nicht der Mann, mir Schwierigkeiten zu machen. Eher könnte ich dir Schwierigkeiten machen. Aber da auch du ein Freund der Wale zu sein scheinst, finde ich es besser, zusammen zu trinken. Weißt du, wir könnten zusammen nach Round Lake gehen. Das ist eine Entziehungsanstalt für Indianer in Kanada. Da leben die Säufer in einem Langhaus zusammen und lernen, richtig indianisches Brot zu backen. Hinterher sind sie dann geheilt und vernünftig wie Weiße.«

Er lachte wieder. »Jetzt darfst du gehen. Deine Freundin wird schon auf dich warten. Wenn du Lust hast, kommst du morgen vorbei. Ich warte auf dich. Vielleicht fahren wir zur Jamesinsel hinüber. Und nimm das da wieder mit.«

Er deutete auf den Gehörknochen und gab mir die Hand. Als ich draußen war, war es bereits dunkel. Wieder fiel dieser sanfte Nieselregen, der den Himmel so räumlich machte. Ich mußte mehrere Stunden bei dem Mann gewesen sein, der sich Gutty Floy nannte und der Suijkerbuijk umgebracht hatte.

20

Das erste, was mir auffiel, war der Orca, den jemand auf die beschlagenen Scheiben des Campingwagens gemalt hatte. Ich versuchte, ins Innere hineinzusehen, aber ich erkannte nichts in der dort herrschenden Dunkelheit.

Ich hatte einen Schlüssel, aber als ich ihn probieren wollte, merkte ich, daß die Tür nur angelehnt war. Eine Weile blieb ich im Vorraum stehen, um meine Augen an die Dunkelheit zu gewöhnen. Ich lauschte. Draußen Brandung, und fast im gleichen Rhythmus der Atem eines Menschen. Nicht der Atem eines Schlafenden. Dazu ging er zu heftig, zu stoßweise.

Ich tastete mich weiter. Ins Schlafabteil des Wagens fiel das bläuliche Licht einer Straßenlaterne. Es war die einzige von La Push. In ihrem Schimmer sah ich Samantha. Sie lag auf dem Rücken und starrte mit offenen Augen zur Decke. Und sie war nackt.

»Was ist mit dir?« fragte ich. Sie reagierte nicht, lag da wie tot. Aber sie atmete heftig und stoßweise. Ich setzte mich an den Bettrand, begann sie zu streicheln, vorsichtig, mit kreisenden Bewegungen. Ich spürte, wie ihre Haut rauh wurde wie Schildkrötenleder. Ich nahm die Bettdecke, die auf dem Boden lag, und breitete sie über sie. »Was ist los, Samantha?«

Ich lauschte, hoffte, daß sie etwas sagen würde. Aber da war nur ihr Atem und das Brandungsgeräusch.

»Bring mir was zu trinken«, sagte sie plötzlich.

Ich erhob mich und begann zu suchen. Ich fand drei Dosen Bier im Kühlschrank und eine Flasche Jack Daniels, die halb leer war. Sie lag in der Dusche.

Ich brachte das alles an Samanthas Bett. Sie wollte Jack Daniels. Ich trank Bier aus der Dose. »Jetzt erzähl endlich, was passiert ist«, sagte ich.

Samantha setzte sich auf und drapierte die Bettdecke um sich. Sie trank in kleinen Schlucken aus der Flasche. »Er war da«, sagte sie schließlich. Ihre Stimme war klein und trocken. Sie machte lange Pausen zwischen den Wörtern. Ich kam mir vor wie ein Priester im Beichtstuhl. Was ich zu hören bekommen würde, ließ mich nicht kalt, aber irgendein Vorhang trennte mich von der Wirklichkeit.

»Du meinst Gutty Floy? Das kann unmöglich sein. Ich war die ganze Zeit bei ihm.«

Sie drehte sich zur Wand und sprach ins Kissen. »Er war hier, bestimmt eine Stunde.« Ihre Stimme klang dumpf. »Ich hab ihn gefragt, wo du seist. Du würdest deinen Rausch ausschlafen, hat er gesagt. Bei ihm zu Hause.«

»Was hat er gemacht? Wollte er reden?«

Sie drehte sich wieder auf den Rücken, schlug die Decke zurück. »Komm zu mir«, sagte sie. »Zieh dich aus und leg dich zu mir.«

Ich gehorchte. Wir schliefen miteinander. Hastig, mit der Traurigkeit von Sträflingen in einer dieser Liebeszellen, die der moderne Strafvollzug kennt.

Als es vorbei war, stand ich auf und setzte mich ans Fenster. Ich starrte aufs Meer. Die Jamesinsel war wie ein schwarzes Loch, ein Tunneleingang. Wind war aufgekommen. Grüner Schaum ritt auf den Wellen. Meeresleuchten. Von Turbulenzen erregte, phosphoreszierende Kleinkrebse.

Die Tür zur Schlafkabine stand offen. Während ich mit

den flachen Hand die Zeichnung an der beschlagenen Scheibe wegwischte, hörte ich Samantha zu.

»Er hat gesagt, ich hätte die Wahl. Er könnte mich töten, oder ich könnte mit ihm schlafen. Es käme auf dasselbe heraus. Ihm sei es völlig egal. Aber mir vielleicht nicht. Ich habe ihn angefleht, gebettelt, er solle gehen. Wir würden abhauen, ihn in Ruhe lassen. Er hat die ganze Zeit über gelacht und mich festgehalten. Es ist unglaublich, was für eine Kraft er hat. Ich hatte keine Chance. Mein ganzes Training hat mir nichts genutzt. Er kannte die Griffe. Als ich ihm das Knie in seine Weichteile stieß, hat er behauptet, daß ihn das anmache. Er wolle nun lieber mit mir schlafen. Schreien würde nichts bringen. Bei der Brandung würde mich jeder für eine Möwe halten. Das hat er wörtlich gesagt. Ich habe trotzdem geschrien, bis er mir den Mund zugehalten hat. Dann hat er mich vergewaltigt.«

Sie schwieg. Ich hörte, wie sie aufstand, und dann sah ich sie in ihrem weißen Bademantel in der Tür. Sie sah schön aus. »Er hat mich vergewaltigt, Piet, und ich habe mich nicht gewehrt. Es war sogar schön. Er ist ein Tier. Ich glaube nicht, daß er böse ist. Er ist nur einsam.«

»Du redest wie in einem eurer Filme«, stieß ich hervor. »Männer sind einsame Tiere, und Frauen sind nun mal tierlieb.«

»Sei nicht so kindisch«, sagte sie. »Du hast keinen Grund, eifersüchtig zu sein. Ich hatte Mitleid mit ihm. Mit dir habe ich kein Mitleid.«

Ich rührte mich nicht. Eine Weile stand sie in der Tür. Wie eine griechische Götterstatue sah sie aus. Dann verschwand sie. Ich blieb sitzen und wartete auf das Grauen des Morgens.

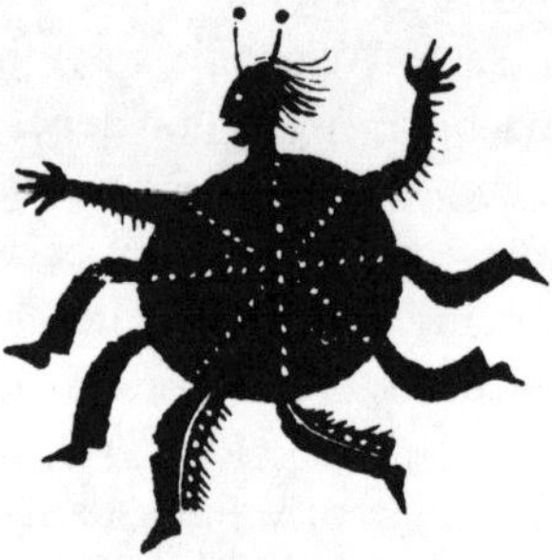

21

Sobald es einigermaßen hell war, ging ich zur Polizei. Eine Baracke unterhalb der Schule, direkt neben dem Tribal office. Ich legte meinen Ausweis vor. Der Beamte, der Dienst tat, beachtete ihn nicht. Er kam mir bekannt vor. Wahrscheinlich hatte ich ihn in der »Rough Bar« gesehen. Er trug eine Baseballkappe mit einem Abzeichen und einen Sheriffstern am karierten Holzfällerhemd.

Ich begann auf ihn einzureden. Es gäbe hier einen gefährlichen Mann im Ort. Er habe meine Freundin vergewaltigt. Ich verlangte, man solle Gutty Floy wegen Notzucht verhaften.

Mein Gegenüber gab mir ganz unamerikanisch die Hand. »Mel Noon«, sagte er. »Ich hoffe, Sie sind gut untergebracht bei uns. Jetzt ist keine gute Zeit. Es regnet zuviel.«

»Haben Sie mich verstanden?« sagte ich. »Mister Floy hat meine Freundin vergewaltigt. Sie müssen ihn festnehmen.«

Sein Englisch klang seltsam, aber meines hätte er wenigstens verstehen können. »Es tut mir leid«, sagte er. »Wir haben hier kein Fernsehen in den Ferienwohnungen. Die Leute sollen die Atmosphäre von La Push genießen. Wenn es Ihnen zu primitiv ist, tut es mir leid.«

Es war offensichtlich, daß er nicht hören wollte, was ich sagte. Je mehr ich in ihn drang, desto großartiger schweifte er ab in touristische Themen. Schließlich gab ich auf und ging.

Samantha war fort. Auch das Auto. Es war mir egal. Ich streunte am Hafen herum. Warum sollte ich mich nicht wirklich als Tourist fühlen.

Mir schien, es schwamm noch mehr Dreck und Unrat im Wasser als gestern. Die beiden Kerle saßen noch immer im Boot. Ich grüßte sie, sie winkten zurück, ohne die Miene zu verziehen. Dann ging ich in die »Rough Bar«. Sie war leer. Die Bedienung nahm keine Notiz von mir, starrte auf das Footballspiel, das im Fernsehen lief.

Eine Weile schaute ich auch zu. »Ein Bier bitte«, sagte ich. Das Mädchen holte eine Flasche aus dem Kühlschrank und gab sie mir ohne Glas. »Nichts los hier heute?« sagte ich in vorsichtigem Frageton. Sie reagierte nicht, sondern begann, Gläser zu polieren und lautstark in Regale zu stellen.

Ich zahlte und ging, streifte ziellos durch den Ort, ließ mich von seiner Tristesse dazu verführen, nichts mehr zu denken, alles treiben zu lassen in zufälligen Bahnen, wie es der Regen tat, diese nasse, graue Henkerskapuze über dem Gesicht der Welt.

Ich bildete mir ein, inzwischen jedes Haus, jede Straße, jeden Vorgarten von La Push zu kennen. Doch in der Nähe der alten Fischfabrik entdeckte ich etwas Neues: einen mit Holzbohlen ausgelegten Gang, der am Flußufer entlang zu einigen Lagerhallen führte. Von ihm aus hatte ich einen guten Überblick über die breite Mündung des Quillayute River hinüber nach Rialto-Beach, die Needles, die Jamesinsel, die ferne Brandung auf den Sandbänken.

Der Steg endete vor einem Schuppen mit einem kleinen Schaufenster. Obwohl es schmutzig war, erkannte ich dahinter Objekte, die denen ähnelten, die in der Vitrine des Tribal office ausgestellt waren. Möwen, Seeadler, Enten, Krebse, Lachse, Orcas, alles naturgetreu geschnitzt und angemalt. »Woodcarver« stand an der Tür. Ich klopfte.

Ein alter Mann öffnete. Er hatte eine Lederschürze um. Seine langen, grauen Haare waren zu schweren Zöpfen geflochten. Er musterte mich aus den stark gewölbten Gläsern seiner Brille. »Ich möchte etwas kaufen«, sagte ich. Er verschwand im Dunkeln seiner Werkstatt.

Nur eine Kerze brannte. Es roch intensiv nach Holz und Farbe. Jetzt sah ich, daß unter der dunklen Decke des Raumes ganze Vogelschwärme schwebten. Der Alte setzte sich auf einen Schemel, hielt ein rohes Stück Holz direkt unter seine Augen und begann, mit einem Messer daran zu arbeiten. Es war unvorstellbar, daß er bei diesem schlechten Licht und ohne andere Hilfsmittel, nur mit einem Messer, diese Meisterwerke zu schaffen vermochte. Seine hölzernen Tiere schienen zu leben. Jeden Augenblick erwartete ich, die Möwen, die über mir in der warmen Luft des Petroleumofens kreisten, schreien zu hören.

In einer der Ecken stand ein Mensch. Ich erschrak, denn ich glaubte, er würde zuschlagen mit dem Tomahawk, den er in der erhobenen Faust trug. Doch es war eine hölzerne Statue, ein Häuptling in vollem Schmuck. Die Lederkleidung, die er trug, war zweifellos echt, das Gesicht mit seinen tausend Runzeln so ausdrucksvoll, daß es schwerfiel, ihn als Meisterwerk der Schnitzkunst zu sehen.

»Was kostet er?« fragte ich, wobei ich auf die Figur zeigte. Der Alte sah mich an. In seinen Brillengläsern verdoppelte sich die Kerzenflamme. Dann senkte er den Kopf und arbeitete weiter. Ich griff eine Möwe über mir und machte sie los von der Schnur. Dann hielt ich sie dem Schnitzer hin.

»Zehn Dollar«, sagte er diesmal. Seine Stimme klang erstaunlich jung. Ich legte einen Greenback auf seinen Arbeitstisch. »Der Häuptling da ist nicht zu verkaufen?«

Er schüttelte den Kopf.

»Ich nehme an, Gutty hat ihn bestellt. Oder?«

Er blickte mich aus kleinen Augen an. Dann kam er näher, das lange Messer in der Hand. Er hob es und fuhr damit durch die Luft. »Geh, Fremder«, sagte er. »Wir mögen hier keine Weißen, die zuviele Fragen stellen.«

Ich ging. Was blieb mir auch anderes übrig.

Zurück im Campingwagen hängte ich den Vogel am Fenster auf. Es regnete unaufhörlich. Strichätzung am Fenster, immer wieder in anderen Mustern. Die Jamesinsel grau, der Ozean wie ein Fischleib schuppig gemustert. Es dauerte nicht lange, bis ich im Sitzen einschlief.

Als ich erwachte, schien die Sonne. Sie stand bereits sehr tief über der Bucht. Samantha war immer noch nicht da. Vielleicht war sie abgereist. Ich ging ins Bad. Da lag ihre Plastiktasche mit den Schminksachen. Ich schöpfte Hoffnung, ja, ich hatte sogar Sehnsucht. Sehnsucht nach ihrer Nähe, denn sie war hier der einzige Mensch, der meine Sprache sprach.

Plötzlich spürte ich meinen Hunger, aber ich hatte wenig Lust, von den Sachen zu essen, die noch im Kühlschrank waren.

Draußen hörte ich ein Auto vorfahren.

»Samantha, endlich, meine Frühstücksbraut«, flüsterte ich.

Als ich hinausging, sah ich ihn. Er saß in einem alten, verbeulten, weißen Cadillac von ungeheuerlichen Ausmaßen. Die Tür des Wagens stand offen. Der Motor lief. Er trug einen taubenblauen Anzug und hatte die Haare gewaschen und locker gekämmt. Er glich einem Dorfbeau, der die Dame seines Herzens zur Tanzstunde abholt. Vielleicht hatte er sich so ausstaffiert, weil heute Sonntag war. Vielleicht war er in der Kirche gewesen. Ich konnte ihn mir sehr gut vorstellen, wie er in der ersten Bankreihe kniete und seine Sünden bereute, um frei für neue zu sein.

Ich blieb zögernd stehen, mitten auf der Straße. Eine große, graue Katze strich mir um die Beine.

»Komm, mein Freund«, sagte er.

Ich stieg ein. Er lächelte mir zu, legte zur Begrüßung eine Hand leicht auf meine Schulter. Er roch penetrant nach Haarwasser oder Aftershave.

»Warum hast du das getan?« sagte ich. Ich wußte, daß die Frage überflüssig war wie ein Kropf.

»Ich habe ihr einen Dienst erwiesen. Sie mag Indianer nicht. Jetzt kommt sie besser klar mit ihren Vorurteilen.« War das nicht Ironie?

Wir fuhren los, immer den Fluß entlang ins Innere des Landes. Ich kannte die Strecke. An der Kreuzung, wo es nach Forks ging, bog er links ab. Auf der anderen Flußseite fuhren wir wieder Richtung Westen. Es war klar, wohin Gutty mit mir wollte. Rialto Beach.

Er sagte kein Wort. Er lächelte nur zufrieden. Nach ungefähr fünf Meilen lichtete sich der Wald. Wir hielten auf dem Parkplatz direkt an der Bucht und stiegen aus. Diesmal waren wir nicht allein, vielleicht weil Wochenende war. Einige Autos standen da, und dann sah ich auch Spaziergänger, verschwommene Gestalten im Gischtnebel, die vagen Silhouetten der Toten am Ende der Welt.

»Komm«, sagte er, »hier sind zuviele dumme Blicke, die den Ort entweihen.«

Wir kletterten über die Stämme zum Strand hinab und gingen Richtung Norden. Gutty ging sehr schnell. Auf seiner linken, der Brandung zugewandten Seite verfärbte sich sein Anzug von der Nässe. Er schien sich so ungeeignet wie nur möglich gekleidet zu haben.

Am Ende der Bucht gab es eine Barriere aus Stein, eine Art Kap, das sich weit in die kochende See vorschob. Der Weg über Land war durch steile Felswände versperrt.

»Dieser Ort hier heißt ›hole in the wall‹«, sagte mein Führer. »Du siehst, warum?« Er deutete auf eine ovale Öffnung in der

Flanke des Kaps. »Wir müssen da durch, und zwar schnell, ehe es zu spät ist.« Er ging voran, tastete sich über vom Wasser überspülte Felsplatten, hielt sich an Seetangbüscheln fest. Ich tat es ihm nach. Wir wurden beide bis zu den Hüften naß.

Das Loch war mannshoch, seine Wände aus wulstigem, glatt poliertem Gestein, das rötlich schimmerte zwischen den zottigen Seetangbüscheln. Wellen spülten hindurch. Vor und zurück. Während eines Wellentales lag der Boden des Tunnels frei. In einem solchen Moment rannte Gutty hindurch. Ich paßte das nächste Wellental ab und folgte ihm.

Eine weit ausschwingende Bucht öffnete sich vor unseren Augen. Sie glich Rialto Beach. Steiniger Strand, gewaltige Baumskelette. Wir waren allein.

»Man kann nur bei Ebbe hierher«, sagte mein Führer. »Bei Flut ist es unmöglich. Das Tor ist dann von Brechern verrammelt. Deswegen sind wir auch allein. Die Leute, die sich bis hierher getraut haben, sind rechtzeitig zurückgegangen.«

»Und wir? Wie kommen wir zurück?«

Er lächelte. »Überhaupt nicht. Wir gehen nach Norden.«

»Wohin willst du?«

»Ans Ende der Welt.«

»Warum?«

Es fiel mir nicht auf, wie töricht ich fragte.

»Vielleicht wollen wir jemanden besuchen. Vielleicht finden wir sogar Death-Bringing-Woman. Sie würde dir bestimmt gefallen, Kojote.«

»Wir haben aber doch nichts dabei. Nichts zu essen, nichts zu trinken. Und wie sollen wir bei diesem Wetter in dieser trostlosen Gegend übernachten, kannst du mir das vielleicht erklären?«

»Wir haben alles, was wir brauchen. Frieren wirst du nicht, wenn du begreifst, daß die Kälte in dir ist und nicht draußen, du wirst auch keinen Hunger haben und keinen Durst, wenn du begreifst, daß das bloße Ablenkungsmanöver deines Körpers sind. Es gibt hier nur eine Gefahr, die Bären und die Cougars. Aber dagegen habe ich das.«

Er griff in seine Anzugjacke und holte einen großen Trommelrevolver hervor. »Leider hilft er nicht gegen böse Geister.« Er steckte die Waffe wieder ein und ging mit großen Schritten voran.

Ich trottete hinter ihm her und versuchte mich auf den Gedanken zu konzentrieren, daß die Kälte nur in mir war und nicht draußen. Ich kam mir wie Robinson vor, der sich seinem Freitag anvertraute, nachdem er begriffen hatte, daß dieser viel mehr von dem wußte, was wir zivilisierten Leute mit dem vagen Begriff Natur umschreiben.

Gutty drehte sich kein einziges Mal um. Ich mußte mich anstrengen, ihm auf den Fersen zu bleiben. Manchmal verließ er den Strand und kletterte die Klippen hoch. Dann ging es ein Stück in den Regenwald hinein, auf kaum sichtbaren Pfaden. Graue, zottige Haare bedeckten die Zweige über uns. Sie sahen wie die Arme von uralten Orangs aus. »Dies ist der alte Weg zu den Ozette«, erklärte mein Führer. »Hier ist mein Stamm oft in den Kampf gezogen gegen diese Fremden, die vor langer Zeit aus dem Norden eingewandert sind und die immer Eindringlinge geblieben sind bis auf den heutigen Tag. Frierst du?«

»Nein«, sagte ich. »Die Kälte in mir ist genauso groß wie draußen.«

Er nickte. »Dann können wir eine Pause machen.«

Wir setzten uns eng nebeneinander auf einen umgestürzten Baumstamm. Zwischen den Bäumen sahen wir das Meer. Die Sonne ging unter, und die Behaarung der Stämme und Äste schimmerte rot. Die Affen waren plötzlich jung, und ich hörte sie durcheinanderschwätzen, ein ewiges japsendes und keifendes Gerede, Stöhnen und Kreischen dazwischen. Der

Wind bewegte die Kronen, und das Holz jammerte in einem fort.

»Ein schöner Ort, und ein schöner Moment zum Sterben«, sagte Gutty Floy. Er holte den Revolver heraus und drehte die Trommel durch. Dann hielt er ihn mir an die Schläfe. Ich rührte mich nicht. Aber ich schloß die Augen. Da war sie wieder, die Schwärze, die man sehen konnte, weil sie mehr ist als das bloße Fehlen von Licht. Von der Mündung der Waffe ging sie aus, sie floß in mich hinein wie Tinte. Ich hörte überlaut das Affengeschwätz, das Brandungsrauschen, die Schreie der Möwen, den ruhigen Atem des Mannes neben mir. Meine Gedanken hörten auf, begrenzt zu sein. Sie zerflossen, als sei die Schale zerbrochen, in der man sie ausgebrütet hatte.

Seine Stimme war so schön wie der Klang eines Instruments, das auf seiner dünnen Holzdecke den Sinn der Worte zum Schwingen bringt. Er rezitierte:

»Fallen der Feder,
rhythmisches Schweben des Unheils,
begraben zu werden im Wogenschaum des Ursprungs,
eben noch sich verzückt aufschwingen am Riff,
zerronnen im stumpfen Gleichmut der Tiefe,
Nichts.
Aufbäumen und Verschollensein im Nichts,
als zufällige Wirklichkeit, stumpfes Wellenschlagen,
das die Leere verschlingt, die unvermittelt sonst
durch ihren Trug beschworen hätte
die Vernichtung in dieser Meere endloser Öde,
in der alles Leben versinkt.«

Ich spürte, wie sich der Druck der Waffe verstärkte, wie sich die Bewegung seiner Hand auf den Lauf übertrug, wie er den Hahn spannte. Kein einziger Impuls war in mir, mich zu wehren, mich zur Seite zu werfen, irgend eine hilflose Gegenmaßnahme zu ergreifen. Dann wieder die Stimme.

»Außer am Himmel vielleicht,
so fern wie Erde und Jenseits sich berühren,
fern der Berechnung, aus ihm abgeleitet,
verallgemeinernd,
je nach Neigung und Senkung des Gefunkels,
bezogen auf einzig und allein
das Siebengestirn des Großen Bären, ein Sternbild
im kalten Vergessen und ewig einsam
und dennoch offenbarend auf leerer
erhabener Würfelfläche
in allmählicher Folge sternenhaft
die vollendete Ordnung der allumfassenden Zahl
erwachend zögernd aufgehend schimmernd
und sich sammelnd vor dem Stillstand
am höchsten heiligen Punkt.
Jeder Gedanke ist ein Würfelwurf.«

Er drückte ab. Das Klicken des Hahns, eine schrille Explosion in meinem Kopf, die meinen Schädel auseinanderriß, mein Gehirn zerfetzte und in die Bäume schleuderte. Leere, nur ein einziger Gedanke noch zwischen den Resten meines Kopfes, ein einziger Gedanke, der durch die geborstenen Knochen aufstieg wie Rauch und sich durch das Geäst der Bäume verflüchtigte. Tod. Welch angenehme Befreiung. Nur muß sich der Vogel erst daran gewöhnen, daß er Schwingen hat, daß die Gitterstäbe des Bauers für immer gefallen sind, daß er sich aufschwingen kann in den Himmel.

Jemand begann unbändig zu lachen neben mir. Er schlug mir auf die Schulter, und ich öffnete die Augen. Sah vor mir zwischen meinen Füßen eine Ameise über Rindenstücke krabbeln, ihre Gliedmaßen koordiniert bewegend, ein Wunder des Lebens, ein Wesen, das von der für es sinnlosen Ausdehnung des Waldbodens offenbar nicht beeindruckt war.

»Du hast dich verdammt gut gehalten, mein Lieber«, sagte Gutty. »Beinahe wie ein Indianer. Man muß dich nicht verloren geben. Du lernst schnell.«

Er schob den Revolver in seine Anzugjacke und holte eine Flasche hervor. »Feuerwasser«, sagte er. »Du hast einen Schluck verdient.«

Er schraubte den Verschluß ab, nahm einen Schluck und reichte ihn mir. Der Whisky floß wie ein Kontrastmittel in mich hinein. Ich spürte ein lustvolles Brennen bis in die feinsten Äderchen meines Blutkreislaufs. Alle Adern zusammen bildeten einen herrlichen roten Baum, der in meinen Füßen wurzelte und seinen Wipfel in meinem Kopf bewegte.

Er nahm die Flasche, verschloß sie und steckte sie ein. »Weißt du, von wem die Verse stammen? Von einem, der mehr von der Sprache der Wale verstand als die meisten Menschen. Ein Mann, der begriffen hatte, daß es auf jeden Klang ankommt, daß jede Silbe gleich wichtig ist, daß man sich niemals wiederholen darf. So wie die Wale sich durch ständiges Verändern ihres Gesanges verständigen. Ein Franzose. Ein Fachmann der Stille, der Pausen zwischen den Wörtern. Mallarmé.«

Wir gingen weiter. Es wurde jetzt schnell dunkel, und Gutty begann, sich nach einem Übernachtungsplatz umzusehen. Es hatte wieder zu regnen begonnen.

Zwischen zwei umgestürzten Baumriesen, in der Nähe der Wurzeln, die sich wie gewaltige Kraken mit ihren Fangarmen umklammerten, gab es so etwas wie eine höhlenartige Vertiefung, in die wir krochen.

Es roch nach Pilzen und vermodernder Rinde. Der Boden war moosig und weich. Wir lagen so eng zusammen wie ein Liebespaar. Gutty legte den Arm um mich und sagte »Gute Nacht«.

Mir fielen die Augen zu wie einem Kind in der Nähe der Mutter.

22

Ich kam in ein Haus, das groß war und leer. Keine Möbel darin, keine Teppiche. Auf die Wände der Zimmer waren Landschaften gemalt. Schöne Mittelgebirgslandschaften, wie ich sie aus Deutschland kannte, von meinen Reisen den Rhein aufwärts. Sanfte Hügel, Wälder mit Lichtungen, Sandwege, Wiesen voller Blumen, von Bächen durchschnitten. Es war Sommer. So täuschend echt war alles gemalt, daß man glauben konnte, mitten in dieser Natur zu sein. Doch ich war in einem Haus, dessen Fenster verschlossen waren. Auch sie waren bemalt, aber wenn man genau hinschaute, sah man die feinen Linien ihrer Rechtecke. Ich wollte eines öffnen, obwohl ich Angst davor hatte. Ich fürchtete, daß der Blick nach draußen schrecklich sein könnte, mörderisch, auf eine kalte Totenlandschaft gerichtet. Lange stand ich so in der warmen Sommersonne, hörte die Lerchen und die Nachtigallen, das Summen der Insekten. Meine Hand streckte sich aus und berührte das Fenster, ein täuschend gemaltes Stück blauen Himmels, mit einer blendend weißen Quellwolke darauf. Ich ertastete endlich den blauen Knauf, mit dem sich das Fenster öffnen ließ, nahm ihn zwischen Daumen und Finger und zog daran. Der Himmel gab nach, ein schmaler dunkler Streifen entstand, aus dem ein eisiger Luftstrom pfiff. Ich hörte ferne Schreie, die erbärmlich klangen. Todesschreie. Ich stieß das Fenster wieder zu und warf mich auf den Boden. So lag ich da im weichen Gras und schlief ein. Es war wirklich kalt, als ich aus meinem Traum erwachte. Regentropfen rannen aus Wurzelfäden über mir. Gutty war fort. Ich rappelte mich auf und kroch aus der Baumhöhle. In einiger Entfernung sah ich ihn am Strand, wie er Turnübungen machte, die Arme kreisen ließ, Kniebeugen machte. Sein nackter, muskulöser Oberkörper war gerötet vom Salzwind. Ich sah, wie stark er war.

Ich rannte zu ihm, riß mir Jacke, Pullover und Hemd vom Leib und imitierte seine Übungen. Er lachte. »Kleiner Bruder«, sagte er, »allmählich gefällst du mir. Schade, daß du keine Frau bist. Ich könnte mich für Kojote halten.«

Wir zogen uns an und gingen weiter am Strand entlang, Bucht für Bucht. Das Wetter besserte sich. Die Sonne kam durch. Gegen Mittag verspürte ich einen mörderischen Hunger. Gutty gab mir ein paar Rindenstückchen und ließ sie mich kauen. Es schmeckte bitter, aber es half. Der Hunger verging.

Dann führte der schmale Pfad ins Landesinnere. Nach einer Weile kletterte Gutty auf einen Felsen. Er wies mit ausgestrecktem Arm nach Osten. Als ich oben war, sah ich es liegen, ein unirdisches, blaues Auge, das ohne zu blinzeln in den Himmel starrte. Basiliskenauge mit zwei schwarzen Pupillen. Zwei kleinen Felsinseln mitten in der klaren, tiefblauen Fläche.

»Lake Ozette«, sagte Gutty Floy. »Der ganze Stolz dieses Stammes.« Er spuckte verächtlich aus. »Sie haben immer ihr kleines Meer dem großen vorgezogen. Süßwasserfische. Süßwasserseelen. Du hast auch eine Süßwasserseele.« Er sah mich mit einem leichten Anflug von Verachtung an.

»Hast du deine Vision schon gehabt?«

Ich erzählte ihm von meinem Traum. Er nickte. »Das war

keine echte Vision. Dein Traum hat dir erzählt, daß du ein Stubenhocker bist. Du mußt dich für einen Weg entscheiden. Willst du leben oder nur so tun?«

Er sprang den Fels hinab. Ich folgte ihm. Als ich ihn eingeholt hatte, fuhr er fort: »Dein Vater hat dir den Gefallen getan, rechtzeitig zu sterben. Ich hatte es nicht so gut. Ich mußte mir selber helfen. Verstehst du, was ich meine?«

Er brachte sein Gesicht ganz nahe an meines. Es war ein Falschgesicht von groteskem Minenspiel. Trauer, Haß, Liebe, Verzweiflung, alles schien darin miteinander zu kämpfen. »Ich habe ihn lange gesucht, und als ich ihn gefunden hatte, habe ich ihn getötet. Zwanzig Jahre habe ich gebraucht, bis ich ihn hatte. Er war Waltöter. Er kannte die Kunst, den Orca mit seiner Stimme zu rufen, um ihn mit einem einzigen Messerstich in den Nacken zu töten. Genauso habe ich ihn auch getötet. Deshalb habe ich diesen Schnitt über die Nase. Den Vater töten bedeutet, den Wal töten, der einen verschluckt hat. Das ist die Geschichte von Jonas, wie sie in der Bibel steht. Eine dunkle Geschichte. Man versteht sie erst, wenn man begreift, daß der Wal Gott ist, der seinen Sohn gefressen hat. Kapierst du? Jonas hätte sich nicht ausspeien lassen sollen, er hätte den Wal von innen erstechen sollen. Dann wäre er frei gewesen.«

Er begann, schneller zu gehen. Der Pfad ging am See entlang. Ich sah, wie klar das Wasser war, und ich sah Fische, Schwärme von ihnen, deren Bäuche silbern aufblitzten, wenn sie die Richtung änderten.

Wunderbarerweise wirkte sein Anzug inzwischen wie frisch gereinigt und gebügelt. Offensichtlich war er aus einem knitterfreien Kunststoff.

Wir folgten dem Westufer des Sees und dann einem Fluß, bis wir schließlich in eine Siedlung kamen. Sie glich der von La Push. Auch hier gab es eine Polizeistation, eine Ansammlung von Touristenhütten, Parkplätze, Boote, ein Tribal office, einen kleinen Supermarkt und eine Bar.

»Das Reservat der Ozette ist größer als unseres, aber es ist nicht besser dran«, sagte Gutty. Ich hoffte, daß er die Kneipe ansteuern würde, aber er lief noch schneller. Offenbar wollte er mit dem Nachbarstamm nichts zu tun haben.

Bald waren wir allein, und wieder gingen wir in einen Sonnenuntergang. Die Farben am Meer spielten ins Perlmutt, der Abendhimmel glich der Innenseite einer geöffneten Muschel. Ich fühlte mich unendlich müde und zerschlagen. Meine Kehle war ausgetrocknet. Meine Gedanken verwirrt. Ich hatte den Grund meines Hierseins völlig vergessen, auch an Samantha dachte ich nicht. Dieser Indianer neben mir beherrschte mich vollkommen. Er entschied über mein Leben oder meinen Tod, als sei ich sein Sklave.

Wir lagerten auf angeschwemmten Stämmen und sahen dem Sonnenuntergang zu. In der Bucht, einige hundert Meter vom Strand entfernt, erhoben sich zwei steile Seastacks. »Sie heißen Vater und Sohn«, sagte Gutty. »Der Vater ist der Größere. Das scheint ganz normal, nicht wahr?« Er lachte. »Du kannst wählen, auf welchen wir gehen.«

»Wie kommen wir hin?«

»Du stellst unvernünftige Fragen. Es ist nicht so weit, wie du denkst. Wir können schwimmen.«

»Bei der Kälte?«

»Du redest wie ein Buchhalter. Aber sei getröstet. Ich habe auch nicht mehr erwartet. Du hast eben keinen Wahnsinn, jedenfalls nicht den richtigen. Der richtige Wahnsinn ist der, der die höchste Sachlichkeit entwickelt. Der keinen einzigen Fehler macht, der nichts verklärt, nichts bewundert, was nicht bewundernswert ist. Wenn man den richtigen Wahnsinn hat, kann man ohne Skrupel einen Menschen töten, der sein Leben bereits verwirkt hat durch sein Tun oder sein Denken.«

»So redet sich ein Mörder heraus.«

»Du verstehst nichts davon, Kleiner. Du hast bisher nur Seelen getötet. Das macht dich so naseweis. Obwohl es viel verwerflicher ist. Ich töte ausschließlich Körper, deren Seele bereits tot ist. Wie ist es übrigens mit dir? Hast du noch eine Seele?«

Er lachte, wie ich fand, ziemlich schrill. Überhaupt ging er mir allmählich auf die Nerven. Ich fror, und ich hatte Hunger.

»Ich zeige dir jetzt, wie wir zum Vater kommen, ohne allzu naß zu werden.«

Warum begann ich nicht zu schreien? Warum gehorchte ich in allem? Warum blieb ich so ruhig, so dankbar für jede Erklärung, jeden Wink? Ich war ein Tourist und hatte einen eigenartigen Fremdenführer. Ich bückte mich und hob einen Stein auf und schleuderte ihn, so weit ich konnte. Gutty Floy nahm einen viel größeren Stein und schleuderte ihn noch weiter. Dann ging er zum Waldrand und winkte mir. Ich trottete ihm nach. »Ich werde dich umbringen«, flüsterte ich. »Irgendwann, bald, werde ich dich umbringen.«

Er stand vor einem großen Haufen Treibholz, als ich ihn erreichte. Es sah nicht so aus, als ob Meer und Wind die Balken und Stämme hier zusammengetragen hätten.

»Hilf mir mal«, sagte er. Er begann, Stück für Stück den Stapel abzutragen.

Ich packte mit an, legte meine ganze Wut in die Kraft meiner Arme. Er lachte. »Du willst mir wohl beweisen, daß du für einen Stadtmenschen erstaunlich gut zuzupacken verstehst.« Bei nichts ließ er mir eine Chance. Er war immer einen Schritt voraus.

»Vielleicht bist du mein Vater«, murmelte ich, »und ich sollte dich umbringen.«

Ein großer Gegenstand kam zum Vorschein. Ein Kanu, eines jener alten Boote aus einem ausgehöhlten Zedernstamm, grau und grob behauen, mit einem hohen Vordersteven, der in einen Tierkopf auslief. War es Kojote, der hocherhobenen Hauptes seinen Blick in Fahrtrichtung hielt, wenn das Boot unterwegs war?

»Es ist schwer«, sagte Gutty. »Wir werden morgen früh versuchen, es zu Wasser zu lassen. Heute nacht können wir darin schlafen. Aber vorher will ich dir noch etwas zeigen. Da gibt es einen alten Freund von mir, dem ich Gute Nacht sagen möchte. Laß mich bitte eine halbe Stunde allein. Dann wirst du sehen, was geschieht.«

Bis heute frage ich mich, welche Drogen er nahm, um in dem Zustand zu sein, in dem ich ihn dann erlebte. Ich selbst wartete am Ufer, saß auf den Steinen in der Nähe der auslaufenden Wellen, die heute ruhiger waren als sonst. Auch ich war ruhiger geworden. Die Schönheit des Abendhimmels, der sich in immer tieferes Rot verfärbte, besänftigte meine Gefühle. »Vater« und »Sohn« standen einträchtig nebeneinander dort draußen, schwarze, hochgewachsene Männer mit Kapuzen über den Köpfen. Sie kehrten mir den Rücken zu, blickten unbewegt zum Horizont, wo die Sonne zischend in einer Lache aus flüssigem Metall versank. Dann erwachten die Farbenspiele am Himmel, mit denen der Untergang des Gestirns gefeiert wurde. Die lila und grün irisierenden Gewänder, mit denen sich kleine Wolken schmückten, die schwarzbraunen Mulden dazwischen, in denen die ersten Sterne aufgingen wie Sumpfdotterblumen auf moorigem Grund.

Plötzlich hörte ich unmenschliche Laute, in Schreie zerberstendes Heulen, gurgelnde Laute, als würde jemand erdrosselt. Und dann sah ich ihn. Er kam vom tiefschwarzen Waldrand, nackt rannte er über die Steine, stürzte und fiel zu Boden. Er rappelte sich auf, den Blick verstört, Speichel lief ihm vom Kinn, er schrie, wie ich noch nie einen Menschen habe schreien hören. Ein Jaulen wie von Hundewelpen, hoch, aber viel durchdringender. Er stürzte zum Strand, warf sich am Rand des Wassers hin, schrie und schrie, tauchte den Kopf in die auslaufenden Wellen, kroch weiter, wurde völlig überspült. Als er wieder auftauchte, schrie er immer noch.

Dann versank er in Trance. Er lag da wie einer dieser Stämme von Rialto Beach. Ich wollte ihn aufheben, ihn stützen, aber er war so schwer wie Blei. Schließlich erhob er sich auf die Knie und deutete dorthin, wo die Feueresse des Sonnenuntergangs immer noch ihr Messinglicht verströmte. Und ich sah dieses große schwarze Schwert, das im rotgefärbten Wasser steckte. Ich sah, wie es näher und näher kam.

Gutty Floy begann wieder zu schreien, diesmal mit menschlicher Stimme. »It's six o'clock, it's a trick«, schrie er wieder und wieder. Dann drehte er mir das Gesicht zu und sagte: »Das ist alles, was die dummen Menschen ihm beigebracht haben, it's six o'clock, it's a trick.«

Er stürzte sich in das Wasser und kraulte dem Wal entgegen. So viel wußte ich schon, daß diese Form der Rückenflosse zu einem männlichen Orca gehörte. Zwei Meter aufragend, wirkte sie tatsächlich wie ein Schwert, das mit ungeheurer Kraft durch die Luft schnitt, wenn der Wal sich bewegte, tauchte, auftauchte, seine Kreise zog.

Jetzt hatte der Schwimmer ihn erreicht. Beide schienen miteinander zu spielen. Der Orca sprang, ich sah ihn in voller Länge, die vielleicht zehn Meter betrug. Dann tauchten beide. Das Meer schloß sich. Kleine schwarze Wellen markierten die Stelle, wo sie verschwunden waren. Es dauerte lange, während ich fröstelnd dastand und wartete. Unmöglich konnte ein Mensch so lange ohne Luft auskommen.

Plötzlich schoß das Tier wie ein Torpedo aus der Tiefe. Gutty hing an seinem Hals wie ein Rodeoreiter, lange Kelpsträhnen bedeckten beide Leiber. Ich hörte Stimmen, ein weinerliches Jaulen, »it's six o'clock, it's a trick«.

Dann tauchten sie wieder. Diesmal blieben sie nicht so lange unten. Der Wal drehte sich wie ein Kreisel, sein Penis schlug das Wasser wie eine Peitsche. Gutty war bei ihm, ließ sich unter Wasser drücken, dann in die Luft hochwerfen. Ein Spielzeug.

Das Schauspiel endete abrupt. Der Orca tauchte, und wenig später sah ich die hohe Rückenflosse im lilafarbenen Wasser davonziehen. Gutty Floy schwamm auf mich zu, sein Gesicht ein schwach leuchtender Mond. Die Nacht war so schnell hereingebrochen, daß das Meer wie Tinte aussah und der Himmel von der Milchstraße gegürtet. Gutty aber schien ein griechischer Gott, der dem Meer entstieg, ein Tritone, mit grünem Seetang im Haar, die Muscheltrompete in der Hand, ab den Hüften ein Delphin, der direkt aus den goldenen Palästen der Tiefe kam, wo er mit Poseidon, seinem Vater, und seiner Mutter Amphitrite wohnte.

Er schlang die Arme um mich. Ich fühlte seine Erschöpfung. Er zitterte, und er roch intensiv nach Fisch.

»Hast du es gesehen?« stammelte er. »Er ist mein Freund. Wir lieben uns. Er hat mir alles erzählt, was er weiß, und ich habe ihm Geschichten erzählt, die seine Meinung von den Menschen nicht gerade verbessern.«

Wir gingen zum Kanu. Gutty zog sich an. Dann holte er die Flasche und seine Pfeife hervor. Er trank und rauchte, und auch ich trank und rauchte. Am Himmel fiel ein samtener Vorhang. Die Sterne verschwanden, und Wolken zogen auf.

»Wie hast du nur so lange unter Wasser bleiben können?« fragte ich.

»Er gibt mir Luft, aus seinem Blasloch. Möchtest du jetzt eine Geschichte hören? Mein Freund hat sie mir vorhin erzählt.«

»Ja«, sagte ich.

»Ein bleicher Himmel vergeht mit den Wolken über der in

Altersschwäche dahinsiechenden Erde. Die zerfaserten Reste des in Sonnenuntergängen verbrauchten Purpurs entfärben sich in einem Fluß, der in Strahlen und Wasser gegraben am Horizont schläft. Die Bäume langweilen sich, und unter ihrem grau bestäubten Laub – mehr vom Staub der Zeit bedeckt als von dem der Wege – erhebt sich ein großes Zelt. Es ist das Zelt des Schaustellers des Vergangenen. Laternen warten auf die Dämmerung und beleuchten die Gesichter einer unglücklichen Menge, krank von einer unsterblichen Seuche und den Sünden von Jahrhunderten, trächtig von Früchten des Elends, mit denen die Erde untergehen wird. In das unruhige Schweigen all der Augen, die dort unten die Sonne beschwören, das verzweifelt wie ein Schrei ins Wasser taucht, tönt plötzlich diese einfältige Anpreisung: ›Kein Bild gibt euch einen Vorgeschmack des Schauspiels des Inneren, denn kein Maler ist imstande, auch nur einen traurigen Schatten davon zu vermitteln. Ich zeige in diesem Zelt, durch erhabene Wissenschaften über Jahrhunderte erhalten, eine lebendige Frau von ehedem. Eine Verrücktheit, ursprünglich und unbefangen, eine goldene Ekstase, ein Etwas – ich weiß nicht was! –, das sie ihr Haar nennt, schmiegt sich weich wie Seide um ein Gesicht, in dem die blutige Nacktheit der Lippen leuchtet. Statt prunkvoller Gewänder zeigt sie ihren nackten Leib. Und die Augen, gleich seltenen Edelsteinen, strahlen schwächer als ihr seliges Fleisch: Brüste, zum Himmel gerichtet, geschwellt von ewiger Milch, glatte Schenkel, die das Salz des ersten Meeres bewahren.‹

Indem sie an ihre armseligen Frauen denken, kahl und kränklich und häßlich, drängen sich die Männer herein ins Zelt: Und auch sie – die Traurigen – wollen ihre Neugier befriedigen.

Nachdem alle das edle Geschöpf betrachtet haben, Überbleibsel einer verwerflichen Epoche, bleiben die einen gleichgültig, denn sie werden nicht die Kraft aufbringen zu begreifen, aber die anderen werden sich tiefbetrübt anblicken mit von Tränen der Resignation feuchten Lidern; indessen fühlen die Dichter jener Zeit, wie ihre erloschenen Augen wieder glänzen, und sie werden zu ihrer Lampe zurückkehren, einen Augenblick lang trunken von wirrem Ruhm, überwältigt vom Rhythmus der Sprache und vergessend, daß sie in einer Zeit leben, die das Leben der Schönheit überdauert hat.«

Er schwieg, klopfte die Pfeife aus und legte sich der Länge nach in das Boot. Ich legte mich so hinein, daß sich unsere Füße berührten. So brachen wir auf in den Schlaf. Ich dachte an Samantha und stellte sie mir als jene Schöne aus dem Zelt des Schaustellers vor.

23

Ich mußte die ganze Nacht von dem Gefühl beherrscht gewesen sein, mit ihm zusammen in diesem Boot über die Meere zu fahren. Euphorie und leichte Symptome einer Seekrankheit mischten sich in mein Erwachen. Gleichzeitig mit mir erwachte Gutty. Er sprang aus dem Kanu und verrichtete seine Turnübungen. Ich tat es ihm nach, und diesmal war es mir überhaupt nicht peinlich.

Dann gingen wir ans Werk. Das Kanu war in der Tat so schwer, daß wir es mit vereinten Kräften nur wenige Zentimeter voranbrachten. Gutty sagte, ich solle möglichst viel Kelp sammeln. Ich ging zum Wasser und schleppte Tang herbei. Ich mußte ihn in einer schmalen Bahn über die zahllosen runden Steine legen und so einen Weg vom Boot zum Meer polstern. Gutty hatte zwei lange, kräftige Hölzer besorgt, die wir als Hebel unter den Bootskörper schoben. Wir arbeiteten hart und schweigsam. Schließlich hatten wir es am Wasser, und als die ersten Wellen den Bug mit der Galionsfigur anhoben, schoben wir das Kanu an und sprangen hinein. Gutty saß hinten. Beide hielten wir Paddel in den Händen.

Glücklicherweise hatte ich mir vor längerer Zeit auf einem finnischen See in einem Kanadier die ersten Paddelkünste beigebracht. Ich blamierte mich also nicht allzusehr, obwohl Gutty die eigentliche Arbeit tat und durch kräftige

Paddelschläge die Wellen so anschnitt, daß wir kaum Wasser übernahmen.

Die Fahrt dauerte nicht lange. Fast mühelos erreichten wir den steinigen Strand auf der Leeseite des Seastack, der »Vater« hieß.

Wir zogen das Boot an Land und umkreisten auf dem schmalen Schuttgürtel den steinernen Obelisken, der vielleicht zehn Meter im Durchmesser maß und über fünfzig Meter hoch sein mochte. Er schien mir unbesteigbar, aber Gutty wußte es besser. »Hast du Höhenangst?« fragte er. Ich nickte betreten.

»Das habe ich mir gedacht. Du bist der typische Fall. Eine Folge von Selbstüberschätzung. Ich werde dir zeigen, wie man damit fertig wird.«

Er kletterte auf einen großen Felsblock, der vom »Vater« herabgestürzt war. Dann schloß er die Augen, ging ein wenig in die Knie, federte mit den Beinen auf und ab und bewegte die Arme wie Schwingen. »Du mußt dir ganz fest vorstellen, ein Vogel zu sein. Stell es dir bis in die Spitzen deiner Finger vor und ahme den Schrei der Möwe nach.« Tatsächlich imitierte er diesen Laut.

Ich war mir nicht sicher, ob dies nicht wieder einer seiner Versuche war, sich über mich lustig zu machen.

Aber ich tat alles genauso, wie er es gesagt hatte. Ich ruderte mit den Armen, gab kreischende Schreie von mir. Dabei spürte ich den Seewind, roch den intensiven Kelpgeruch, hörte Gutty Beifall klatschen. Als ich die Augen wieder öffnete, fühlte ich mich stark und sicher. Ich sprang von dem Felsblock herunter und folgte meinem Freund, der bereits einige Meter die fast senkrechte Flanke des Seastack emporgeklettert war. Er bewegte sich wie eine Eidechse, schien am Stein förmlich zu kleben, während er sich vorwärtsschob, Ritzen und winzige Vorsprünge mit Zehen und Fingern als Haltepunkte nutzend. Gutty kletterte barfuß – er hatte sich seine zusammengebundenen Schuhe um den Hals gelegt –, und ich tat es ihm nach. »Schau nicht nach unten«, sagte er. »Immer nach oben. Schau auf mich, dann wirst du es schaffen.«

Sein Rat war mehr als begründet. Einmal ließ ich ihn ganz kurz außer acht, sah einem Stein nach, den ich losgetreten hatte, und sofort spürte ich die Angst wie einen Schraubstock um meine Kehle.

Gutty wartete an Stellen, die etwas mehr Halt boten, auf mich, ließ mich dort verschnaufen, klopfte mir auf die Schulter, redete mir zu. So freundlich hatte ich ihn noch nie erlebt.

Ich weiß nicht, wie lange wir brauchten. Je höher wir kamen, um so heftiger schlug mein Herz. Alles schmerzte, meine Beine, meine Arme. Ich hatte mir das Kinn aufgeschrammt. Mein Atem ging flach und schnell. Ich preßte mich, so fest es ging, an den Felsen, um so ein Abrutschen zu verhindern. »Versuche den Möwenschrei«, hörte ich ihn rufen. Ich schrie, völlig verkrampft und kläglich, aber es half tatsächlich.

Endlich hatte Gutty den Gipfel erreicht. Er verschwand für einen Augenblick. Sofort steigerte sich meine Angst so, daß ich nicht weiterkonnte. Aber dann sah ich seinen Kopf vor den ziehenden Wolken, seine Arme, die sich mir entgegenstreckten. Seine Stimme war warm und voller Liebe.

»Komm, Piet, du hast es gleich geschafft, es ist wirklich schön hier oben. Setz den Fuß dort in die Ritze, noch ein bißchen nach rechts, und jetzt drücken, komm, Piet, du bist gleich oben, und schau nicht hinab.«

Ich glaube, er hypnotisierte mich mit seiner Stimme. Mir wurde warm, und ich fühlte mich schläfrig. Vielleicht hätte ich bald losgelassen im Glauben, wirklich fliegen zu können. Aber da packte er mich an den Handgelenken. Mit seiner ungeheuren Kraft zog er mich über die Felskante und schleifte mich ein Stück vom Abgrund weg.

Ich lag auf dem Rücken, blickte in die Wolken, die wie geträumt aussahen. Mich schauderte, aber die Angst verflog. Ich spürte, wie mir Tränen die Wangen herabrannen. Gutty beugte sich über mich, stützte mich hoch und gab mir aus seiner Flasche zu trinken. Es war, als kehrte das Leben in einer Feuersäule in mich zurück.

Ich erhob mich, sah mich um. Das Gipfelplateau war nicht größer als ein Zimmer in meiner Groninger Wohnung. Ein einzelner windwüchsiger Nadelbaum stand in der Mitte. Überall weiße Flecken von Möwenkot, Muschelschalen und leere Krebspanzer. Unterhalb des Baumes eine bemooste Mulde. An mehreren Stellen Vertiefungen im Gestein, in denen Regenwasser stand. Es war erstaunlich lieblich hier, ein magischer Platz, ein ›locus amoenus‹. Die Kulisse rund herum von fast peinigender Schönheit. Einen Steinwurf entfernt der »Sohn«, eine deutlich kleinere Felsnadel ohne Baum, ungefähr einen Kilometer weit weg die Küste, in der Ferne die Schneegipfel und Gletscher des Mount Olympus.

Zur anderen Seite der Pazifik mit seiner breiten, blauen Brust, die sich gleichmäßig hob und senkte. Über uns aufgeregte Möwen, die schreiend protestierten, weil wir sie von ihrem Platz vertrieben hatten.

Die Mulde unter dem Baum bot Windschutz. Wir setzten uns dort nebeneinander. Eine Weile schwiegen wir. »Dies ist die Stelle, an der ich meine Vision hatte«, sagte Gutty schließlich. »Es soll auch dein Ort dafür sein. Ich werde jetzt gehen und dich alleine lassen. Drei Tage und drei Nächte. Du hast lange nichts mehr gegessen. Das sind gute Voraussetzungen. Verdursten kannst du nicht. Es gibt Wasser genug. Am vierten Tag werde ich kommen und dich holen. Dann wirst du mir deine Vision erzählen. Du wirst endlich wissen, was du mit diesem Leben, das man dir lieh, anfangen willst.«

Er stand auf und nickte mir zu. Ehe ich etwas sagen konnte,

war er verschwunden. Ich traute mich nicht zur Felskante, um seinen Abstieg zu beobachten. Aber eine Weibe später sah ich sein Kanu. Er lenkte es mit ruhigen Paddelschlägen zur Küste. Ich sah, wie er es ein Stück den Strand hochzog und dann im Unterholz am Waldrand verschwand.

Jetzt erst begriff ich, in welcher Situation ich mich befand. Ich war unter dem größten Himmel der Erde auf einem winzigen Fleck gefangen. Es gab keine Möglichkeit der Flucht. Niemals hätte ich einen Abstiegsversuch überlebt. Genausogut hätte ich mich in einen Brunnen werfen können.

Eine Weile ging ich im Kreis. Mein Kopf war völlig leer. Ich hatte nicht einmal mehr Angst. Dann legte ich mich wieder in die Mulde, starrte in die weißen Bäuche der Wolken. Die Augen fielen mir zu.

Ich schrak auf, als mich der Schrei einer großen Möwe weckte, die direkt neben mir stand und mich mit schiefgelegtem Kopf ansah. Ich vertrieb sie gestikulierend und laut rufend. Dann kroch ich auf allen vieren zu einer Pfütze und trank. Sogleich fühlte ich mich besser. Ich begann zu kichern. »Du bist Robinson«, sagte ich laut, und meine Stimme klang wie die eines Irren. »Und ich bin Freitag. Schön, daß wir uns haben.«

24

Der Regen pausierte. Tagsüber war es sonnig und recht warm. Nachts schlief ich unter dem Baum. Ich hatte alles verfügbare Moos gesammelt und mir ein bequemes Bett gemacht. Die erste Phase quälenden Hungers hatte ich überwunden. Ich spürte meinen Magen nicht mehr. Die allgemeine Schwäche meines Körpers empfand ich als angenehm leichten Schwips. Ich ging nie näher als bis auf einen guten Meter an den Rand des Plateaus heran. Auf diese Weise gelang es mir, meine Höhenangst einzuschläfern. Nachts band ich mein Handgelenk mit den Schnürsenkeln meiner Schuhe an einer Baumwurzel fest.

Ich wartete auf meine Vision. Die meiste Zeit brachte ich liegend zu, schlafend, träumend, gedankenleer in den Himmel starrend, bis sein Blau umzukippen schien in ein penetrantes Schwefelgelb. Die Möwen gewöhnten sich mehr und mehr an mich. Sie kamen in immer größeren Scharen. Bald war ich inmitten einer regelrechten Kolonie. Überall weiße Federn wie Schnee, gelbe Schnäbel, schwarze Augen. Auch die Vögel rührten sich kaum, standen einbeinig da, wie erstarrt. Vielleicht warteten auch sie auf ihre Vision.

Am meisten dachte ich noch an Samantha. Ich machte mir Sorgen. Wer weiß, was Gutty vorhatte. Und was wäre, wenn er mich hier verhungern ließ? Das war ihm durchaus zuzutrauen. Ich sah immer noch keine Möglichkeit, aus eigener Kraft von hier wegzukommen.

Vielleicht war ich doch inzwischen verrückt geworden. Ich ersann Spiele, um mir die Zeit zu vertreiben. Ich rutschte auf den Knien herum und spielte Möwe. Sah die winzigen Strukturen des Bodens, die Flechten, die Spuren der Erosion wie ein Vogel aus großer Höhe. Ich dachte mir Namen aus für die Ländereien und Seen dort unten, die in Wirklichkeit nur wenige Quadratzentimeter groß waren. Ich redete auch mit mir selbst. Wenige Wörter genügten, um mir Schauer des Staunens über den Rücken zu jagen. Das Wort »Mutter«, es hatte einen wahnwitzigen, trichterförmigen Klang, wie ein Malstrom, der alles in seinen Schlund hinabzog. »Mutter«, »mère«, »mother«, »madre«, »moder«... Ich probierte das Wort in allen mir bekannten Sprachen. Immer der gleiche Effekt, ein Trichter mit einem Schlund am Ende. Dann kroch ich weiter und nahm mir das Wort »Sohn« vor. Es hatte in fast allen Sprachen etwas Kümmerliches, wie der Jammer- oder Klagelaut eines schutzbedürftigen Wesens, das einsam war. »Soohhn...«, ich dehnte es immer mehr. Schließlich liefen mir Tränen die Wangen herab.

Ich hatte kein Zeitgefühl mehr. Ich wurde zweifellos schwächer. Die Farbveränderungen des Himmels und des Meeres nahmen zu. Manchmal war das Meer um mich herum rot wie Blut.

Jeden Morgen legte ich ein Steinchen an den Fuß des Baumes. Mein Kalender. Am vierten Tag wollte Gutty mich holen. Aber er kam nicht. Der fünfte Tag verging. Ich überlegte, ob ich eine der Möwen fangen sollte, um sie zu fressen. Ich hatte keinen Hunger, aber eine grauenhafte Gier, etwas zu vertilgen. Ich kaute auf Holz. Wenn eine Möwe eine Muschel fallen ließ, um so die Schale aufzubrechen, verschlang ich deren rohes, salziges Fleisch. Allmählich wurde mein Wasser knapp. Die Pfützen verdunsteten zusehends.

Am siebenten Tag hatte ich meine Vision.

Ich mußte geschlafen haben. Abs ich erwachte, sah ich eine Gestalt. Sie saß auf dem Gipfelplateau des benachbarten Felsens, des Seastack, den man den »Sohn« nannte. Ich wußte genau, wer es war, aber ich kannte ihn nicht. Das war merkwürdig. War es Gutty? Nein. Diese Gestalt war nicht gedrungen. Sie war schlank. Sie war sehr groß und eher dünn. Die Haare waren länger als üblich. Sie wehten im Seewind. Sein Gesicht konnte man ebenmäßig nennen. Es erinnerte an die frühen Dürerporträts. Es bestand kein Zweifel, das mußte ich einsehen, nachdem ich mich eine Weile dagegen gesträubt hatte. Dieser Mensch dort drüben war ich selbst.

Ich rief, ich schrie, ich drohte mit der Faust. Keine Reaktion. Er rührte sich nicht. Oder vielmehr, ich rührte mich nicht, wenn ich der dort drüben war. Es konnte sein: Ich war der andere da. Und der andere hier war er.

Nach einer Weile legte sich meine Wut, die nichts anderes war als laute Verzweiflung. »Freund«, rief ich, »wenn du nicht antworten willst, dann macht das nichts, dann wirst du deine Gründe haben. Ich verüble dir dein Schweigen nicht. Ich würde auch nicht antworten an unserer Stelle.«

Die Sonne brach durch die Wolken und beleuchtete ihn. Ich sah jede Einzelheit seiner Gestalt. Er lächelte, und seine Augen blickten mich dabei so ruhig an, daß ich es nicht auszuhalten vermochte. Ich wandte mich ab, schaute auf den blauen Ozean hinaus, sein Horizont dort draußen sah aus wie ein Strich unter der Rechnung meines bisherigen Lebens.

Ich hoffte, daß mein Doppelgänger sich inzwischen in Luft auflösen würde. Vielleicht war er nur eine Halluzination, von meinem Hunger und meiner Einsamkeit produziert. Aber als ich mich wieder umdrehte, war er immer noch da. Er hatte die Augen geschlossen und schien im Sitzen zu schlafen.

Mir war vollkommen klar, daß ich dabei war, den Verstand zu verlieren. Wahrscheinlich gehört es zu den Initiationsriten des Wahnsinns, daß man die einzelnen Schritte geistigen Verfalls in besonderer Klarheit, ja intellektueller Nüchternheit wahrnimmt. Man weiß ganz genau, daß man dabei ist durchzudrehen, ja, man ist sogar besonders entspannt und objektiv in solchen Augenblicken.

Ich kann heute nicht mehr sagen, wie lange dieser halluzinogene Zustand anhielt. Ich weiß nur noch, daß ich mein Spiegelbild aus immer größerer Nähe vor mir sah, so als schrumpfe der Abgrund zwischen »Vater« und »Sohn«. Ich sah die Poren seiner bleichen Haut, ich sah die einzelnen grauen Strähnen in seinem sonst dunkelbraunen Haar, ich sah den Schwung seines Mundes, meines Mundes, der immer noch verschlossen war. Doch schließlich öffneten sich die Lippen. Aus seinem Mund kam Gebrüll, schwarzes Gebrüll, immer lauter. Ein vielarmiges Schweigen als Gebrüll. Flügel einer mörderischen Libelle schwirrten über mir, gefräßige Kiefer öffneten und schlossen sich. Ich schrie, aber meine Schreie blieben tonlos in diesem Höllenlärm.

25

Man sagte mir später, daß ich ohnmächtig gewesen sei, daß ich mir jedoch mit schmerzverzerrtem Gesicht beide Ohren zugehalten hätte.

Der Hubschrauber hatte sich dicht über dem Felsplateau gehalten, ein Mann hatte sich abgeseilt und mich hochgebracht.

Die Entfernung bis La Push betrug nicht mehr als dreißig Meilen. Wir waren nur ein paar Minuten unterwegs, aber sie kamen mir unendlich vor, weil Samantha meine Hand hielt und ich mir einbildete, daß es immer so bliebe. »Hast du ihn gesehen? Mich? Den anderen?« flüsterte ich. »Natürlich«, sagte Samantha. »Wir haben ihn mitgenommen für dich, als Andenken. Er ist wirklich perfekt gemacht. Wir wußten erst nicht, auf welchem Plateau wir landen sollten. Aber der andere Piet reagierte nicht auf den Hubschrauberlärm, er saß so stocksteif da wie jetzt.«

Ich drehte mich um, und da sah ich mich sitzen, mit dem unbewegten Gesicht eines Indianers, der eine Vision hat.

Wir landeten auf dem Hubschrauberlandeplatz neben der Schule. Sie luden meinen hölzernen Doppelgänger aus und setzten ihn neben mich. Samantha machte ein Foto.

Es war die Zeit des Fragens und Antwortens. Der örtliche Indianerpolizist war nicht da. Dafür ein Inspektor aus Seattle mit Anhang. Der Mann wirkte kühl und gelassen. Er sagte, daß in ganz Washington, aber auch im angrenzenden Vancouver Island nach Gutty Floy gefahndet wurde. Vielleicht war er über die Strait of Juan des Fuca nach Kanada entkommen.

Ich erzählte von meiner Zeit mit Gutty. Es klang wirr und romantisierend. Ich merkte, wie die Skepsis des Inspektors wuchs. »Ihr Europäer habt einen hoffnungslosen Indianerkomplex«, sagte er. Ich hatte ihn im Verdacht, daß er am liebsten hinzugefügt hätte: »Ihr vermenschlicht sie.«

Ich war noch sehr erschöpft, aber ich hatte einen gewaltigen Hunger. Ich bat Samantha, mit mir zu kommen. Ohne die anderen. Und sie war bereit dazu.

Wir gingen in die »Rough Bar«, und ich bestellte Pfannkuchen. Diese dicken, gelben, schaumstoffähnlichen amerikanischen fliegenden Untertassen des Geschmacks. Und sie schmeckten mir. Dazu trank ich ein Bier, das mich vom zweiten Schluck an benebelte.

»Ich war in Seattle und habe Nachforschungen angestellt«, sagte Samantha. »Gutty hat dort studiert. Romanistik. Er hat sein Studium abgebrochen und eine Weile als Pfleger am dortigen Meeresaquarium gearbeitet. Er war für die Wale zuständig. Er ist auffällig geworden durch sein Benehmen. Er wollte Touristen verbieten, seine Tiere anzusehen. Wir haben außerdem eine neue Spur. Es scheint eine Umweltschützergruppe zu geben mit dem Namen ›Quiet Ocean‹, entsprechend der Gruppe ›Quiet Earth‹. Gutty Floy könnte ihr Anführer sein.«

Ich hatte mein Wissen um Gutty Floys Walstimmenlaboratorium bisher verschwiegen. Irgend etwas hielt mich innerlich davon ab, ihn zu verraten. »Stimmt es, daß in letzter Zeit immer mehr Wale stranden? Ganze Herden, so als ob sie kollektiven Selbstmord begehen?«

Samantha nickte. »Das stimmt. Die Grindwale vor Cape Cod zum Beispiel. Es werden immer mehr. Wie die Lemminge. Wir wissen die Gründe nicht.«

»Das mit den Lemmingen ist eine Legende. Die machen keinen Selbstmord. Nur bei Überpopulation ertrinken sie, wenn sie aus Nahrungsgründen versuchen, Wasserstraßen zu durchschwimmen.« Ich war froh, diesmal über Expertenwissen zu verfügen. »Könnte es nicht sein, daß die Wale stranden, weil ihr Radar nicht mehr stimmt? Weil die akustische Verschmutzung der Meere sie orientierungslos macht?«

Samantha lächelte mich an. »Gutty scheint in dir einen Mitstreiter gefunden zu haben«, sagte sie. »Was hast du jetzt vor?«

»Ich werde mit nach Las Vegas fahren und dich heiraten.«

»Und dann fahren wir nach Mendocino und mieten uns in dem Hotel ein. Und du gehst nachts auf den Balkon, um Sterne zu bewundern, und fliegst davon.«

»Ich möchte noch einmal im Campingwagen übernachten«, sagte ich. »Kommst du mit?«

Samantha schüttelte den Kopf. »Nicht nach dem, was dort passiert ist.«

Wir trennten uns, und ich machte mich zum Campingwagen auf. Es war still drinnen. Keine gute Stille. Irgend etwas tropfte. Ich fand den Mann auf der Sitzbank. Er saß stocksteif da und hatte ein Messer im Nacken. Das Messer hatte eine Blutrinne, und das Blut rann in steten Tropfen in eine große, rote Lache am Boden.

Der Anblick des Toten und seines langsam am Boden gerinnenden Blutes ließ mich endgültig in die Wirklichkeit zurückkehren. Ich fühlte mich kalt und illusionslos. Mich beherrschte nur noch ein Wunsch: diesen Wahnsinnigen, der mich bereits ein Stück in seinen Irrsinn hineingezogen hatte, endlich dorthin zu bringen, wohin er gehörte: in eine Anstalt.

Ich »sicherte« den Tatort, d. h., ich schloß das angekippte Fenster und verriegelte die Tür hinter mir. Dann ging ich zur Polizeistation.

Der gleiche kleine Typ mit Baseballkappe, Holzfällerhemd und Sheriffstern wie damals saß in einer Ecke und starrte auf ein Footballgame, das im Fernsehen übertragen wurde. Mel Noon. Vielleicht war auch er eine Attrappe, eine dieser Meisterleistungen des ehemaligen hiesigen Holzschnitzers.

Er drehte nicht einmal den Kopf zu mir. Also brüllte ich: »Ich habe einen Toten bei mir im Campingwagen.«

Nichts.

»Verdammt, eine Leiche, erstochen, das Messer noch im Nacken. Hey, hören Sie, ein Mann ist umgebracht worden, direkt unter Ihrer werten Nase.«

Nichts. Er nahm die Banane und machte den Ton lauter. Ich blickte zum Telefon, das auf dem Schreibtisch stand. »Kann ich mal eben telefonieren?«

Ich schwang mich über den Tresen und nahm den Hörer ab. Das endlich brachte den Mann in Bewegung. Er schaltete den Fernseher ab und fragte mich, was ich wolle.

Noch einmal erklärte ich ihm, diesmal in aller Ruhe, welchen Fund ich in meinem Campingwagen gemacht hatte. Er ging zu einem Schrank und holte ein Gewehr mit abgesägtem Lauf heraus. Dann zog er den Schirm der Kappe tiefer, nickte mir zu und machte sich auf den Weg. Ich trottete neben ihm her. Drei Köpfe größer und um ebenso viele Köpfe verwirrter.

Ich schloß auf und ließ vor mir Noon eintreten. Das Tropfgeräusch hatte aufgehört. Ein kleiner, schwärzlicher Stalagtit von geronnenem Blut hing von der Wunde herab.

Mel Noon beugte sich über die Leiche. Er bewegte ihren Kopf ein wenig mit der Mündung seines Gewehres zur Seite, bis er das Gesicht sehen konnte.

»Das ist Cippy«, sagte er. »Er war dreimal unser Häuptling. Zuletzt hat er von seinem Messer gelebt. Von diesem da.« Er deutete auf das Messer in Cippys Hals.

»Der Schnitzer vom Hafen?«

Er nickte. »Ja. Cippy ist ein großer Künstler. Er kann Geister ins Holz bannen.«

»Sie müssen sofort Gutty Floy festnehmen. Er ist der Täter.«

Mel Moon schüttelte den Kopf. »Gutty hat nichts damit zu tun. Cippy hat für ihn gearbeitet. Sie waren Freunde.«

»Ich habe Beweise dafür, daß euer Gutty der Mörder ist. Nicht nur von Cippy«, log ich.

»Gutty ist nicht da. Er ist vor einer guten Stunde in seinem Auto weggefahren.«

»Ich welche Richtung?« rief ich, obwohl ich wußte, daß es nur eine Richtung gab, nach Forks, östlich von La Push. »Kann ich ein Auto von euch haben?«

Er schien zu überlegen. Dann nickte er. In diesem Augenblick hörten wir draußen einen ziemlichen Lärm. Automotoren, Bremsgeräusche, dann schlagende Türen, Trillerpfeifen. Es klang, als würde ein Actionfilm synchronisiert.

Ich ging hinaus. Drei große, weiße Polizeiautos standen am Straßenrand. Hünenhafte Polizisten waren dabei, eine Straßensperre zu errichten. An einem der Wagen lehnte Samantha. Neben ihr ein kleiner Dicker mit runder Brille und einem großen Polizeihut auf dem Kopf. Officer Hardy.

»Hallo«, sagte Hardy. »Ich hörte, du warst für ein paar Tage spurlos von der Bildfläche verschwunden. Kaum tauchst du wieder auf, gibt es Ärger.«

»Da drin liegt ein Toter. Cippy, der Schnitzer. Ein weiteres Opfer von Gutty.«

Hardy stiefelte los. Samantha ging neben mir. Sie nahm meine Hand.

»Könnt ihr mal aufhören, im Dienst zu flirten, ihr beiden Turteltauben«, sagte Officer Hardy und grinste, als habe er einen dreckigen Witz gemacht.

Seine Tatortsicherung war professioneller. Blitzlichtaufnahmen, ein Arzt, der den Tod feststellte, ein Zinksarg, der offensichtlich zur Ausrüstung der Truppe gehörte.

Dann gingen sie in breiter Linie die Straße entlang. Hardy und seine kleine Armee. Sie hatten die Waffen gezogen, sicherten die Ecken, huschten über freie Flächen, wie ich es aus zahllosen Western und Kriminalfilmen kannte.

Samantha und ich folgten in gebührendem Abstand. Am Hafen bildeten sie einen lockeren Halbkreis, in dessen Mittelpunkt sich das Häuschen von Gutty Floy befand. Hardy nahm den Handlautsprecher an die Lippen und forderte den unsichtbaren Besitzer auf, mit erhobenen Händen aus dem Haus zu kommen.

Nichts geschah. Nur die Katze, die auf einem der beiden Autositze im Vorgarten lag, hob fauchend den Kopf und stellte den Schwanz auf.

Unvermittelt begann der Angriff. Blitzschnell. Die Männer waren trotz ihrer Kugelwesten ungeheuer beweglich. Zwei warfen sich rechts und links von der Eingangstür auf den Boden, einer kletterte aufs Dach, andere verteilten sich im Garten, einer schlug mit dem Lauf seiner Waffe die Scheibe des einzigen Fensters ein. Er warf etwas hinein, und dann quoll weißer Rauch aus dem Inneren des Hauses. Tränengas. Nichts geschah.

Die Tür wurde eingetreten Zwei Polizisten mit Atemmasken betraten in Schußhaltung mit vorgerecktem Colt das Haus Gutty Floys. Nach einer Weile erschienen sie wieder. Natürlich hatten sie nichts gefunden. Gutty Floy war längst über alle Berge, vielleicht irgendwo im leeren Weltall.

Während sich die Spurensicherungstruppe über das Häuschen hermachte, wobei ich mir vorstellte, wie die vielen Sachen, Geräte, Muscheln, Orcaaugen sie verwirren mußten, lud Officer Hardy mich und Samantha und Mel Noon zu einer Lagebesprechung in der »Rough Bar« ein. Offenbar weil es hier Stühle und Tische gab und etwas Vernünftiges zu trinken.

Man hatte die Tagessäufer bereits nach Hause geschickt. Die Bar war jetzt das Hauptquartier in einer Sache, in der sich die Zuständigkeiten der Indianerpolizei, der Landespolizei und des FBI höchst kompliziert überschnitten. Ich selbst bekam nichts mit von dem Kompetenzgerangel. Hardy leitete die Verhöre. Ich trank einen Kaffee an der Theke, bis ich an der Reihe war.

Officer Hardy war ein wahrer Meister in diesem Fach. Er konnte fragen wie ein Jongleur, der die Drehimpulse eines Tellers nutzt, um ihm Stabilität zu geben. Er fragte immer im Kreise, eine Frage jagte die andere rundherum. Dabei näherte er sich offenbar immer rascher dem Kern der Sache.

Die Indianer, die er verhörte, waren ebenbürtige Meister im Verweigern von Auskünften. Sie jonglierten mit dem Schweigen und dem Hervorbringen von Nebensächlichkeiten.

Schließlich war auch ich dran.

»Bist du diesem Mister Floy gegenüber unvoreingenommen, Piet?« Er schoß diese erste Frage aus der Hüfte. Und dann, ehe ich antworten konnte, sagte er: »Natürlich bist du es nicht. Du möchtest wahrscheinlich Freundschaft von diesem Kerl. Warum möchtest du das?«

»Ich weiß nicht«, stammelte ich. »Er interessiert mich einfach. Er ist ein Psychopath. Aber ein interessanter.«

»Wir sind uns einig, Hieronymus, daß die Menschheit aus graduell abgestuften Psychopathen besteht. Deshalb ist euer Mister Freud auch der beste Drehbuchschreiber der Welt.«

»Wieso unser Mister Freud?«

»Ist er nicht Holländer?«

»Er ist Österreicher!«

»Und ich dachte immer, Österreich sei eine Provinz von

Holland. Naja, von hier aus gesehen sind europäische Länder leicht zu verwechseln, wie du zugeben mußt. Aber kommen wir zur Sache. Was weißt du von Lyrik? Besonders von französischer Lyrik? Dem Spezialfach deines Freundes, als er noch in Seattle studierte?«

Ich erzählte ihm alles, was ich von Mallarmé wußte.

»Sind Wale für dich auch sowas wie die Indianer des Meeres?«

Und so kreiste er weiter mit seinen Fragen um den Kern, der Gutty Floy hieß. Seine Methode des Verhörs war völlig anders als die meine. Ich schweige lieber, er fragte im Kreis. Und ich mußte zugeben, daß seine Methode professioneller war.

Schließlich riskierte auch ich eine Frage.

»Weiß man etwas über seine Motive?« fragte ich.

»Inzwischen ja. Die Sache mit den Immobilien war eine falsche Fährte, wie ich von Anfang an annahm. Das mit den Walgesängen steckte dahinter. Entsinnst du dich an das Plakat, das bei den Doubies hing?«

Ich nickte.

»Die Doubies waren die Agenten einer Band, die nach Guttys Meinung Wallieder entweihte.« Er winkte Samantha herbei, die meinen Platz an der Theke eingenommen hatte und einen Bacardi Tonic trank.

»Sie ist nicht im Dienst. Sie ist jetzt Zeugin«, erläuterte Hardy. »Erklär du es ihm.«

Samantha sagte: »Wir haben in Suijkerbuijks Handgepäck ein Tonbandgerät gefunden. Ein besonders gutes. Eine sogenannte Nagra, wie sie europäische Rundfunkanstalten verwenden. Außerdem einige Unterwassermikrofone. Es waren auch Bänder vorhanden. Wir haben sie abgehört. Alles Walstimmen. Er hat für Sony gearbeitet. Dein Freund war anscheinend gegen jede Vermarktung von Walgesängen.«

»In Guttys Haus gibt es eine komplette Sofar-Station«, sagte ich.

»Wir wissen ferner, daß dein Freund eine Zeitlang am Meereszoo von Seattle gearbeitet hat. Er hat dort Delphine und Orcas betreut. Sein Hobby war die Sprache dieser Tiere.«

»Ich weiß. Samantha hat es mir schon erzählt. Wallinguistik«, warf ich ein. »Die Wale und Mallarmé folgen der gleichen Poetik. Kein abgedroschenes Wort ist erlaubt. Alles ist Gesang, der sich selber singt.« Samantha und Officer Hardy sahen mich etwas ungeduldig an. Mir war klar, daß sie versuchten, meine graduelle Paranoia zu klassifizieren.

»Gutty ist verrückt, aber seine Motive sind logisch«, sagte ich, um von mir abzulenken. »Seit ich hier bin, hat er mindestens viermal gemordet. Was ist übrigens mit Moby Dan und was tut ihr, um Mister Floy zu fangen? Und was ist mit Suijkerbuijk oder vielmehr seiner Leiche? Habt ihr die Suche danach schon aufgegeben?«

»Moby Dan hielt sich für eine Art Ahab«, sagte Samantha, »er hatte zwar kein Holzbein, aber er litt unter Verfolgungswahn. Er muß diesem Gutty gegenüber damit geprahlt haben, daß er Waltöter sei. Wir wissen allerdings nicht, ob Moby Dan nicht doch eines natürlichen Säufertodes gestorben ist.«

»Ich habe noch etwas gefragt.«

Officer Hardy nahm die Brille ab und lächelte mich aus kleinen Schweinsäuglein an. »Wir wissen schon, was wir tun. Es gibt einen Fahndungsruf, es wird Steckbriefe geben, das übliche. Alles ist nur eine Frage der Zeit. Solche Psychopathen wie dieser Floy sind zwar hochintelligent, sie machen aber irgendwann einen entscheidenden Fehler, weil sie eitel sind. Jetzt komme ich zu etwas anderem, Piet. Du bist hier nur als Tourist.«

Wieder eine Feststellung wie aus der Hüfte abgeschossen. Sie traf ziemlich genau.

»Ich habe mit deiner Dienststelle in Groningen gesprochen. Man ist dort ziemlich aufgebracht über deine Eskapaden. Die ganze Reise hierher geht auf deine Kappe. Nichts Dienstliches also. Du sollst sofort zurück. Wir werden dich am besten heute noch zum Flughafen in Seattle bringen. Samantha hat sich erboten, das zu übernehmen. Ein schöneres Geleit kann man sich nicht wünschen. Findest du nicht?«

Diesmal gefiel mir sein Lachen noch weniger als sonst. »Du wirst jetzt deine Zeugenaussage unterschreiben, und dann ab mit dir. Sollten wir dich noch einmal brauchen, wenn es zum Prozeß kommt, dann wirst du eingeflogen. Auf Staatskosten natürlich.«

Er stand auf und gab mir ganz unamerikanisch die Hand. »Ich habe mich gefreut, dich kennenzulernen«, sagte er. »Du bist ein netter Kerl. Ein bißchen zu nett für deinen Beruf. Die Pistole kannst du behalten, als Briefbeschwerer.« Er lachte unangenehm.

»Ich habe noch etwas zu erledigen. Ein paar Andenken kaufen. Es gibt schöne Sachen hier. Eingeborenenkunst«, sagte ich. »In einer halben Stunde bin ich bereit. Ach übrigens, noch eine letzte Frage meinerseits: Wie war es überhaupt möglich, daß ihr mich mit dem Hubschrauber befreit habt? Wie habt ihr mich dort gefunden?«

Hardy amüsierte sich offenbar köstlich. »Du hattest doch diesen angeblichen Fetisch immer bei dir. Den Gehörknochen. Wir haben ihn dir in die Hände gespielt. Mit einem eingebauten Sender. Zur Sicherheit. Falls Samantha dich verlieren würde.«

»Sinking Sun? Er hat mit euch zusammengearbeitet? Ein Indianer?«

»Du hast ziemliche Illusionen, mein Freund. Sinking Sun ist Alkoholiker. Für Geld tut er einiges. Außerdem gehört er nicht zu Gutty Floys Stamm.«

Als ich ging, wunderte ich mich, daß mir keiner folgte. Man schien mich für zu unwichtig zu halten, um mich zu beschatten. Wie hatte Hardy gesagt? Psychopathen sind klug, aber auch eitel. Wahrscheinlich traf diese Definition auch auf mich zu.

Ich ging zum Hafen. Irgend etwas mußte noch geschehen. Ich wußte allerdings nicht, was für mich dabei zu tun blieb. Wahrscheinlich wirklich nichts anderes, als meinen Koffer zu packen.

Wieder sah ich die beiden. Sie saßen in ihrem Boot und stierten mich an. Sie wirkten wie Cippys Holzfiguren. Plötzlich bewegten sie die Arme. Beide gleichzeitig, wie zwei durch ein Gestänge verbundene Hampelmänner. Sie winkten und lächelten dazu.

Ich hatte eine Idee. Cippys Werkstatt. Vielleicht war sie noch nicht durchsucht worden. Wie ich Mel Noon und seine Leute kannte, hatten sie Hardy bislang nichts Genaues vom Toten erzählt. Die Untersuchung eines Mordes in einem Reservat. Eine Frage der Kompetenz für die Amerikaner. Eine der Stammesehre für die Quileute.

Ich tat so, als schlenderte ich wie ein gelangweilter Tourist durch La Push. Zwischen den Lagerhallen hindurch sah ich Cippys Laden. Ein Mann stand davor. Er trug eine Rangeruniform. Ich hatte mich also getäuscht. Hardy war ein umsichtiger Polizist.

Mir war klar, daß sie mich suchen würden, wenn ich mein Versprechen nicht einhielte, in einer halben Stunde abreisebereit zu sein. Ich mußte mich also verstecken. Und als dazu geeigneter Platz fiel mir nur eine Örtlichkeit ein. Die verwahrloste Halle der Quileute Seafood Company.

Als ich die schwere Schiebetür zur Seite schob und durch den klaffenden Spalt in die fischstinkende Nacht des Inneren verschwand, ahnte ich nicht, was mich erwartete.

26

Es gibt Alpträume, die so stark sind, daß sie in Realität umkippen, die man fast als normal, ja angenehm empfinden könnte. Vielleicht ist man unter dem Druck der Nervenanspannung verrückt geworden. So erging es mir in dieser Situation.

Nachdem ich mich an den bestialischen Geruch gewöhnt hatte, nahm ich nur noch eines wahr: ein feines Sirren und Knistern. Es wurde immer stärker und war von optischen Phänomenen begleitet, Myriaden von Lichtblitzen wie in einem Szintilloskop. Ich streckte die Hände aus und berührte kalte Leiber, tote Fische, wie ich annahm, auch harte Dinge mit scharfen Kanten, Krebspanzer vermutlich. Das Geräusch kam, wie ich heute weiß, aus den Mundöffnungen zahlloser Krebse, die im Todeskampf Wasserbläschen absondern, die an der Luft zerplatzen. Stunden vergingen.

Ich bewegte mich vorsichtig und zugleich ungeschickt. Bei jedem Schritt hörte ich das Zerbrechen von Schalen, von Gliedern. Ich hatte das Gefühl, von zahllosen, stecknadelgroßen Augen verfolgt zu werden. Scheren schnappten nach mir. Und da war noch ein anderes Augenpaar. Der Atem eines Menschen. Ich spürte ihn, seine Nähe. Er war hier, irgendwo in dieser Finsternis stand er unbeweglich und wartete. Was wollte er von mir? Mich umbringen? Hier war der ideale Platz dafür.

Meine Stimme zitterte. »Gutty? Bist du es?«

Keine Antwort. Nur dieser gräßliche Totengesang der Krebse.

Plötzlich war da noch ein anderes Geräusch. Das Knarren einer Tür. Schwappen von Wellen. Ein kühler Luftzug in all dem Gestank. Und dann spürte ich seine Hand. Er packte mich am Handgelenk. Wieder fühlte ich seine Kraft. Seinen Willen. Widerstand war zwecklos. Er zog mich zu einem Rechteck dunkelgrün irisierenden Wassers. Eine Taschenlampe flammte auf, und ich sah eine offene Luke im Boden. Eine Strickleiter hing dort hinab. Sie führte zu einem Ruderboot.

»Du zuerst«, sagte er. Ich kletterte hinunter, und er folgte. Er löste die Leine von dem Eisenring, an dem das Boot festgemacht war, und schob uns mit einem langen Riemen zwischen tangbewachsenen Pfählen unter der Lagerhalle hindurch, bis wir offenes Wasser erreichten.

Ich sah die wenigen Lichter von La Push. Gutty legte sich in die Riemen. Wir glitten die Flußmündung hinab. Vor uns gegen den rötlich irisierenden Westhimmel erhob sich die Jamesinsel mit ihrem schwarzen Haarschopf aus Fichten.

Wieder war ich ihm ausgeliefert. Wieder wehrte ich mich nicht. Wie ein kleines Kind fühlte ich mich, das sich in der Obhut eines übermächtigen Vaters befindet.

Gutty entkorkte eine Flasche mit den Zähnen und hielt sie mir hin. »Trink«, befahl er. »Du bist ein Mann, weil du deine Vision gehabt hast.«

Ich nahm einen Schluck. Es war billiger Bourbon. Aber er schmeckte.

»Ich nehme an, deine Vision war lehrreich für dich«, fuhr er fort. »Du weißt jetzt endlich, was du willst. Was hast du gesehen?«

»Mich selbst. Ich habe mich selbst gesehen.«

Er lachte aus vollem Halse. »Das ist natürlich kein geringes Problem. Hättest du einen Wolf gesehen oder eine Taube, wäre es einfacher gewesen. Solche Tiere haben gewisse Eigenschaften, nach denen man sich richten kann auf seinem Lebensweg. Aber du? Hast du Eigenschaften, nach denen du dich richten kannst, außer denen, die du sowieso schon hast? Oder bleibt dir nur übrig, so weiterzumachen wie bisher?«

»Du hast ein falsches Bild von mir«, sagte ich ziemlich laut, denn mein Stolz war verletzt. »Meine Vision sagt mir, deutlicher zu werden als bisher. Mich nicht so häufig hinter etwas zu verstecken.«

»Du redest wie diese Therapeuten«, sagte er. »Mich haben sie auch schon in der Mangel gehabt.«

Er ruderte schweigend. Wieder bewunderte ich seine animalische Kraft. Er hätte mich jederzeit über Bord werfen können, wenn er es gewollt hätte.

»Du bist immer noch hinter deinem Landsmann her. Ich werde ihn dir zeigen.«

Er grinste, und plötzlich fand ich ihn widerlich. Zum ersten Mal einfach nur widerlich. Er schien seine Überlegenheit, seine mentale und physische Kraft auf eine Weise zu genießen, die mir seine entscheidende Schwäche verriet. Hardy hatte recht, es war Eitelkeit. Ich nahm mir vor, diese Karte auszuspielen, sobald sich eine Möglichkeit dazu bot.

Wir waren am Ziel. Der Kiel des Bootes knirschte auf dem schmalen, steinigen Strand. Direkt vor uns ragte eine schwarze Wand empor, die heilige Insel der Quileute.

Diesmal war der Aufstieg kein Problem. Es gab in den Stein gehauene Treppen, Seile, an denen man sich festhalten konnte. Oben angelangt, sah ich mich um. Die Lichter von La Push wirkten tröstlich. Gutty verschwand zwischen Bäumen. Wieder war sie da, die Sehnsucht, diesem Mann bis ans Ende der Welt zu folgen, willenlos wie ein kleines Kind.

Ich ging ihm nach. Plötzlich war da Licht zwischen den Bäumen, elektrisches Licht aus Scheinwerfern, die den kleinen Wald aus mehreren Richtungen anstrahlten. Mir fiel ein, daß ich die Stromleitung schon gesehen hatte, die sich vom Festland über den Sund zur Insel spannte.

Gutty Floy kam auf mich zu. »Komm«, sagte er. »Ich zeige dir jetzt etwas, das wir gewöhnlich Weißen nicht zeigen. Du wirst der erste sein, der es zu sehen bekommt. Und wahrscheinlich auch der letzte.«

Er zog mich an der Hand hinter sich her. Wir kamen zu einer Lichtung. Die Bäume standen kreisförmig um einen freien Platz, eine Senke im Boden der Insel. Es waren keine gewöhnlichen Bäume. Sie hatten Gesichter, Arme, Beine. Die Stämme waren kunstvoll bearbeitet in den traditionellen indianischen Mustern und Farben. Es waren Skulpturen, die Menschen darstellten. Ovale Augen starrten mich an. Münder mit großen Zähnen. Nußknackergesichter. Aus den Köpfen wuchsen Schlangen, die in Äste übergingen.

»Ein heiliger Platz«, sagte Gutty. »Jeder Baum wächst aus dem Körper eines bestatteten Kriegers. Er hat Wurzeln geschlagen in seinem Leib. Sein Blut ist in ihm aufgestiegen. Seine Seele bewegt sich in den Zweigen. Das ist unsere Form der Unsterblichkeit. Kein Sturm wird diese Bäume umstürzen. Würdest du eine Axt in einen dieser Stämme schlagen, würde Blut herausquellen. Setz dich.« Er deutete auf einen Stamm, der auf der Lichtung lag und die Spuren von Schnitzarbeiten zeigte. Die Rinde war abgeschält und das helle Holz eingekerbt. Überall lagen Holzspäne herum. An einer Stelle erkannte man ein Gesicht. Es wirkte nicht indianisch. Eine gerade Nase, volle Lippen und ein markantes Kinn.

Ich setzte mich neben die Maske und fuhr mit der Hand über sie hin.

»Erkennst du ihn?«

Ich nickte.

»Cippy war gut. Selbst wenn er die Züge stilisiert hat, wurde es ein Porträt. Ich habe deinen Landsmann hierhergebracht. Er liegt dort drüben. Im Frühjahr werde ich einen Baum über sein Grab pflanzen.«

»Du hast ihn also wirklich getötet?«

»Ja. Es war nicht zu vermeiden. Ich hab es dir bereits einmal erzählt. Er hat sich an meine Tochter herangemacht, und er war ein Spion. Er hat für Atoc gearbeitet. Und für eine japanische Plattenfirma. Ich habe Zeit gebraucht, um es herauszufinden. Anfangs dachte ich, er sei auf unserer Seite. So hat er jedenfalls geredet. Er verstand viel von den Sprachen der Wale.«

»Warum hast du Cippy umgebracht?«

»Cippy war keiner von uns. Er war Ozette-Indianer. Er wollte mich verraten. Als du bei ihm warst, hat er dir einen Vogel verkauft. Stimmt's?«

»Ja. Eine Möwe.«

»Möwen gelten bei uns als geschwätzig. Es sind verschlagene Biester. Daß Cippy dir ausgerechnet diesen Vogel verkauft hat, war ein Gesprächsangebot. Du hast es nur nicht verstanden.«

»Aber ich habe den Vogel ausgesucht.«

»Einen anderen hätte Cippy dir nicht verkauft. Er hat auch Adler, Geier, alles mögliche. Wahrscheinlich dachte er, du hättest kapiert. Er ist jedenfalls zu dir gegangen. In deinen Campingwagen. Es ist klar, warum. Er wollte reden. Ich bin ihm gefolgt und habe ihn stumm gemacht.«

»Und jetzt bin ich dran.«

»Ja, mein Freund. Auch du mußt sterben. Auch du weißt zuviel. Außerdem ist es deine Schuld, daß sie mein Labor zerstört haben. Ich muß fortgehen von hier. Wer weiß, ob ich je wieder Ruhe finde vor eurer Sorte Schnüffler.«

Er erhob sich und verschwand zwischen den Bäumen. Ich überlegte, ob ich die Gelegenheit nicht nutzen sollte, um fortzulaufen. Es war riskant. Ich wußte nicht genau, wo die Treppe war, wo das Boot lag. Er war sicher schneller als ich. Es war besser, zu warten. Ich griff in meine Jacke und spürte Hardys Geschenk, die Parabellum.

Die Beleuchtung ging aus. Kaum war es dunkel, hörte ich den Wind, die Brandung von Rialto Beach. Mein Herz klopfte. Gutty kam nicht zurück. Wahrscheinlich belauerte er mich. Sollte dies die Inszenierung eines echten Showdowns sein? Das paßte nicht zu einem Magier wie Gutty.

»Gutty, ich habe dein Traumbuch«, schrie ich. »Willst du es wiederhaben?«

Die Antwort war ein Schuß. Ich sah das Mündungsfeuer zwischen den Bäumen. Die Kugel schlug direkt neben mir ein. Mitten in Suijkerbuijks Gesicht. Irgendetwas blinkte metallisch in seinem Mund. Vielleicht war es die Kugel, die dort steckte.

Ich ließ mich fallen und kroch den Stamm entlang. So hatten wir als Kinder Indianer gespielt. Jetzt war blutiger Ernst daraus geworden. Waren nicht Finten wichtig gewesen? Tricks? Ich hatte den Fetisch immer noch bei mir. Ich holte ihn aus der Tasche und warf ihn Richtung Waldrand. Ein Schuß bellte auf. Es hatte funktioniert.

Dann zog ich die Parabellum und schoß. Einfach ins Dunkle. Gleichzeitig rollte ich mit ein paar Körperdrehungen zur Seite. Seine Reaktion kam sofort. Ich hörte die Kugel pfeifen, spürte einen scharfen Schmerz am linken Oberarm. Er hatte nicht genau aufs Mündungsfeuer gehalten, sondern eingerechnet, daß ich mich bewegen würde. Sogar die Seite hatte er geahnt. »Du hast mich getroffen«, schrie ich völlig hysterisch. »Reicht dir das?«

Keine Antwort. Nur die Natur war redselig. Wind und

Wellen verhielten sich wie ein undiszipliniertes Publikum. Sie tuschelten miteinander. Warum nicht einfach aufstehen und von der Bühne gehen? Er würde mich sowieso erwischen. Warum dieses ganze Theater! Außerdem paßte die Ballerei nicht zu ihm. Warum tötete er mich nicht mit den Händen? Die Kraft dazu hatte er.

Doch Gutty blieb unsichtbar und unhörbar. Wahrscheinlich war er bereits um die Lichtung herumgeschlichen und befand sich in meinem Rücken. Der hölzerne Suijkerbuijk war nicht viel wert als Deckung.

»Gutty«, schrie ich. »Laß uns aufhören mit dem Westernspielen. Das alles ist doch nur ein ziemlich schlechter Film.«

Plötzlich hörte ich seine Stimme. Sie war ganz nahe, flüsterte in meinem Rücken. »Hast du Angst, Piet? Fürchtest du um dein bißchen Leben? Dann hast du noch nichts begriffen. Wer begriffen hat, hat keine Angst. Angst ist eine bei euch Weißen besonders verbreitete Form von Dummheit.«

Er spielte mit mir wie eine Katze mit der Maus. Und ich verhielt mich dementsprechend. Ich erstarrte. Jetzt war er so nah, daß ich seinen Atem zu riechen meinte. Warum schoß er nicht? Warum packte er mich nicht?

»Ich verstehe nicht, warum du dich so für mich interessierst«, brachte ich mühsam hervor. Keine Antwort. Nur Rascheln und Knacken von trockenen Zweigen. Vielleicht kam mir dadurch diese Idee, die ich augenblicks in die Tat umsetze.

Es hatte seit Tagen nicht mehr geregnet. Das Gras fühlte sich trocken an, ebenso die Zweige, die Tannenzapfen. Ich raffte einiges davon zusammen, holte Guttys Traumbuch aus der Jackentasche und ein Feuerzeug. Das Papier brannte sofort. Ich schleuderte es zwischen die Stämme. Dann sah ich, wie die Flammen sich in das Unterholz fraßen. Der Seewind fachte das Feuer an. Es brannte wie Benzin.

Wie würde er reagieren? Die heiligen Bäume, all die Holz gewordenen Häuptlinge waren vom Feuer bedroht. Es mußte ihn aus der Defensive locken. Und wirklich, ich sah ihn, wie er mit seiner Jacke auf die Flammen einschlug. Er bewegte sich dabei hin und her, um kein Ziel abzugeben. Ein hektischer Schatten mit roten Rändern. »Gutty, wirf die Waffe weg«, schrie ich. »Oder du bist ein toter Mann.«

Er reagierte nicht. Ich gab einen Schuß ab, wobei ich auf seine Beine zielte, aber ich traf nicht. »Komm lieber und hilf mir«, brüllte er.

Warum schoß ich nicht das ganze Magazin leer? Ich hätte ihn treffen können. Aber ich brachte es nicht fertig. »Das Boot«, dachte ich. »Wenn es weg ist, kann er nicht von der Insel runter. Dann haben wir ihn.«

Ich rannte zum Steilufer, und ich hatte Glück. Ich fand die Treppe, das Boot.

Während ich ablegte, hörte ich eine Sirene. Sie hatten das Feuer offenbar in La Push bemerkt. Motorboote kamen mir entgegen. In einem von ihnen erkannte ich Officer Hardy und Samantha. Es war vorbei mit Gutty.

Sie stoppten neben mir. »Er ist oben und versucht das Feuer zu löschen«, sagte ich. »Er hat mir die Morde an Suijkerbuijk und Cippy gestanden. Die Leiche von Suijkerbuijk ist am Rand einer Lichtung auf der Jamesinsel vergraben. Gutty ist gefährlich. Er ist bewaffnet.«

»Damit werden wir fertig. Du wartest am Hafen auf uns«, sagte Hardy. »Und laß dir die Schramme da verbinden.«

Ich legte an. In dem kleinen Ruderboot namens Lucky One saßen immer noch die beiden Fischer. Sie rauchten und tranken. Ich winkte. Sie winkten zurück.

Von der Mole aus konnte man deutlich das Feuer sehen. Auch wie es allmählich schwächer wurde und schließlich verlosch.

Eine gute Stunde später waren sie zurück. Wir gingen in die »Rough Bar«. Hardy bestellte eine Runde.

»Dein Freund ist verschwunden«, sagte er. »Er hat sich in Rauch aufgelöst. Seine Leute behaupten, Gutty könne fliegen. Du siehst, die Zusammenarbeit mit diesen Spinnern ist nicht gerade einfach. Ich vermute, er hat irgendwo noch ein Boot versteckt gehabt. Jedenfalls hat es jetzt keinen Zweck weiterzusuchen. Irgendwann werden wir ihn haben.«

Samantha stand neben mir an der Bar. Sie drehte mir den Rücken zu, und ich spürte, wie sie sich an mich drängte.

»Habt ihr Suijkerbuijk gefunden?«

»Eigentlich nicht so richtig.« Hardy schien wieder einen seiner Witze zu machen.

»Was heißt das?«

»Naja, ein bißchen von ihm haben wir schon gefunden. Es ist hier drin.« Er hob eine kleine, durchsichtige Plastiktüte hoch. Man sah einen kompletten Kiefer.

»Die beiden Goldzähne sitzen an der richtigen Stelle. Links unten.« Er drückte die Folie an die Zähne. Die beiden Ersatzzähne schimmerten gelblich hindurch.

»Wir haben den Kiefer im Totempfahl gefunden. Dort, wo er hingehört. Im Gesicht. Den Rest des Mannes werden wir wahrscheinlich nie finden. Wie ich diesen Gutty einschätze, hat er ihn gründlich beseitigt. Asche ins Meer oder so. Für uns ist jedenfalls der Fall gelöst. Für dich natürlich auch. Den Kiefer schicken wir euch, wenn er bei uns durchs Labor gegangen ist.«

Er reichte mir seine große, weiche Hand. »Danke übrigens für deine Hilfe. Du kannst in einem Campingwagen übernachten. Diesmal wirst du brav sein. Du bekommst einen Posten vor die Tür. Morgen fährt dich die Kollegin zum Flughafen nach Seattle.«

27

Ich verbrachte eine schlaflose Nacht im Campingwagen. In einem anderen natürlich. Früh am Morgen kam Samantha. Sie brachte Frühstück mit. Ich hatte es nicht anders erwartet. Einträchtig saßen wir nebeneinander, tranken Tee und aßen feuchtes Weißbrot mit Marmelade. Dann setzten wir uns in meinen kleinen Japaner. »Ich gebe das Auto für dich am Flughafen ab«, sagte sie. Ich stellte das Radio an, hoffte, daß dieser Mendocino-Song käme, aber es war Johnny Cash mit einem seiner berühmten Sträflingslieder.

Plötzlich kam eine Sondermeldung des örtlichen Senders. Ein deutscher Tourist war auf einem Parkplatz an der One-O-One erschossen worden. Einfach so. Kein Raubmord. Grundlose Morde schienen eine Spezialität des Landes zu sein, vielleicht eine neue Art, sich zu artikulieren, so wie wenn ein Analphabet verzweifelt das Wörtchen ›nein‹ zu schreiben versucht.

Irgendwann auf dem Weg nach Seattle, ich glaube, es war in einem Städtchen namens Port Angeles, wollte Samantha einen Kaffee trinken. Ich blieb im Auto, während sie drinnen im Café war, und wünschte mir das gleiche Schicksal wie das jenes Deutschen vom Parkplatz der One-O-One. Genau jetzt müßte es passieren, gerade jetzt, wo meine Lebensgeister so friedlich und unscheinbar geworden waren.

Sie schien Zeitung zu lesen. Ich sah Samanthas Gesicht undeutlich durch die Scheibe. Wie hatte es sich verändert in den letzten Wochen! Keine Maske mehr. Kein Falschgesicht. Soviel Leben, das durch die Halbspiegel der Fensterscheibe schimmerte. Sie würde mich jetzt an den Flugplatz fahren. Keine Ausflüchte mehr, keine künstlichen Verzögerungen. Nur noch dieser Kaffee. Der endgültige Abschied stand bevor. Ja, deshalb sollte irgendeiner dieser neurotischen Analphabeten jetzt nein zu mir sagen. Direkt durch mein Ohr und mitten in mein Hirn.

Sie kam zurück, gehüllt in eine Wolke von Kaffeeduft. Makellos schön und kühl wie immer. Wir fuhren zum Anleger der Seattle-Fähre.

Er hatte seinen taubenblauen Straßenanzug an und ging schräg über den Platz. Sein Hemd war hellblau, der Schlips grau mit roten Punkten. Eine für hiesige Verhältnisse große Eleganz ging von ihm aus. So sah kein Killer aus, oder höchstens in einem Film.

Er hatte die eine Hand in der Hosentasche, die andere in der Jackentasche, die dadurch ausgebeult war.

Das war das einzig Störende am Bild. Sein Gesichtsausdruck war gelassen freundlich. Die Krempe seines Hutes verdeckte es halb.

Er kam schräg auf uns zu, während wir in Reihe Vier standen und die Autos bereits auf die Fähre rollten. Im Radio eine Sinfonie. Berlioz. Dramatische Paukenwirbel. Samantha sah geradeaus, eine imaginäre Linie entlang. Sie schien im leichten Nebel zu verschwimmen, der vom Wasser herkam. Auch ich versuchte mein Möglichstes, cool zu bleiben. War er es wirklich? Wenn, dann hatte er sich ungeheuer geschickt verkleidet. Selbst sein Gesicht hatte sich verändert. Es sah bleich aus, die Züge wirkten fein, fast intellektuell.

Nur wenige Meter von uns entfernt blieb er stehen. Auf Linie Sechs. Er zog die Hand langsam aus der Sakkotasche heraus, als hinge ein schweres Gewicht daran. Er hob sie, bis sie in Augenhöhe war, auf einer Linie zwischen meinem und seinem Blick. Eine Haltung wie auf dem Schießstand. Er zielte ruhig, die Mündung des Revolvers war schwarz wie das Auge eines Orcas. »Drück ab«, dachte ich, »drück endlich ab. Es reicht uns allen allmählich.« Samantha drehte den Kopf, ich spürte, wie sie zusammenschrak. Sie versuchte, mich niederzudrücken. Ich wehrte mich, kurbelte das Fenster herunter, schrie »Nein!« Er drehte den Revolver und steckte sich den Lauf in den Mund. Gleich würde der Knall die Stille des Universums zerreißen. Die Sterne würden zerplatzen, das Weltall würde in sich zusammensacken.

In diesem Moment rollten die Autos der Nachbarspur los. Ich wollte hinaus, hin zu ihm. Aber Samantha hielt mich fest. Ihre Finger krallten sich in meinen Arm. »Laß«, sagte sie scharf. »Er hat überhaupt nicht abgedrückt. Er hält uns nur zum Narren.«

Sie hatte recht. Neben uns gingen Wagentüren auf. Leute bewegten sich auf eine Stelle zu, die unseren Blicken verborgen war. Jemand schimpfte. Dann sah ich ihn davonrennen, ein einsamer Indianer auf der Flucht.

Wir standen an der Heckreling und hielten uns an den Händen, als wir aus der Einfahrt glitten. Der Parkplatz war leer. Nur ein alter weißer Cadillac stand am Rand.

»Kann es sein, daß für einen Indianer ein Ritual etwas völlig anderes ist als das, was wir darunter verstehen?«

Samantha nickte. »Sie sind sicher wichtiger für sie. Sie enthalten mehr Realität. Aber auch wir haben unsere Rituale. Wir nehmen sie leider selten ernst.«

Sie lächelte ihr weißes Colgate-Lächeln, während ich überlegte, wie man einen Heiratsantrag formuliert.

Wir fuhren direkt zum Flugplatz. Samantha hatte alles dabei, die Flugkarte, einen Brief von Officer Hardy an meine Behörde, in der er, wie Samantha mir sagte, meine wertvolle Mithilfe bei der Klärung des Falles pries.

Wir kamen gerade rechtzeitig zum Einchecken des Fluges nach Minneapolis. Ich telegraphierte meiner Mutter meine Ankunftszeit. Der Abschied zwischen Samantha und mir bestand aus einem Filmkuß der alten Zeiten, als man die Wangen so aneinanderdrückte, daß es aus einem bestimmten Blickwinkel wie ein echter Kuß aussah.

Ich reichte ihr die Parabellum. »Grüß Hardy von mir und melde dich mal.« Da war es wieder, das Drehbuch eines B-Movies. Samantha nickte, und ich bildete mir ein, daß sie feuchte Augen bekam. Ach, würde meine Pubertät denn nie zu Ende sein!

Dann saß ich in meinem Sitz, schnallte mich fest, sah bald die Berge unter mir, den weißen Kegel des Mount St. Helen. Ich bestellte einen Jack Daniels. Mir war ganz eigentümlich leicht zumute. Plötzlich begriff ich, daß ich keine Höhenangst mehr hatte.

28

Vierzehn Stunden später fuhr ich vom Groninger Flughafen mit dem Taxi direkt zum Haus meiner Mutter. Die Fenster waren erleuchtet. Es sah festlich aus. Ich wunderte mich, wie wenig ich durch die Scheiben erkennen konnte. Licht, überall Licht, blendend und alle Konturen der Dinge dort drinnen offenbar überstrahlend. Es sah aus, als würden drinnen Filmaufnahmen gemacht. Aber nirgendwo war ein Kleinbus zu sehen oder ein Auto vom Fernsehen.

Ich wollte klingeln, aber die Tür war angelehnt. Ein Lichtstrahl floß über die Stufen, und ich sah, wie dreckig meine Schuhe waren. Sie würde sich darüber aufregen, aber ich war entschlossen, diesmal nicht die üblichen Maßnahmen zu ergreifen, das Oberleder mit einem Taschentuch und etwas Spucke blank zu reiben.

Ich schob die Tür auf und betrat den Flur, leise wie ein Dieb. Man konnte denken, daß Diebe schon hier gewesen waren, denn der Flur war ausgeräumt. Kein antiker Läufer mehr, keine Jugendstilkommode, auch kein ovaler Spiegel mehr, keine Hutablage aus handgeschnitzter Eiche. Wo die Bilder gehangen hatten, diese schönen Waldlandschaften bei uns unbekannter, finnischer Expressionisten, die meine Eltern von irgendeinem Onkel geerbt hatten, waren jetzt weiße Rechtecke.

»Mutter«, rief ich, erst leise, dann lauter. »Bist du da?« Ich glaubte ein Geräusch zu hören. Ja, da war ein Knarren, ein undefinierbarer Ton, der mir bekannt vorkam.

Die Tür zum Wohnzimmer war ebenfalls angelehnt. Durch den Spalt sah ich den Parkettboden. Er war nackt. Keine schönen, alten Teppiche mehr, deren Fransen ich als Kind immer kämmen mußte. Auch jetzt fiel es mir schwer, die Tür ganz zu öffnen, als erwartete ich, eine schlimme Entdeckung zu machen. »Mutter«, rief ich noch einmal, »bist du da drin?« Nichts, nur dies monotone Knarren. Ein Geräusch, das mich an Walgesänge erinnerte.

Ich stieß die Tür auf und trat ein. Es war der vertraute Raum mit den Fenstern, die auf den Garten gingen. Aber er war leer. Vollkommen leer, eine Leere, absurd, peinigend, wie ein Schmerz ohne Ursache. Doch an einer Stelle nahm die Leere Gestalt an. Die Gestalt einer alten Frau in einem Schaukelstuhl. Meine Mutter. Sie saß da, ein Kissen vor sich. Sie schaukelte. Immer wieder stieß sie sich mit den Füßen von diesem Kissen ab. Ihre Füße waren nackt und klein. Die Hausschuhe lagen umgedreht daneben.

»Mutter«, sagte ich. »Was ist mit dir?« Ich konnte kaum reden. »Ich bin wieder da, Mutter.« Ihre Augen waren seltsam. Graue Löcher, auf etwas weit Entferntes gerichtet. Irgend etwas Unzugängliches fing dort an. Wahrscheinlich ihr eigenes Vergessen.

Dann sprach sie mit ihrer mir so vertrauten Stimme, die noch tiefer geworden schien. »Ich habe dich nie geliebt, Piet. Jedenfalls nicht so, wie es eine richtige Mutter tun sollte. Das ist die Wahrheit, die volle Wahrheit.«

Der Satz traf mich tief. So tief, daß ich dastand wie eine Holzfigur mit schlenkernden Gliedern, ein Hampelmann. Jemand zog an seiner Nabelschnur, die ihm zwischen den Beinen herunterhing, und seine Arme und Beine bewegten sich.

Ich ging auf sie zu, auf diese uralte, ewig junge, verhutzelte Person, die meine leibliche Mutter war. Und schlimmer noch, auch meine geistige. Wie fremd war sie mir tatsächlich. Aber noch traute ich mich nicht, es ihr zu zeigen.

»Du hast unrecht, Mutter«, sagte ich mit peinlichem Tremolo in der Stimme. »Auf deine Weise hast du mich geliebt, so wie ich dich auf meine Weise. Aber fremd sind wir uns schon ein wenig.«

»Erzähl mir nichts.« Ihre Stimme war scharf und voller Verachtung. »Ich weiß, daß du alles immer herunterspielst. Darin gleichst du deinem Vater.«

Ich spürte, wie die Wut kam und zugleich das Mitleid. Erst langsam, dann immer schneller. Eine Woge, die mich weiterspülte, dieser Frau entgegen. Ich kniete vor ihr nieder.

»Ruf mir jetzt ein Taxi«, sagte sie. »Ich gehe ins Altersheim. Da gehör ich hin. Es gibt eins, wo man Operetten hören kann, den ganzen Tag. Das soll eine Art Therapie sein. Lieder aus der Jugend. Das ist alles, was bleibt, meinen sie. Alles andere vergißt man, aber nicht diese Lieder.«

»Du meinst ›Machen wir's den Schwalben nach, bau'n wir uns ein Nest‹?«

»Du hast es begriffen, mein Sohn«, sagte sie. »Ja, gescheit warst du immer. Das wenigstens warst du. Darin gleichst du mir. Steh auf und setz dich.«

Sie machte mir Platz, und ich setzte mich in den Schaukelstuhl. Wie eine kleine, uralte Aphrodite stand sie vor mir, brüchig, aus Gips. Wie leicht sie war, spürte ich, als sie sich mir auf den Schoß setzte. Wir schaukelten eine Weile. Sie seufzte und schlang ihre dünnen Arme um meinen Hals. Dann rutschte sie von meinem Schoß. Nur ihr Männerparfum blieb bei mir.

»Rufst du jetzt bitte das Taxi?«

Ich ging hinaus. Der Apparat hockte schwarz und häßlich

wie eine große Schabe auf dem Flurboden. Ich bestellte das Taxi. Dann ging ich in die Küche. Auch hier war alles kahl. Selbst der Kühlschrank und der Herd waren fort. Nur eine Dose Bier stand auf dem Fenstersims. »Budweiser« stand darauf.

Ich wußte, daß sie mir gefolgt war. »Das Bier hat jemand geschickt«, sagte sie. »Schon vor einer Woche. Aus Amerika. Ohne Kommentar. Nur ein Zettel, auf dem ein einziges Wort stand: ›Love‹. Und dann ein ›S‹ mit einem Punkt dahinter. Ich weiß nicht, wo der Zettel hingekommen ist. Ich muß ihn verlegt haben. Ist es wichtig, mein Sohn?«

Draußen hupte es. Wir umarmten uns. »Das Haus gehört jetzt dir«, sagte sie. »Du kannst es einrichten, ganz nach deinem Geschmack. Du hast es ja gerne licht und leer. Ich weiß, daß du nie meinen Sinn für Gemütlichkeit gemocht hast.«

»Ach, Mutter«, sagte ich. Mehr brachte ich nicht zustande. Als sie fort war, ging ich wieder in die Küche.

Ich nahm die Dose und zog die Lasche auf. Ein feiner Biersprühregen netzte mein Gesicht. Vermutlich lächelte es, und ich spürte, das war kein Falschgesicht, sondern mein eigenes.

Dann ging ich auf die Toilette. Ich setzte mich und schrieb mit einem Filzstift seinen Spruch auf die Tür.

Gutty Floy is my name
and terra is my nation.
Empty space
is my dwelling place
and death my destination.

Always-Living-at-the-Coast.